中公文庫

対談 日本の文学

わが文学の道程

中央公論新社 編

中央公論新社

対談　日本の文学　わが文学の道程　目次

「白樺」のことなど　武者小路実篤　本多秋五　中川孝　9

谷崎文学の周辺　谷崎潤一郎　円地文子　23

川端文学の世界　川端康成　三島由紀夫　37

青年、今と昔　林房雄　三島由紀夫　52

中野重治とその周辺　中野重治　小田切秀雄　66

文学の四十年　小林秀雄　大岡昇平　80

宇野千代をかこんで　宇野千代　川端康成　丸谷才一　93

佐多・壺井文学の周辺　佐多稲子　佐々木基一　106

私小説の底流　尾崎一雄　三島由紀夫　120

井伏文学について　井伏鱒二　河盛好蔵　134

舟橋文学の道程　舟橋聖一　伊藤整　149
丹羽文学について　丹羽文雄　浅見淵　164
石川達三・人と作品　石川達三　荒正人　179
昭和時代の文学　高見順　中村真一郎　194
「若い人」をめぐって　石坂洋次郎　山本健吉　207
昭和十年代と伊藤整文学　伊藤整　奥野健男　221
石川淳の人と文学　石川淳　安部公房　235
作家の誕生　中山義秀　平野謙　251
野間宏と戦後文学　野間宏　篠田一士　265
武田文学と仏教　武田泰淳　寺田透　280

「美しい女」と「幻化」　椎名麟三　本多秋五　294
三島文学と国際性　三島由紀夫　ドナルド・キーン　308
大岡昇平とその周辺　大岡昇平　福田恆存　322
井上靖文学について　井上靖　河上徹太郎　336

＊

文学的出発のころ　中村真一郎　福永武彦　遠藤周作　352
戦後と「近代文学」　堀田善衛　安部公房　島尾敏雄　367
青春と文学を語る　安岡章太郎　吉行淳之介　曽野綾子　382
われらの時代と文学　阿川弘之　庄野潤三　有吉佐和子　奥野健男　396
文学における普遍と固有　石原慎太郎　開高健　大江健三郎　410

対談　日本の文学　わが文学の道程

「白樺」のことなど

武者小路実篤
本多秋五
中川　孝

家庭のことなど

本多　武者小路さんのお作を読むと、平民よりも平民的なところがあって、「お目出たき人」などは、書生流というか、単純な生活のようですけれど、ほかのものをいろいろ読み合わせてみると、どうも実際の生活とは少し違っていたんではないかという気がします。たとえば、女中さんが武者小路さんやお兄さんを呼ぶ時に、殿様とか若殿様とか、そんな呼び方をしたんじゃないですか。

武者小路　もうおぼえていないな、兄貴（公共《きんとも》）のほうは殿様だったかもしれないけれども。僕たちのところでは、兄貴と弟の区別がはっきりしていてね、ことに父が早くなくなったので、兄貴は五つの時から主人として、正月の時すわるのでも、いちばん上座にすわって、次に小さ祖母《ばあ》さん、母、姉、僕がすわり、玉浦《たまうら》という大き祖母《ばあ》さんが末座にすわった。僕の母はこのおばあさんたちの間にはさまって弱っていてね、兄貴の力をかりておばあさんをおさえていた。それで、兄貴が何かで母に怒られて、格子戸から外に出されたら、「主人を追い出すって法がありますか」と言ったという話があるんだ（笑）。

本多　そういうものですかね。やはり玉浦さんというのは正式の場合には……。

武者小路　そうしないと、一家をたもっていくことができない。「或る男」に書いたことは僕の思い違いでね、本当は僕の家は祖父（実建）のあとを長男が継いで、その兄が死んだ後、弟（実篤の父実世）が跡継ぎになったのだ。大き祖母さんの玉浦は祖父の妾で、僕の父の実母にあたり、小さ祖母さんというのは父の兄の嫁で、僕の母の母（姑《しゅうとめ》）になるんだ。しかし、小さ祖母さんを世話したのが大き祖母さんだということで、ふだんは威張っていた。だから、僕の母は、二人のおばあさんに嫁いびりされたんだな。小さ祖母さんがいると、母は座布団をしけない。小さ祖母さんは体が小さくてふとっていて、わりに座布団をしないでも平気だけれども、母は痩せていて、座布団をしかないと、ちょっと困るようなものだった。それで、僕の母に言わせると、わざと意地悪して、小さ祖母さんは座布団をしなかったというのだな。そんなことで、母は何度も、「もう辛抱はできない」と言っていたけどね。

本多　武者小路さんの系図は、藤原鎌足までさかのぼって調べるまではいかなくとも、近いところをもう少しはっきりさせていただけると……。「或る男」を読んでも、なかなかむずかしいですね。

武者小路　それは、震災の時に過去帳を焼いたのだな。それで僕の母はすまながっていたけどね。僕たちは前はそんなこと、問題にもしなかったんだけども。

中川　二代目の実陰《さねかげ》さんの歌集「芳雲和歌集」には、武者小路家の先祖の系譜が少し出ているんです。三条西家からわかれた公種が先祖で、実陰、公野、実岳、公陰、実純ぐらいまで名前が出ています。三条西家以来、和歌のすぐれたよみ手が続いていて、特に実陰さんは、霊元天皇から「古より今世至るまで、歌人と称するに足るものは、人麿、貫之、定家、逍遙院、および朕《ちん》の弟子実陰のみ」といわれて、大臣の位を賜わっています。

武者小路　蔵のなかに、父の書いたものや手紙類なんかがいっぱいあったけどね、僕がそういうことに興味をもつようになった時分には、震災で焼けてしまった後なんで、調べようがないね。ただ一誠堂で、僕の父あての岩倉具視さんの手紙が売りに出ていて、僕は五十円で買ったのがある。非常に長い、一間以上の巻紙でね、仙台へ行く鉄道を造る発起人になって、僕の父が熱心に奔走して、岩倉さんに何べんも手紙を出したらしく、それへの返事なんだがね。

本多　お父さんのこともよくわからなかったんですが、ドイツへいらっしゃってご研究なさったことを、国にお帰りになってからもなさったのですか。それは鉄道関係のことなんですか。

武者小路　まだ日本に議会政治なんかない時分で、西洋の議会のことなんか勉強して、翻訳して出版したものもあるけどもね。それが早稲田の図書館にあって、僕もちょっと見たけれども、議会が開設される何年か前の出版で、薄い本だが、議会を開かなければならないということを言っているんだな。だから、やっぱりそういう法律のことなんか調べに行ったんだろうと思うけどね。

中川　お父さんは、華族会館を作るのにも骨を折られたんでしょう。

武者小路　その華族会館をやめるときの、怒った手紙の下書きを家で見つけたことがあった。僕の母が言っていたけどね、父はいろいろ仕事を始めるのだけども、仕事が出来上る時分には、なんか癇癪おこして喧嘩してやめるので、いつも損している。お前は父よりももっと癇癪もちだからというので、子どもの時から癇癪おこさんように教育されちゃったのだが……。

本多　叔父さんの勘解由小路《かでのこうじ》（資承《すけこと》）さんとのご関係はどうなんですか。

武者小路　勘解由小路のお祖母《ばあ》さんは、勘解由小路のお妾のつもりで、勘解由小路のところに来たんだな。本妻が頭が弱いので、その人が結婚する時に、この人なら大丈夫だという女の人を妾として家から付けてよこした。僕の母もその人から生まれたんだ。それはまた実にいい人でね。そういうことは、今ではちょっと想像もつかないけれどもね。

「白樺」の周辺

本多　有島武郎さんの一九〇八年（明治四十一年）の日記を読んでいたら、最初に武者小路さんが札幌にいらっした時のことがありました。六月末のことで、そのころは非常に忙しい仕事をしていて、たいへん憂鬱だということが日記に書いてあるんですね。それが武者小路さんがおいでになった日には、「武者小路は正午に来た。彼の来たことを神に謝す。来なければ、余は恐ろしく暗い一日を過したであろう。」とあるんです。武者小路さんがおいでになった時はどうでしたか。

武者小路　僕は、そういうことはあまり向かないほうだから……。けれども、武郎さんの言葉で忘れられないのは、「夜寝て明くる朝、目がさめなければいい」と言ったことがあるんだな。時期が違うけれども、勘解由小路の叔父も、「明くる朝、目がさめなければいいと思う」と言ったことがある。二人とも同じことを言うので、びっくりした。僕は、死ぬことがばかにこわかった時だったからかもしれないけども。

中川　あの時は、先生が有島さんの寝台に寝て、有島さんは何かソファみたいなものに寝たと書いてありますね。

武者小路　武郎さんは、はじめ学校（農科大学）の塾にいたからね。二度目に札幌に行った時はもう結婚していたけども。それから武郎さんは、お父さんの言うことに一度譲歩したら、もう絶対に最後まで譲歩しなくちゃならなくなった、それが悩みのタネだ、と言っていたな。なんで譲歩したのか知らないけれども。

本多　「白樺」という雑誌の名前について……。

武者小路　志賀直哉が白樺の木から名前をつけたと言っているのは、本当なんだ。けれども、「白樺」という名前が出たのは色合わせから出たんで、僕の記憶にはっきりある。志賀の家の二階に四人（武者小路・志賀・木下利玄・正親町公和《おおぎまちきんかず》）集まって、名前を考えていたんだが、いい考えがちっとも浮かばない。木下かだれかが、色を合わせたらどうかという意見を出してね。それで、赤黒とか、白青とか、いろんな色合わせをしているうちに、偶然に白と樺が出て、赤城山の白樺の木を思い出した。白樺は僕たちの好きな木だった。それで皆よろこんで「白樺」とつけたんだ。それを志賀にいくら言っても、初めから木の名からつけたと思い込んでいる。頑固《がんこ》だからな（笑）。

本多　「白樺」の発生の地（元東京市麴町区富士見町五丁目十二番地の正親町公和の宅）は、飯田橋の逓信病院の近くで、いま富士紡か全織同盟かのビルがたっているそうですが、編集事務はあそこでおやりになったんですか。

武者小路　最初は正親町のところが事実なんだ。

本多　どのくらいの期間ですか。

武者小路　はじめの一年間ぐらいかな。正親町はいちばん年上だったし、編集事務をあそこでやっていたんだけど、正親町のお父さんは絶対反対だったですね。志賀のものは評判よかったが、正親町のはそれほどでもなかったということもあってね、自分が編集をやってるのに、志賀やなんか勝手なことばかり言っているということで、少し内輪もめして、それで後では僕のところで編集することになったんだな。しかし、編集といったって、ちっとも催促しない。原稿が集まらないとあとは自分で書いちゃうのだから（笑）。

本多　編集のアシスタントは……。

武者小路　しまいには小泉（鉄）君がきたが、本屋（洛陽堂）で経理のほうもやってくれていたから。

本多　武者小路さんは、学生の時分は「平民新聞」や幸徳秋水をお読みになったりしたことがあるわけですが、「新しき村」をお始めになったころ、クロポトキンなどお読みになりましたか。

武者小路　僕はトルストイ一点張りだった。前には社会主義的なものはよく読んだり、ナロードニキの影響もあったが、やっぱりそれでは満足できないで、トルストイにいった。トルストイは社会主義をすっかり卒業して、ああいう思想になったと思っている。いつかトルストイが安部磯雄にあてた手紙が発見されて新聞にのっていたけどね、あれに書いてある思想には、すっかり同感なんだ。だから「平民新聞」を読んだって、その思想には感銘しなかった。戦争反対の思想には感銘があったけども。

本多　学生時分ではなくて、「新しき村」をお始めになった大正六、七年ごろは……。

武者小路　クロポトキンのものは読むには読んだけれども、その時分は読まなかったですよ。クロポトキンには、武郎さんは感心していて本をたくさん持っていたけどね。「新しき村」のころは、社会主義の人からいろいろ言われたが、人間はどういうふうに生きるのが本当か、純粋な人間として自分の心を満足させて生きていく、ということが、僕にとっていちばん大事な問題だった。

本多　「新しき村」に周作人が来たことがありますね。

武者小路　「白樺」に、ロダン号（明治四十三年十一月）の売れ残りがあるという広告を出したら、周作人は北京から、うまい日本語で手紙をよこしてロダン号をほしいと言ってきた。それから文通したのだな。「新しき村」を始めた時もすぐ賛成して、自分で支部を置いたり、自分で来たり（大正八年秋）したんですね。

中川　「新しき村」北京支部といって、雑誌「新しき村」の創刊号からのっています。

武者小路　ロダン号は僕の二十六歳の時だな。周作人は一月生まれで、日本風に言うと、僕と同じ齢で、シナ風に言うと、周作人が一つ上になる。

本多　「気まぐれ日記」を見ると、馬庸庸という人があちらに「新しき村」の支部のようなものを作るということがありますが……。

武者小路　上海のほうに、なんかやりたいということだったけども。周作人は向うでも有名になっていた。

本多　魯迅が「或る青年の夢」を翻訳する時には、やはり手紙をよこして申し込まれたんですか。

武者小路　周作人から言って来たんです。自分の兄が翻訳したいと言っているから、ということで（大正十年、上海商務印書館刊）。魯迅には上海で会ったけどね。

本多　いつお会いになったんですか。

武者小路　最初に西洋に行く時（昭和十一年）、上海で内山書店にご馳走になりに行ったら、魯迅も来て一緒におすしを食べたことがある。その時、「或る青年の夢」はこのごろ、日本ではちっとも売れないと言ったら、「それはあなたがほかのものをたくさん書いたからでしょう。シナでは売れています」と言っていたな。しかし、その時分、僕は魯迅のものは一つも読んでいなかったので、あまり話をしなかった。それに僕のよく知っている崔万秋君が上海を案内しようと迎えに来てくれていたのですぐ失礼した。その後まもなく魯迅がなくなったので、もっと話せばよかったと思ったけれども。

本多　小牧近江さんが「新しき村」へ尋ねていらしたというのはフランスで「或る青年の夢」を読んで感激して……。

武者小路　ロマン・ロランに序文を書いてもらって翻訳したいと言っていたけれども、はっきりしたことはおぼえていない。本は出なかったな。しかし、あの人がいちばん感心していたのは、バルビュスだけどね。

「愛慾」について

本多　「愛慾」という戯曲が、あの時期（大正十五年）に、どうして書けたかということは、前から非常に疑問に思っていました。武者小路さんの作品のなかでも、ストリンドベリイみたいな、異質なものですからね。

武者小路　僕はあるときから後は、モデル小説はいっさい書かなかった。だからモデルはないですね。

本多　あれはたしか、東京から奈良にお帰りになる途中に思いついて……。

武者小路　いや、東京で書いたのだ。震災で家が焼けたので、母が兄貴の知人の家を借りて住んでいて、そこに僕が幾日か泊っている間に書いて、「改造」にやった。それから、日向《ひゅうが》の新しき村に帰る途中、奈良の志賀のところに泊り、そこで最後のところを少し書き加えて送ったんだ。そうしたら、それが少し変な形で追加みたいに雑誌にのったらしいな。

中川　改造社の初版本や改造文庫などもそのままの形になっていて直してありません。最後の幕切れの「幕」という文字の十数行前にやはり「幕」とあって、追加された部分がかえってそのためにわかるんです。

本多　それにしても、何かきっかけがないと、ああいうものは浮かぶはずがないと思いますが……。

武者小路　それは、もしあるとすれば、前の細君にたいして嫉妬なんていう感じを受けたのも、いくらか原因しているかもしれない。第一、新しき村から東京に出る時に、僕が疑っている人が送って来て、皆が来ているのに、その人がちょっと体が悪いからと言って、途中から帰るんだな。それはもう約束ができているというふうに僕には感じられたが、もちろん気がつかない顔していた。その僕の留守中に何かあって村の人たちの一部に感づいた人があり、僕だけは知らないと思って、僕に隠しているのだが、僕は知らない顔していた。「運命と碁をする男」というのに、それを書いたことがあるけどね。それから、前の細君と一緒の時だったから、「新しき村」も作れたということは言えると思うね。不思議な女で、結婚して十年近くの間に、志賀の細君も、長与善郎の細君も園池《そのいけ》公致《きんゆき》の細君も世話したんだ。僕を動かして世話したんだね。それでやっぱり細君というのは、力は相当あるものだと思っているな……。前の細君に子どもができていたら、「新しき村」を作る余裕はなかったろうと思うね。子どもがいなかったこと、それに僕の言うことに少しも反対しないで、すぐ一緒に乗り気になったりしたんで、家庭を破ることもなしにやれたのだな。それから、僕の母は母で、その通りしてくれてね。

本多　中川さんの年譜を見ると、「彼の結婚と其後」という単行本があるらしいのですが、僕はそれを見たことがないんです。

中川　それは新潮社から、先生のものをシリーズにして出した中にあるんです。ほかに「桃源にて」とか「或る青年の夢」とか。岸田劉生さんや河野通勢さんが装幀して……。

本多　嫉妬の感情などを経験なさった時と、「愛慾」をお書きになった時とは、だいぶ時間がへだたっていますね。

武者小路　経験したものをすぐ書くということではないからな。それで、三、四年前のことかもしれんが、前の細君と別れてからということで書いたのかもしれない。

本多　この「愛慾」を鍵にして裏口の方から、武者小路さんの作品にはいって行くと、またいろいろ照らし出されてくるのではないか、と考えたんですけれども……。

武者小路　しかし、あの時には、殺すところまでいくかどうかわからないけれども、殺すのが自然な調子で書ければ、こんどの作品はものになる、という感じを持ったことは事実なんだけどもね。だからいくらか創作する気持でいたかもしれない。

中川　あの時には先生、東京をたつ日が近づいて、締切も迫って、書けなくてずいぶん苦心して、それで思い切って夜中に起きて書かれた作品ということですね。

本多　それは、気持が非常に高揚した時でなければ、ああいうものは書けないはずだと思いますね。

武者小路　自分では全然考えなかったけれども、やっぱり書いた時期が――震災でたくさんの人が死んだりなんかした出来事が裏にあったかもしれないな。

このごろのこと

本多　最近は、どういうふうにお暮しですか。お仕事のことなど伺いたいのですが……。

武者小路　昔は朝飯前の仕事でしたね。六時ころ起きて、八時か九時ころまでに仕事をすましちゃう。それでいつ仕事をするんだなんて、皆に言われたんだけどね。七十七のお祝いの時に僕は少し病気して、それからあと、夏と冬とに、時々病気するので、このごろは医者に言われて、仕事は少し減らしているけれども、やっぱり仕事をしないというわけにはいかない。原稿は朝だけで、昼から絵を四、五枚書く。色紙はもっと書くけどね。僕の絵は早いですからね。二時間かかって絵をかいて、ずいぶん労作のつもりで人に話したら、二時間でできるなんて早いというのだな（笑）。僕としては、二時間もかかるというのは、たいへんな労作だからね。二、三年前までも、色紙ぐらいまでは四人ぐらい画商を待たして、片っ端から書いたんだけどね。さすがに、このごろは居催促《いざいそく》はやめている。しかし、今月中に三十枚ぐらい約束しているしね。来月も相当あるし、それに油絵もやってるんだ。

本多　じゃ、ずいぶんお仕事が多いですね。

武者小路　多いというより仕事をせずにはいられないたちですからね。自分の家は仕事場なので、家にいるとせかせかしているが、よそに行くと仕事するにもできないからのんびりする。僕は人のところに行くとのんびりするんだが、志賀は人のうちに行くと落ち着かないたちなんだ（笑）。

中川　先生はお元気な時には、気が向くと、二、三分でも一枚お書きになることもありますからね。いままで書かれた日本画が一万枚にはなりますね。

武者小路　それは一万枚ではきかないでしょう。

中川　油絵も百枚以上でしょう。

武者小路　油絵はものになっていないものな。日本画も近ごろ少しわかってきたような気がしているんだよ。まだ色のつけ方は研究していないけれども、デッサンは少しわかってきたな。

（昭和三十九年十一月九日　虎の門　福田家にて）

谷崎文学の周辺

谷崎潤一郎
円地文子

挿画の思い出

谷崎　このたびは解説を書いていただきまして、どうもありがとうございました。

円地　いえ、どうもお恥かしいのですけれども……（口絵を開きながら）先生のお作品にはずいぶん挿画のいいものがございますね。わたくし、先生のものはたいてい拝見してるはずなんですけれども、この鏑木清方さんの「少年」の挿画ははじめてでございます。珍しいものでございますね。

谷崎　ああ、あれは何年くらい前でしたか、先《せん》の大阪の創元社が挿画入りの「少年」を出版するつもりで鏑木さんに頼んで描いてもらったんです。それがそれっきりになっちゃってて……。

円地　いいものでございますね。この絵を知っている人はございませんでしょう。何枚くらいございますか。

谷崎　十枚くらいですかね、こんどほとんどみんな入ります。あれはどうして出さなかったのかな、戦争中やなんかで、挫折しちゃったんでしょうね。それで鏑木さんがせっかく描いて下すったんだから、それじゃわたしがいただいておきたいって訳《わけ》を話して譲っていただきました。たいそう安い値段で譲っていただいて、ずっと持ってたんです。それをこんど、この本で入れることにしたんです。

円地　この挿画入りの「少年」だけで御本お出しになったらようございましょうね。鏑木さんはずいぶんいろんな挿画をお描きになっていらっしゃるようですけれど。

谷崎　わたしの「幼少時代」も鏑木さんに挿画を描いていただきましたが、あの時代の五代目菊五郎の芝居なんか、明治時代に筆写したものがとってあったとみえますね。だからあの挿画を見ると五代目なんかのことを今さらのように思い出してなつかしいですね。

円地　芝居を見ながらずいぶんお描きになったらしゅうございますものね、昔。

谷崎　だから「幼少時代」はこの本には載らないけれども、あの挿画もなかなか貴重なものですね。

円地　「蓼喰う虫」の挿画は新聞に連載なさった時のものをお入れになったわけですけれども、あの当時も評判でございましたね。

谷崎　あの時は実際挿画が非常にこっちを引き立てましたね。あれは毎日、新聞を見るのが楽しみでした。ずいぶん励まされましたよ。

円地　わたくしも新聞で拝見しておりました。小出楢重さんというのは先生の御希望でおきめになったんでございますか。

谷崎　今、はっきりは覚えてませんが、たぶんそうだったと思います。その前からも小出さんとはしじゅう交際があって、わりに近いところに住んでいましたから行ったり来たりしてましたしね。それに先から小出さんの絵が好きだったからでもありますがね。あの犬のところね、あれはうちへ写生に来て描いたんですよ、志賀君もそのことを何かに書いてたけれど。

円地　大阪のことをお書きになってらっしゃるから、その点でも御都合がようございましたでしょうね。

編集部　こんどの編集に当りましてあの当時の新聞を調べましたら、現在私たちが見ております絵と少し違ったところがございますが、あれはその後何度か描き直していらっしゃるのでしょうか。

谷崎　何べんも描いてるんです、同じ場面を。そのなかから、小出さんが自分で選んだのか新聞社で選んだのか知りませんけれども決めましてね。だから同じ図柄のものがあと何枚もあるんです。それをまた希望者があって分けたりして、屏風なんかにした人もあったようですね。それだから「蓼喰う虫」の挿画入りの本が出た時に、自分の持ってる絵と違ってるけれどもって、質問して来る人がありましたよ。でも、どっちも本物《ほんもの》には違いないんです。

円地　「蓼喰う虫」は夕刊でございましたね。

谷崎　夕刊の第一面でした。

編集部　新聞小説に挿画を入れますのは、昔からの伝統でございましょうか。

谷崎　かなり古くから入ってますね、僕がおぼえていますから。

円地　もっと昔は今のような形ではなくて、新聞のまんなかあたりに小説があって、小さい挿画が入っていましたね。

谷崎　芥川の「地獄変」にもあったような気がするな。

円地　日本の絵巻物みたいなものは、西洋にはないのかしら。

谷崎　同じ人間が、場面が変ると何度も出て来るというあの絵巻物……。

円地　平安朝からのああいう伝統が、やっぱりどこか挿画につながってるんでしょうね。「春琴抄」の和田三造さんのは一枚だけでございますか。

谷崎　あれは一枚だけ書いてわたしにくれたんです、和田さんが。はじめっからもうちゃんと表装してある一枚の絵です。

円地　挿画というつもりじゃなくて……。

谷崎　じゃないんです。

円地　安井曽太郎さんの「猫と庄造と二人のおんな」の挿画はどういう……?

谷崎　あ、あれはおかしい話があるんだ、(いかにもおかしそうに笑いながら) あれは創元社からあの本を出すときに、はじめ藤田嗣治君に頼んだんです、猫を描くのがうまいからって。そしたら承知して何枚も描いてくれたんです。ところがわたしの作品にはぜんぜん関係のない猫ばっかり描いちゃったんだ、いろんな猫をいっぱいね。まるで猫百態で……猫はいかにもうまく描けてるんだけれども、ぜんぜん関係ない猫なんですよ……これは困るなって言って……あの絵はどうしたんだろうな……とにかくこれでは困るからって返したんです、創元社へ。創元社は藤田さんに返したんだろうな……藤田さんはあとで、外国では作品にとらわれないで自由な挿画を描く場合がたくさんあるんだからって言ったそうですがね。そんなことで、またあらためて安井さんに描いてもらったんです。

円地　あの作品は何かおありになるんですか。ほんとうにお創《つく》りになった物語ですか。

谷崎　ちょっとあるんです。

円地　とてもリアリティーがあっておもしろいですね。猫が生き生きしていて、そこにいるみたいな気がしますもの。……「少将滋幹の母」の新聞連載の時の挿画もよかったですね。

谷崎　あれは安田靫彦《ゆきひこ》さんに、小倉遊亀さんを推薦してもらったんです。たしかわたしが安田さんのところへ相談に行って。

円地　小倉さんが挿画をお描きになったのは、あれが初めてじゃございませんか。

谷崎　あの原画は小倉さんが持ってるんですよ。譲ってくれろって言ったんですけどね、譲ってくれないんです。

円地　こんど、その大切にしていらっしゃる原画を小倉先生から拝借して、製版いたしました。谷崎先生は挿画がお好きですね。「鍵」をお書きになったとき、小説を書こうと思うけれど、新聞にしたいっておっしゃって、わたくしどもが、なぜ新聞でなければいけないのですか、中央公論の雑誌にぜひいただきたいと申し上げたら、雑誌はあまり挿画がないけど、新聞は毎日挿画が眺められて楽しいからっておっしゃるので、それじゃあ新聞と同じ枚数の挿画を入れましょう、ということで、あの棟方志功先生の板画が出来たのでございましたね。

谷崎　あれはとても助かりましたね。毎回ああいう板画が出て来るので、非常に励まされたな。

かなづかいのこと

円地　こんどは先生、とうとう新かなづかいになさいましたね。長いことお許しになりませんでしたのに。

谷崎　ええ、直接の動機は、右手が不自由になってから口述で仕事をしてるんですけど、旧かなづかいで筆記してくれる人がないということからなんです。

円地　いまの中学生は、もう旧かなづかいは読めませんでしょう。高校生でもどうでしょうか、まして書くとなりますと……。

谷崎　多少書けるって言う人でも、やっぱり知らない字や間違った字がどんどん出て来ます。

円地　鼈甲《べっこう》の鼈の字とか、先生のはむずかしい字が多うございますから。「少将滋幹の母」なんかも、ずいぶんむずかしい字がございますね。

谷崎　この間、井上靖君の「風濤」を読んだら、むずかしい字をずいぶん使ってました。これならこっちもそんなに遠慮することはないって気がしたけれども……（笑）。

円地　あれは朝鮮の古文書なんかを引用していらっしゃるところが多いですから。

谷崎　でも井上君は自分で書けるからいいけれども、わたしなんかはもう……。

円地　お書かせになるのじゃずいぶんめんどうが多うございましょうね。

谷崎　辞書を当てがっておけばいいと思っていたら、その辞書の説明の文字が読めないんですね。だから検出するのにとても時間がかかるんです。

円地　そうでございましょうね。辞書の引き方が昔の人ほど速くはないでしょうし。

谷崎　それに、たとえば鼈甲の鼈の字は、ベッコウというところを見ればいいんですけれども、こっちが、そこを引いてみろとか、いろいろ教えなければ検出が出来ないんです。しじゅう虫めがねを持って注意していなければ間違う。結局大きな字を書いて説明したり、わたしが自分で辞書を引くようなことになって、いらいらして来るし、時間はかかるし、それにたいていの辞書は大きくて重いですからね、片手じゃ支えられないから痛い方の手も使ったりするし、実にもう……。

円地　先生のお作品が新かなづかいになるということはほんとうにエポック・メーキングなんですけれども、若い人たちには、ほんとうに読めないのでございましょうし、読めないのじゃどうも致し方ございませんね。

谷崎　この中央公論社の本の前にも、文学全集で、講談社のときにも河出書房のときにも、新かなにしてくれろっていう話はあったんですがね、それはことわってたんです。中央公論でも前からときどきそういう話があったけれども、それもことわってたんです。わたしとしては、何よりも旧かなづかいで口述筆記してくれる人が得られないのではどうも致し方ないので新かなづかいにふみ切ったわけですがね。だんだん考えてみると、みんなに読んでもらえないというのも淋しいことですしね。

円地　こんど、「源氏物語」をまた新かなづかいでお訳しになるとか……。

谷崎　ええ、新かなで出すとしたら前に訳した「新訳源氏物語」をそのままかなづかいだけ直して出すんじゃなくて、今の語感では煩雑すぎるような敬語を減らすとか、誤訳を直すとかして、もう一度全部やり直そうという気になったんです。源氏の新々訳はこんどのこの本を新かなにする決心をしたあとから考えたんです。

円地　たしかに先生のお作品など、若い人にはこれまで読みにくかったでございましょうからね。

編集部　新かなづかいにいたしますと、たとえば「猫と庄造と二人のおんな」のはじめの手紙のところなど、谷崎先生がせっかくわざと間違ったかなづかいのまじっている手紙をお創りになっていますのに、それがすっかり正しいかなづかいに直ってしまって特色がなくなってしまうのでございます。それで、先生にお願いして、新しい間違いの個所を作っていただきました。ですから誤植ではございません（笑）。先生としては御不満な点も出てくるかと思いますけれども、これが翻訳でしたら、現代表記とか旧かなづかいという問題はなくなってしまうわけでございますね。先生のお作品の翻訳は今は世界中で読まれていますので、その意味では日本でも現代表記による谷崎文学が読まれる時代が来たと言えるのではないかと思います。

谷崎　外国で日本語を習っている西洋人は、みな旧かなだということですよ。新かなづかいの法則はかえって覚えにくいんだといってましたよ。

円地　アメリカではエリシェフさん（元ハーバード大学極東部長）のお弟子さんの日本文学研究家がたくさんいられますね、今に西洋人のほうが日本人よりよく読めるようになるかもしれませんね。

編集部　外国では日本語を習うのに先に古文から始めるのではございませんか。これはキーンさんのお話ですけれども、キーンさんがケンブリッジ大学へ赴任なさった時に、ちょうど学生さんたちが「蜻蛉《かげろう》日記」を習っていまして、現在の口語も蜻蛉日記のことばと同じだと思っていたらしくて、日本語で話してごらんなさいと言いましたら「何とかしてはべり」と答えたそうです（笑）。

円地　沖縄の八重山群島あたりに、王朝のことばが残っているらしゅうございますね。

谷崎　沖縄の島でしょう。京都あたりでも僕らがごく若い時分は、「何とかしてたもや」というようなことばを使いましたよ。

円地　主人の故郷が石川県でございますが、そこの田舎のおばあさんが、「うたっちゃ」って言うんです。いやだ、という意味でして、「あら」をつけまして「あらうたっちゃ」って申します。語源を考えてみますと「あらうたてや」なんでございますね。都のことばが地方へ行くに従って訛《なま》ったんでございましょう。谷崎先生はずいぶん関西の方言をお作品に使っていらっしゃいますけれども。

谷崎　わたしが使ってるのは主に大阪と京都ですね。それより西の方はあまり……。

円地　「蓼食う虫」からでございますか。

谷崎　それと「卍」と……。

円地　やはり大阪の土地の方をお使いになって……。

谷崎　あの時分、大阪の帝塚山に女子専門学校がありましてね、そこの卒業生でした。

円地　そういう方にお話をさせて……。

谷崎　話をさせてそれを一つ一つ筆記しまして、それから書いたものをまた見てもらいました。

円地　同じ京都・大阪でも場所によっていろいろ違うんでございましょうね。東京だって山の手と下町の言葉ではずいぶん違いますから。

谷崎　それは違います。大阪の中でも船場《せんば》はまた違いますしね。

円地　「猫と庄造と二人のおんな」の人たちのことばは、いかにも関西ですね。

谷崎　あれは尼が崎あたりのことばですね。

海外における谷崎文学

円地　先生のお作品で翻訳されたものはどのくらいございますか。

谷崎　さあね。『日本の文学』のわたしの集にはいるものでは「蓼喰う虫」「鍵」「細雪」それからこのあいだハーバード大学のヒベットさんの訳でアメリカで出た“The Seven Japanese Tales”の中に「刺青」と「春琴抄」がはいってます。「少将滋幹の母」はまだだったな。

編集部　「瘋癲老人日記」も御契約なさいましたね。

谷崎　“The Seven Japanese Tales” は妙なものを入れてるんですよ。今の二つのほかに「恐怖」「私」「盲目物語」「夢の浮橋」それから「青い花」なんて妙なもの。あのごく短かいあれね。あっちの人であれが気に入ってるという人がわりにあると、ヒベットさんがそういうのですよ。

円地　「蓼喰う虫」は妙な名前になっておりましょう。“Some Prefer Nettles” ですか。アメリカへ行きました時に、むこうの人がしきりにその名前を言うのですけれども何のことだか分らなくて、だんだん考えましたら「蓼喰う虫」のことでした。

編集部　「猫と庄造と二人のおんな」はまだどこからも翻訳は出てないようですが、あれはキーンさんがお好きですね。

円地　サイデンステッカーさんも好きですね。

谷崎　戦争がすんではじめてアメリカ人が来たときに、あれをいいっていってた人がいましたよ。

円地　国境に関係なくわかるんでしょうね。ああいう心理は。

谷崎　戦争中にどうして手に入れたのか、ウェレーさん（英国の日本文学研究家、「源氏物語」の訳者）があれを読んで、戦争のあとでわたしに手紙をくれました。その手紙は今でもとってありますがね、おもしろかったそうです。非常によろこんで読んでくれたようです。

円地　あれが翻訳で出たらよろこぶ人が多いでしょうね。お作品全体を通じて訳の出ている国はずいぶん多うございましょう。

谷崎　アメリカ、フランス、ドイツ、イタリー、スウェーデン、それからフィンランド、デンマーク……。

円地　インドはどうなりましたか。それからオランダ。

谷崎　オランダもあります。

円地　「鍵」は韓国語の海賊版がございましたね。

谷崎　韓国はずいぶんあるんですよ。しかしまるでわからないから、あの字はね（笑）。

円地　「鍵」はずいぶん出ましたでしょう。

谷崎　あれは売れたようですね。アメリカのポケットブックで二十五万部出たそうです。印税はなかなか送って来ないけど（笑）。それからドイツで案外よく読んでくれました。普通の本で五万部出たそうです。

編集部　スウェーデンも国が小さいのによく売れますね。

円地　「卍」はどうでしたかしら。

谷崎　「卍」の単行本はまだです。ヒベットさんがあれを訳すつもりでいたんですけどね、

「瘋癲老人日記」を読んでみて、こっちから先に訳を出したいから「卍」はあとまわしにすることになったそうです。いずれ「卍」も出すそうですけどね。

（昭和三十八年十一月三十日　虎の門　福田家にて）

川端文学の世界

川端康成
三島由紀夫

同人雑誌のこと

三島　今日はどんなお話を伺うか……同人雑誌のことなんかから伺おうかな、川端さんは同人雑誌についていろいろご経験がおありだから……いちばんはじめは、もちろん「新思潮」ですね。第何次「新思潮」ですか。

川端　第六次ですか……。

三島　あのころは資金なんかどういうふうに……。

川端　資金はもちろん持ち寄りですけれどもね。

三島　編集なんかは一人が全権をもっていたのですか。

川端　そういうことはありません。

三島　原稿を没にしたりということは？

川端　それはぜんぜんありません。編集といったって原稿を持ち寄るだけですから簡単ですね。同人はいちおう全員文壇に出ましたよ。それは「文芸春秋」のおかげでしょう。菊池さんが「文芸春秋」をはじめて、「新思潮」の同人が全部「文芸春秋」の同人になりましたから。佐々木味津三さんの「蜘蛛」の同人も全員はいって、小説は発表できたわけですからね。いちおう全員文壇に登場したといえましょうね。

三島　菊池さんは、新人の原稿なんかよく読まれて、指導されたというようなことがあったのですか。それともただ人間的なつながりだったのですか。

川端　読まれたけれども、指導というようなことはあんまり……。指導するにしても非常に簡単ですね。ただ、才能があると思えば、世の中に出すことには非常に力を入れていましたね。

三島　なるほど。いまの文学者はお互いにあんまり会うこともなくて、座談会なんかでしか会えないのだけれども、当時は文壇にお出になっても、文学的交際がずいぶん深かったわけですね。一週間に何べんぐらい友だちにお会いになりましたか、たとえば横光さんとご一緒の新感覚派時代のころなんか。

川端　ほとんど毎日会っていました。下宿か家へ行ったり来たりしたんですけれども。ほかに会うところといえば喫茶店みたいなところじゃないでしょうか。バーというのは、その時分はバーといわずにカフエでしたし、数も少ないし、それへ行くのはもう少しあとですね。

三島　何というか、学生同士的な感情というようなものはいつごろまでお続きになりましたか。三十代までそういうお気持がございましたか。

川端　ええ、三十ぐらいまででしょう。

三島　はあ、ちょっと今じゃ考えられないことですね。今じゃ文壇に出ちゃったら、みんなどこかへ行っちゃうみたいで……。毎日文学の話をしていらしたわけですか。

川端　ええ、していました。私たちより十ぐらい上の菊池さんだとか久米さん、宇野さん、広津さんなんかもよく会っていたのじゃないでしょうか、毎日のように。

三島　プロレタリア文学への対抗意識というのは、そのころからもうあったわけですか。

川端　いちばんはじめ「新思潮」を出した時分は、まだなかったですね。「新人会」というのがあったのですけれども、いわゆる左翼といっても、はっきり共産主義じゃなかったのでしょうね。広く社会主義というところでしょうか。

三島　そのころはまだ、文壇的にもプロレタリア文学が大攻勢には出てなかったわけですね。

川端　そうですね。プロレタリア文学が盛んに興ったのは「文芸時代」の時代でしょうか。

若い日の読書

三島　そのころの一般の青年の文学に対する考え方は、やっぱり芸術主義がかなり濃かったのですか、文学をやろうという気持の中に。

川端　そうです。

三島　「白樺」の影響なんかは？

川端　むろんありました。

三島　共通に読んでいた本というのか、共通の教養と申しますと、当時は……。

川端　やはりロシア文学でしょう。トルストイ、ドストエフスキー、チェーホフ、ツルゲーネフ。フランス文学はややあとですね。

三島　ポール・モランなんかがはいって来たのは？

川端　だいたい「文芸時代」が出たのと同じころだと思います、堀口さんの翻訳が出たのは。

三島　あれなんか、戦後の実存主義小説みたいなものよりも感覚的にすごいショックというか、新鮮な感じを与えたでしょうね。

川端　ええ。

三島　あのころの翻訳なんか、今から見ると趣味的ですけれども、そのかわり麻薬みたいなところがありましてね。ポール・モランの「夜ひらく」「夜とざす」。

川端　ありましたね。

三島　ただ忠実な翻訳ではなくて、新文学運動を刺激するような翻訳でございましたね。それから見ると、そういう感覚的な外国文学からの刺激とか、外国文学でみんなカーッとなっちゃうということは、今はぜんぜんなくなりましたね。

川端　サルトルなんかどうですか、それからこの間死んだカミュ。

三島　でも、それは一種の思想というか、ものの考え方の上の影響で、文体とか表現とかいう感覚的なものからの影響はほとんどないのじゃないですか。サルトルなんかでも、そういうものはぜんぜんなかったと僕は思うな。戦後一時期、ちょっと曲解されたような実存主義が風靡《ふうび》しただけで、ほんとうに青年をワッと動かすような外国文学はないようですね。

川端　私たち、ストリンドベリーもみんな読みました。今は読む人が少なくなりましたね、イプセンも。

三島　ストリンドベリーの「ペリカン」なんか鷗外さんの訳で「白樺」に載っていますけれども、ああいうのをいつか僕、芝居でやりたいと思っているのです。現代文学の一面に通じてくるものがあるのですが……。

川端　ショッキングでしたよ、あのころ。

三島　そうでしょうね、今アメリカで大はやりのアルビーの「ヴァージニア・ウルフなんかこわくない」という芝居なんか、まるでストリンドベリーです。まるでそうです。メーテルリンクなんかは？

川端　メーテルリンクなんかも読みました。それからあのアイルランドの芝居ね。

三島　シング、イエーツ……。

川端　ドストエフスキーやチェーホフなんか、まだ私たちの高等学校時分、英語で読んでいましたよ。ロシア文学の翻訳の英語はやさしいのですよね。

三島　正宗白鳥さんなんかも英訳的教養でしょうね。

川端　私たちより前の人はむろんみんな英訳です。

三島　当時はいやでもおうでも語学の力がつくようになっていたのだな。今じゃ翻訳がみなあるから……。

「掌の小説」

三島　川端さんの掌の小説というのは、近代文学でも非常にユニークなもので、ああいう時間のかかる小さいお仕事を残されたというのは、いまショート・ショートというものがはやっていますけれども、それとはまるで質の違った立派なものだと思うのです。ああいうことは、当時川端さん以外にもやっておられた方があるのですか。

川端　岡田三郎のコント……コントはフランス風なおちがあるわけですね。僕のはおちがないのですけれども、その岡田君とか、武野藤介、中河与一さんがやはり短いものを書いてましたね。しかし僕がいちばん長くやっていましたでしょう。

三島　全部で百篇、たいへんな数ですね。雑誌なんかの編集方針で、短いものをという注文があったのですか。

川端　いえ、そんなことはありません。雑誌の注文には関係ないのです。あのころ小説はだいたい三、四十枚だったんじゃないでしょうか。今はもっと長いでしょう。

三島　あれはだいたい何日ぐらいで一つをお書きになりましたか。

川端　それは一日です。

三島　まあ、あれは川端さんの詩集みたいなもんだろうな。

川端　詩集になればいいんですけれどもね。なっていませんね。

三島　僕は、詩集だと思いますね。でも、今はああいうものを書こうという精神的な余裕をみんな持てないし、それから、ああいう技術もずいぶん退化しているのじゃないかな。

川端　短篇をきちっとまとめる技術は退化してますね。三島さんは短篇をきちっとまとめますけれどもね（笑）。

三島　いや、僕はだめですよ。しかし大江健三郎君なんか、ちょっとできるかもしれないですけれどもね、ああいうことを。

川端　僕なんかまとまらないほうですけれどもね、以前はきちっとまとめた人がかなりいたわけですよ。

「雪国」

三島　僕はね、あの「雪国」の最初の文学的イメージがお浮びになった時はどういうことだったのだろうと思ってときどき考えることがあるんです。つまり、それまでの川端さんのいろいろな技法の集大成なんですけれども、同時にずっとあとの「山の音」「千羽鶴」にいたるまでの、展開の芽があの中にあると思うのですよ。それで、西洋人は「雪国」をインプレッショニズムの文学、印象主義的な文学だというのだけれども、その印象主義と古典的な物語性とが、ちょうどあそこで境い目になっているような感じがするんです。その前にももちろん物語的なものをお書きになっていらっしゃいますけれども、いちばんあの小説がそういうものの境い目みたいな……。川端さんがあれをお書きになったときに、物語ってものが頭に強くおありになったのか、それとも、一人の女性の生態ってもののイメージのつながりが重点になったのか、そんなことを伺いたいと思うのですけれども。

川端　ああ、それは物語より一人の女性の生態ですね。

三島　そういうものを非常に長く書こうというお気持があったのですか。

川端　長くって、枚数ですか？　いや、そんなに長く書こうという気持はなかったのですね。

三島　でも、「眠れる美女」みたいに、はじめは一回でやめるつもりが延びちゃったということじゃなしに、前からある程度の長さは予定されていたわけですか。

川端　途中からですね。いちばん最後に火事がありましょう、あれは戦後に書いたもので、その間ずいぶん間があるわけです。あの火事ははじめから書くつもりだったのですけれども、ずいぶん日がたったあとで書いたものだから、ちょっと調子が違っていますよね。

三島　いや、僕はそうは思いません。火事は非常に必要だと思います、あの小説の中で。おそらくあれがあの小説のいちばん基調をなすイメージだろうということはよくわかります。というのは、駒子自身が雪中火事みたいなもんじゃないですか。そうして非常に官能的な女の体の温かみみたいなものが、はじめから雪の中に対比されて現われてくるわけですね。

川端　はじめに雪の中にはいって行くところがあるでしょう。だからおしまいに火事があるということになるのですけれども、時間をおいたので、ちょっと調子が違うのじゃないかという気がして……。自分ではわからないのですけれどもね。

三島　あれをお書きになる構想は偶然生まれたものですか、それともそういうものをお考えになって温泉へ行かれたのですか。

川端　いえいえ、それは偶然です。

三島　作家が偶然ああこれは書きたいと思って、それが醗酵して小説が生まれる、それが小説としていちばん自然ですが、今はそういうことがないのじゃないかしら。さあたいへんだというんで、あわてて汽車の切符を買ってとんで行って、いつまでに取材して来なければいけないというようなことになっちゃって（笑）。それに比べて、「雪国」はいかにも自然に醗酵して生まれてきたという感じがしますね。……お仕事で温泉へこもられたり、旅行されたりということはよくあったのですか。

川端　以前から私は家ではあまり書かなかったですね。

三島　もちろんかんづめなんかない時代……。

川端　ええ、そうですね。かんづめというのはないですね。いや、あったかな、ありましたね、やっぱり。今のかんづめとは感じがちがいますが。それから印刷所へ行って何か一つ書いたこともありましたよ。ところが印刷所へ行くと、書きたいと予定していたことをみんな忘れちゃって、短くなっちゃったという小説があるんだけれども、何でしたかね、あれは。……やはりそのころも、みんなほうぼうへ行って仕事してましたよ、家を離れて。

「千羽鶴」

三島　「千羽鶴」はお茶をからかってやれというお気持はなかったのですか。

川端　まあどっちかというとそうなんです。お茶というものは、ほんとうのいい面を書くのは非常にむずかしいのですよ。このごろの大寄せのお茶は茶器の展覧を茶室で見るというようなもので、つまらないのですけれども、お茶のいい面はたしかにあるのです。その面は私は書いてないわけです。だから、お茶の小説だなんて言うのは、僕はおかしいと思うのですよ。

三島　お茶人なんか非常にあの小説を喜ぶのですか。

川端　喜んでるかどうか知らないけれども、まあ、いけないとは言いませんね。あれをお茶の小説だと言ってお茶人が喜んだらおかしいと思うのです。私もお茶にいい面があることはよく知ってるんですよ。だからいつかはその、いい面を書くかも知れないけれど、それはむずかしいから、あれには書いてないわけです。

三島　西洋の小説では、絵だとか美術品だとかが小説の中で重要な役割を持っている作品がありますけれども、「千羽鶴」ではお茶器が一つの登場人物だと思うのです。それが媒体となって人物が動いていて、そのお茶器が、いつでも無気味な、不吉なものとして現われている。そういうところが非常におもしろいんです、あの小説。

川端　お茶器もあんまりいいものは書いてないんですよ。

三島　それとお茶の素養というものと、こわい女性と。

川端　お茶の素養の面はあまり書いていないと思うんです。

三島　でも、ちょっとございますよ。ちか子はいろんなお茶器の素養があるんですけれども、そのお茶の素養と、ちか子のああいう性格は、まるで無関係みたいですね。ただ、職業的知識にすぎなくて。

川端　しかし、一般にそういうことが多いですよ。

三島　そういうところをズバリと書いていらっしゃる。

川端　吉村公三郎さんがあれを映画にするとき、ちか子を主人公にしなければ映画が撮れないと言いましたよ。少なくとも、お茶の小説ではないと思います。

三島　僕もそう思いますね。題から来る感じもあるのでしょうが、あの題も非常に皮肉な題で、千羽鶴の風呂敷を持った女性が一度お客に出てくるだけで、あとは幻のように、すうっと道のむこうを通ったりして、登場人物と何ら関係なく過ぎちゃうんですね。それでもそういうのが「千羽鶴」という題になってるところに、何か皮肉な意味があって、残りの登場人物は、みんな人間関係の中でアップアップしている。題からの印象で、何か非常にとりすました小説のように思われているけれども、むしろ非常になまぐさいものではないですか。

川端　志野のお茶碗に口紅がついてるなんて書いてありましょう。何もそういうことはないのですけれども。あれで、志野という瀬戸物のことを非常によく書いてあるというふうに受けとられるのですけれども、それもあんまりよく書いてはいないんですよね。

三島　ああいう人間関係なんかに、川端さんの厭世主義というか、思想というか、ストリンドベリーの影響みたいなものがちょっとあるような気がするんです。いちばん肉体的に密接な人間同士のハースリーベ（憎悪愛）というか、感情の反撥、憎悪。でも、川端さんもずっと厭世主義だとおっしゃるけれども、ほんとうに無手勝流の生き方をなさっていらっしゃって、むしろある意味では楽天主義じゃないですか。

川端　そう言われると、二の句が継げませんが（笑）。

三島　……しかし僕、川端さんの小説の映画化・劇化されたのは嫌いだな。それはもうほんとに不可能ですよ。

批評について

川端　むずかしい話をするのは外国の作家ですね。

三島　人類の運命とか、人生の意義とか、正面きって言い出すから困っちゃう（笑）。

川端　すべてに意義をつけます。だからそういうふうに言ってもらうと、自分の小説でも「ははあ」と思うような時がありますけれどもね（笑）。日本人は批評とか評論とかいうのは実に下手ですね。

三島　ポール・ヴァレリーなんか、ほんとうに美辞麗句をならべて悪口を言うでしょう。日本にはああいう伝統がないのですかね。ずいぶんほめたたえていて実はひどい悪口を言っていたり、ずいぶんひどいことをうまい社交辞令で言ったり、否定の中にちょっとそれをやわらげるものが入っていたり、あれは一種のサロン批評の伝統でしょうね。日本では書生批評ですから、どうしても直《ちょく》になっちゃう。

川端　思想を述べることが下手ですね、日本人は。

三島　下手ですね。外国の批評は文体があるのですね。日本の批評家は一つの観念世界を作るところまで行くけれども、その観念世界が、スタイルを通さなければ読者に伝わらないというところで、もう一つやらないところがありますね。小林秀雄さんのような特別な例を除いて。

川端　日本人は小説が下手だというけれども、評論ほど下手じゃないですよね。評論、それから演説が下手ですね。外国人はうまいですよ。それから中国人ね。

三島　中国人はうまいですね。日本人はアポロギアがないから。演説というのは、ギリシャのアポロギアで世間に対して自分の立場を弁明したということが、一つのポレミックの最初の要素になっているんだけれど、日本では弁明は恥かしいことで、そう思うなら思わしておけというわけでしょう。そう思わしておけ、じゃおもしろくないですよ。あとは寄席芸人の芸しかなくなっちゃいますわね。講演が寄席的にうまい人はいますけれども。

川端　江戸時代のほうがうまかったかも知れませんよ。思想があったんですから。あの時代の仏教人、儒家なんかのほうが確固としていたんじゃないでしょうか。かえって。

三島　それから小説の批評でも、ディテールというものがどんどん無視されてゆくような気がしますね。一方でいかに高遠な議論があっても、小説の質は細部で保たれてるのですからね。谷崎さんの文学にしても、川端さんの文学にしても。だからそういうものの無視の上に成り立った批評は、いかに純文学を論理で擁護しても、擁護したことにはならないと思うんです。細部というもので楽しむ批評が出てこなければ、純文学擁護の批評にはならない。問題は細部なんだから。

川端　細部に意味をつけるんです。

三島　そう、細部に意味をつける……ということになると、それはちょっと僕も耳が痛い（笑）。川端論なんてのもだいぶやったからな。

（昭和三十九年一月十四日　紀尾井町　福田家にて）

青年、今と昔

林　房雄
三島由紀夫

新しい青年像をめざして

三島　今日は林さんの「青年」にちなんで、近代および現代日本文学と青年の問題を取りあげたらどうかと思うのですが、いかがでしょうか。

林　けっこうです、どうぞ。

三島　私は明治以来の小説をいろいろ読みまして、「青年」という作品ほど、青年らしい青年、そしてどこからどう見ても躍動するポジティブな青年が書かれているものは、ほかにないのではないかと思うのです。鷗外の「青年」と林さんの「青年」を比べてみれば、いちばんはっきりすると思うのですが、日本の近代文学で青年というものは、絶望し、幻滅し、神経衰弱にかかり、自殺し、あるいは劣等感にかられたという青年像ばかりでしょう。そして戦後はまた、戦争でいじめられ、世をうらみ、人をうらむ。それがいまだに続いている。その中で林さんの「青年」だけが光り輝いているという点で、私はいまの青年にこの小説を、ほんとうに読んでほしいような気がしているのですけれども……。

林　私自身は、青年の典型なり、モデルなりを明治維新の青年たちに発見して、感激してしまったんでね。私はご存じのとおり、自然主義的青年像、つまり藤村操以来の……。

三島　二葉亭四迷以来ですな……。

林　ああいう青年像、青年観をどうしても受け入れられなかったんだな。だからその意味では、文学的には正統的ではないかもしれないけれども、そのことがかえって幸いしたのではないですかね。

三島　なるほど。僕は林さんの初期の作品などを拝見しますと、ご自身「青年」の作中人物にわりあい近いのではないかと思うことがありますね。つまり、林さんの中にある、どこか非常に楽天的な、明るい、そしてどんな苦境にあっても、なにか自分も無意識的な力で、無意識のうちに打開してしまうものがあるような気がするのですよ。

林　僕は二葉亭四迷以来の青年は、どうも青年像とは思えなかったんですよ。私の中に、それと異なるものがあるのかどうかはわかりませんが、少なくとも、青年はどうもああいうものではないという観念があったです。

三島　ただ同時に青年というものは、書かれているもののなかに自分の影を一刻も早く見つけたいのですね。それで自分が失恋したり、気が滅入ったりしたときに、小説を読む。

太宰治の小説が典型的ですが、「生まれてすみません」なんていう文句があると「おれが言いたいことはこれだ」と思って、パッと惚れてしまうのですね。日本の青年文学のだいたい九〇パーセントはそうではないでしょうか。ですから林さんの「青年」を読むと、ある青年たちは反撥を感じたり、畜生と思うだろうと思いますよ。そこで感情移入をどうしてやっていくかですね。第一、僕自身が、「青年」をほんとうに好きになったのは、自分が青年の年齢を通り越してからですからね。

林　ですからあの小説は、青年を描きながら、青年読者を案外もっていなかったかもしれないですね。

三島　なるほど、当時からそうですか。

林　ええ。まああの作品は長く生きており、それはたいへん嬉しいことだけれども、読んだ人は三十代以上じゃないかな。下宿でうじうじしていた人にはあまり読まれなかったようですね（笑）。そして女の子も読まなかったでしょうね。

三島　そうでしょうね。しかし女の子はああいう「青年」を読んでイメージをもってもらいたいね、ほんとうに（笑）。

林　読まれなかったのが幸いで、そのために命がのびたのかもわからんですがね（笑）。女の子に読まれたやつはそれきりで終るんじゃないかな（笑）。

反逆者と権力者

三島　「青年」の初稿は、かなり唯物弁証法の入ったものでしたが、のちに再稿されましたね。最初のとあとの原稿とのいちばんいちじるしい差はどこにあるのでしょうか。

林　それは、思想の仮面をかぶったイデオロギーを抜いたことですね、と言っても非常に小部分ですがね。いわゆる観念的社会主義小説では、作者が思想だと思い込んだイデオロギーを抜くとみんななくなってしまいますが、「青年」は幸いにそういうものを抜いても、ちゃんと「作品」として残ったわけです。

三島　なるほどなるほど。そうすると、話の組み立てを変えたり、カットしたり、挿入したとかいうところは、たくさんはないのですか。

林　ほとんどないですね。ただ、たとえば、国際共産主義とか、維新革命の階級性などにふれているところを抜いたのです、しかし非常に少ないです。

三島　そうですか。あの牢屋のシーンは初稿のままですか。

林　ええ、あれは全く初稿のままです。

三島　あそこは物語の展開点として非常に大事なところですね。

林　高杉晋作が、ほとんどあれに近い獄中記を残しております。高杉という人は詩もうまいし、革命的な行動をする人だけれども、非常な虚無主義者ですな。虚無といっても西欧的なものではなくて、老荘派の虚無主義でね。あの部分をあなたが面白いというのは、高杉のそういう面があそこに現われているからではないかな。

三島　そうですね。それはやっぱり林さんが直感的に高杉をつかんでおられたからでしょう。高杉晋作は死ぬ前などは放蕩三昧で、遊びながら死んじゃったわけでしょう。

林　そうですね。血を吐きながら飲んで死んだんですね。伊藤博文、井上馨などは高杉の影響を非常に受けたのだけれども、虚無主義はもっていないのだな。高杉が生きておったら、前原一誠よりも前に反逆して死んでしまったかもわからないしね。少なくとも伊藤、井上みたいな出世はできなかったと思うのです。伊藤、井上は権力の座につくと、一つの反対性格になるんですよ。革命青年の純粋さがそのまま権力主義者になるのですね。ある意味で非常にいやらしいけれど痛快な政治家らしい政治家になるんですよ。

三島　権謀術数のできるような人間ですね。

林　ええ。井上は権力をとると、権力者は何をしてもいいというようなところがあるんだな。伊藤の方は権力を濫用しない、しかし、私生活においては、せっかく権力を手に入れたのだから、人を害しない限りにおいて何をしてもいい、当然のことだというふうな調子で、殿様以上に派手にやるんですな。

三島　いまでもごく小さい形で、全学連転向者というタイプがありますね。ただ私は、彼らがどこかポカンと誠実が欠落している点で伊藤、井上と違うと思うのですがね。

林　僕は全学連出身者には道徳の自己破壊があると思う。ところが維新の連中とか戦前の「新人会」などにはわりあいそういうところがないですね。左翼転向者には使いものにならないのもいますが、維新の連中は使いものになるのです。吉田松陰を例にとっても、あの孔孟儒学は、同時に王陽明ですな。陽明学という、知行一致、人間にいちばん重大なのは、己の内心を振り返ることだという学問があり、これで、伊藤、井上もまた立派に国家の柱石になるんですね。

三島　どうも陽明学を知らないと、日本の近代の政治思想、あるいは青年の行動の根本がわからないのではないかと思いますね。これから僕も少し勉強したいと思っているのですが、陽明学というのは、老荘に近くなるのですね。そして、理想主義とニヒリズムが非常に一致しているところがありますね。

林　それでやっぱり、死の哲学というふうなことになっていきますしね。

三島　当時、林さんは、革命が成功した場合に、それをくぐり抜けて、生き抜いて、そして権力者としても適合するような青年像、もっと今式に簡単に言えば、未来をになうことができる青年像ですね、そういうものを信じておられたんでしょうね。

林　それはほんとうに信じていました。まだそのころ権力者の変貌というようなことが身近にあらわれていなかったんですよ。スターリンとか、ヒットラーなんていうのは、「青年」を書いているときにはなかったんですよ。とくにスターリニズムというようなものはね。それで僕は本気に信じておって、「青年」から「壮年」を書き得ると思ったんです。ところが書いているうちにそれが書けなくなってきたのですな。

三島　それはわかりますね。

林　伊藤、井上が、はっきり弾圧者の側にまわったために、「壮年」が書けなかったのです。

三島　そのへんが僕は非常に面白いと思うのです。つまり、権力の内面を書く一つの方法として、革命家の心情では、林さん自身も非常に共鳴なさったし、またご自身の中にあったものであるけれども、文士ですからいつまでたっても権力はもたないでしょう（笑）。それを想像力でどう処理するか、という問題が残りますね。ドストエフスキーの「大審問官」などは、権力の構造の内面を書いたものだと思いますが、日本人には、やはりとても書きにくいものです。「栄花物語」における藤原道長にしても、ただほめそやされ、外側から、ご立派だ、ご立派だと言われるだけで、内面を書いたものがあまりないですね。

林　一つは、道長にしろ、スターリン型とか、ヒットラー型ではないんだな。東条英機だってけっしてそうではない。日本には大権力者というものがあらわれていないんだな。だからなかなか書けないのですよ。それからいま僕は「西郷隆盛」を最後まで書こうとしていますが、これは滅びるんだから書けるんですよ。ところが、大久保利通を書けといっても書けませんな。

三島　どうも日本文学は昔から判官贔屓で、義経のように悲劇の英雄でなければ絶対だめですね。

林　ウーン。しかし、あなたは権力者を書けますか。

三島　書けないですね。それはとっても書く自信はありません。いま問題は文学に限定してしまいましたが、僕は今日の青年で、革命運動をくぐり抜けて、権力をもたして絶対大丈夫な人間が日本に出ているかどうかということを考えるわけです。明治にはそういう青年がうじゃうじゃいたのでしょうね。つまり、どの時代にも破壊だけに従事する人間はいると思うのです。これも一つのきれいな行動だと思いますが、またそのあとを収拾して、権力だけに適合していく人間というのもまたこれはこれで一つの統治の才能のある人間ですね。統治と破壊の才能が一人の人間の中で総合されていて、若い時代には、破壊の才能が非常によく出て、年をとってからは統治の才能で天才になる。これはやっぱり男の理想像でしょうね（笑）。

林　明治の青年にはそういう人がたくさんいましたね。伊藤、井上もそうですが、生き残った人間に非常にたくさんいました。たとえば、江藤新平は死んだけれども、大隈八太郎（重信）さんは生き残っている。そしてほとんど全部が、維新前維新直後に洋行し、明治政府に入っている。破壊力の強い連中はみんな清算されているんですよ。それがしかもスターリン的粛清ではなく、自分から反乱を起してやられているんですね。

勉強した明治人

三島　われわれは明治時代は初めから青年の時代であって、青年が全部作ったような感じの錯覚を起すんですけれどもね。しかし、実際激しい討幕行動をしたのは、西南戦争と一緒に、ほとんど消えてしまうでしょう。そしてそのあとの権力を握った連中は、青年時代にどれだけ激しかったかという問題が残りますね。どこかにやっぱり理知の要素とか、常識円満とか、そういったものがあった人間でしょうか……。

林　あったでしょうね。それから、つまりリアリストで、リアリストだからこそ努力するんですよ。非常に努力して勉強するんですよ。そういう人たちが幸いにたくさん残ったんですね。西南戦争で死んだといっても、まだたくさんおった。大山巌とか、西郷従道、山県有朋もそうだ。そういう有能なリアリストたちがいて、そしてみんな外国に行っておりますよ。だから激しさという点においては、僕は激しいやつも残ったのだと思うのです。それで、そういう人たちがリアリストであるかどうかということだけれど、リアリストという言葉を使わないでも、勉強家であったということはいえると思います。高杉タイプの人間の悪い面だけとったら、それはいつだって生き残りませんよ。大山元帥なんて非常に面白いな。あれは政治の勉強には行かずに砲術と軍隊ばかりなんだ。そして自分で大砲を発明したり、改良したりしている。いつもフランスとドイツとを比べて批評しているわけですよ。パリでは勉強できないといってスイスに行って勉強しているんですよ。

三島　なるほどね。ところがいまは、リアリストの人間は勉強するでしょうか。リアリストの青年たちというのは、勉強はするが、もう改革の情熱はもたないでしょうね。

林　そうですかね。

三島　おそらくそういう人たちは非常に少ないのではないでしょうか。明治の人間は、よく勉強したという点ではすごいと思いますね。

林　ええ、全くよく勉強したですよ。

三島　いま概して言えることは、勉強する人間は、だいたい秩序肯定というか、手前のことばかり考える人間が多いような気がしますがね。

林　いや、僕はちょっとちがうな。既成の知識とか、実用知識を受け入れる人は、あなたのおっしゃったようなタイプだけれども、そうでなくして、ほんとうの勉強をする人は、そうとう激しいのではないかと思うのですよ。このほんとうの勉強家というやつは、大発明もやるけれども、わが身も滅ぼすようなこともやるのではないかな。

三島　そうですかね。そういうものが実際たくさんおれば頼もしいですよね。

林　そういうものが勉強というものの本質ではないかと思うのですけれどもね。

三島　ほんとうはそうですね。

林　実用知識ならこれは別だ。これはあらゆる時代にあったけれども……。

三島　ただ、いまの日本で技術の先端にいて仕事をしている人たちは、たしかに外国の新しい知識を吸収し、勉強もするでしょうが、二流、三流以下の知識というのは、もう自分で勉強する必要はないですね。いわゆる実用知識に類するものは、自然に与えられている。ところが、明治には、実用知識からして勉強しなければならなかったですからね。それだけにエネルギーのむだ使いもあったでしょうが、勉強の性質というものは、ああいうものかもしれないと思いますね。なんにも与えられていないということは、人をして非常に勉強させますね。

林　明治は文学者を例にとってもすごいものですね。鷗外のドイツ語とか、漱石の英語などはたいしたものですからね。硯友社の連中などもみな英語は達者ですね。二葉亭四迷のロシア語もいる。尾崎紅葉、山田美妙、泉鏡花、徳田秋声、こういう人たちはみんな英語の達人ですよ。

三島　泉鏡花の訳したハウプトマンの「沈鐘」というのがあるんですよ。あれはおそらく英訳からの重訳でしょうが、ああいうことが昔はあったんですから面白いですね。いまの文学者は、だいたい言葉の点でもなんでもそれは不勉強ですよ。

林　そう。みんな他のことで忙しそうだな。

目的と手段

三島　文学者の話ですが、外国文学をやった人間の欠点は、一つの外国語と、その外国文学だけで完全にスペシャリストになってしまうことですね。だいたい外国文学畑の文学者が日本の現代文学のほとんどを占めているのでしょうが、林さんや僕は、やっぱりはみ出してしまいますね。なにもこっちは広い勉強をしたわけではないけれど、いまの日本の文学者というのは、ちょっと別のところから見るという見方ができないでしょう。

林　とにかく志というのがなにかわからんな。

三島　わからないですね。

林　いまの作家たちにはないのではないかな。小説はただ売れればいいし、外国文学をやっている人は、それで一つの専門家になっている。明治の人たちには外国語は日本の文化なり文学をどうするかということの手段だったからな。

三島　つまり手段を勉強するということは目的がはっきりしていることですね。私は、人間は目的が与えられれば一生懸命手段を勉強すると思います。ところが、現代は目的がないですよね。したがって根本的に手段も勉強しない。僕は「青年」を読むたびに、戦後を生き抜いた青年が、これからの日本でどういうふうになっていくかということをいつでも考えるのですがね。日本の戦後の秩序は、ある意味では老人によって固められたでしょう。なんだか、青年が戦後の日本を作ったという感じはしないですね。現代の日本は、非常に老いぼれてしまった感じで、その点、明治とたいへんに違う感じがするのです。

林　なるほどね。しかし歴史的類推を信じれば、いまは戦後といってもまだ二十年そこそこですからね。

三島　やっぱりそうですかね。

林　そうなんです。僕は少なくとも二十年はかかると思うのですよ。明治維新の青年年齢をとってみても、みんな若いですよ。そういう人たちが一国の権力や経済の中心になるのは、さらに二十年過ぎてからですよ。これは私の楽観論かもしれないけれど、そう早く今日の青年に失望しなくてもいいのではないですか。まだ青年に期待していいのではないかと思うのですよ。

三島　なるほど。石原慎太郎なんかもやっと出てきたから……（笑）。期待しますかな（笑）。

林　この間、村松剛君がナショナリズムという言葉は、ヨーロッパでは非常に嫌われ、悪の根源みたいになっていると言っていました。短い言葉だったけど僕はハッと思ったのです。ナショナリズムに対するものはインターナショナリズムで、愛国心とは別の次元のものですね。伊藤、井上の尊王攘夷から文明開化への急転換は、愛国心の上に立ったナショナリズムとインターナショナリズムの選択だと思う。

三島　志の問題ですね。

林　文明開化になっても愛国の志を捨てたわけではない。あれをオポチュニズムと見る見方があるけれど、そんなことは絶対にないね。

三島　そこらへんがやっぱり概念規定のちがいで、どうしても人間はナショナリストだとか、インターナショナリストに決めつけたがると、けっきょく志がわからなくなってしまうということですね。それではこの辺で、どうもありがとうございました。

（昭和四十三年五月十五日　築地　藍亭にて）

中野重治とその周辺

中野重治
小田切秀雄

短歌のこと

小田切　中野さんの巻の解説を書くについて、いろいろの人の「中野重治論」をも読み返したんですが、同人雑誌にすぐれた「中野重治論」を書いている人がそうとういますね。それらは地味であるが着実で、よく読んでつかんで書いています。そういう「中野重治論」がたくさん出るということは、作家冥利に尽きることだろうと思いながら読みました。「くろのす」の満田郁夫、「現状分析」の円谷真護らのをはじめとして、ずいぶんある。

中野　ぼくもいくつかを読んでだいぶ勉強になりました、自分で気がつかずにいたことが……。

小田切　あれらは、見ていても楽しいという感じがしましたね。それから、「中野重治全集」の平野謙の解説は、ずいぶん力戦奮闘しているのですが、そのなかで、中野さんが

「斎藤茂吉ノオト」を書いたのは、啄木から斎藤茂吉に退いたのではなくて、斎藤茂吉から啄木にいって、それからまた茂吉にきたんで、ちゃんと発展の一サイクルができているんだというふうに書いているのですが、それはぼくも当っていると思いました。中野さんがいちばん最初に茂吉を知ったのは、芥川をとおしてですか。

中野　いや、そうでもない。芥川を読んではいたけれども、それでということじゃない。ぼくは文学的には非常に奥手でしたからね、中学のときは、そんなものはほとんど読まなかった。高等学校へ入ったら、文学少年みたいな秀才がたくさんいてね、クラスで手書き原稿の「天才会雑誌」というのが出たな。十六か、十七になってはじめて、短歌も自分で書いてみた。そのころ「赤光《しゃっこう》」の初版を持っていたけれども、これはほんとにおもしろかった。

小田切　「赤光」を買ったのは偶然ですか。それとも多少茂吉のことを知っていたんだろうか。

中野　茂吉のことは知っていなかったんだけれども、彼の散文を目にすることがあって、それで非常にひかれたんですがね。牧水とか、長塚節なんかを知ったのは、もう少しあとになるね。

小田切　啄木は？

中野　啄木もやっぱりそのころだ、同じぐらいです。なにもかもはじめてなんだから……。

しかし茂吉はたえず読んでいたね。

小田切　そのころ出ていた茂吉のものとしては、「赤光」と「あらたま」と「短歌私鈔」と……。

中野　「金槐集私鈔」とか、あんなものはみんな読んだな。

小田切　そのほかに、散文の単行本としては「童馬漫語」が出ていましたね。中野さんの全集に入っている短歌を見ると、茂吉の影響が非常に強いけれども、なかなかいい歌ですね。しかし啄木の面影というのはほとんど出てこない。

中野　そうね、啄木より茂吉のほうが早かったかな。

小田切　中野さんの「斎藤茂吉ノオト」という仕事は、「万葉集」のうちでも人麿から茂吉につながるような、日本人の生活のなかに深く根ざし、人間性の真実の緊張した関係を生活のなかに追究するという、そういう古代から近代に通ずる文学の動きを再評価し擁護し、プロレタリア文学運動の時代に必ずしも明晰になっていなかった、日本での生活における民主主義の要求とその表現を、文学理論のほうでもう一度確認するという仕事だった、とぼくなどは判断しているんだけれども、これには著者としても、あまり不満ではないということになりますか。

中野　ええ。

小田切　これを平野さんの論でいうと、サイクルが完結したということで、その意味合いが、今言ったようなところにあるというふうに考えてもよかろうし、当時の「日本浪曼《ろうまん》派」の万葉論・文学論に対立し、せめぎ合っていたものとして「斎藤茂吉ノオト」があるというふうに、いってもよかろうと思っているのですが……。

中野　「日本浪曼派」は、はじめはちょっとおもしろいと思ったけれども、あれがだんだん政府的なものに結びついていったものだから。茂吉も戦争になると、ちょっとだめだね。しかしリアリスティックなものはわりにいいんだ。あまり戦争を観念的に讃美していない。讃美すると撃ちてしやまん調になって、だれが書いてもいいようになってしまう。

小田切　当時政府側からの文学利用政策は、ずいぶん広がっていた。利用されないでがんばるというところが日本の文学者の伝統のなかにあったはずなのが、あの時期に大幅にこわれてしまったといっていいでしょうね。

中野　そうね、あれは政府側がずっと積み上げてきていたから……。

プロレタリア文学をめぐって

小田切　「ナップ」がプロレタリア文学運動の主流になるにともなって、共産主義文学以外のプロレタリア文学の〝よろしさ〟がなんとなく軽く見られるようになっていきますね。ぼくは戦後に「ナップの眼鏡」ということばで再検討を主張したのですが、そういう傾向がプロレタリア文学全体、あるいは革命運動の進め方のなかにあったと思います。中野さんは、大正十五年の葉山嘉樹の「海に生くる人々」は出るとすぐ読みましたか。

中野　すぐ読んだ。

小田切　そして、どうでしたか。

中野　感動したね。ぼくは「海に生くる人々」よりも「淫売婦」とか「セメント樽の中の手紙」とかのほうを先に読んで、感動した。つまり平たくいうと、イデオロギー的にも芸術的にもね。それから人間もぼくとはわりにウマが合ったんだ。彼の「プロレタリアの乳」という作品なんか、彼が原稿で見せて批評しろといった……。

小田切　あれらの作品は、いまの中野さんのことばを別なことばでいうと、美的にも、それから革命的にも優秀だったんですね。

中野　そう、それがナップ派ではなるべく高く評価しないような空気があったんじゃないかといわれると、あったと思うね。

小田切　そしてナップ派がどういう態度をとろうと、文戦派はみずからの道を進んで、いい作品を作らなければいけなかったのに、そうならなかったということが一方にありましたね。

中野　両方で貧しくし合った点があったかも知れない。

小田切　中野さんのように、「海に生くる人々」の美的、ならびに革命的な〝よろしさ〟

というものをよくつかんでいるという人は、ほかにもいたはずで、そういうことと運動理論とのあいだの関係は、改善する余地が非常にたくさんあっただろうと思うのですが。

中野　ぼくは少し調べてみようと思っているんです。つまり当時のぼくらの政党認識、あるいは政治方針認識、政治闘争認識からいうと、葉山嘉樹のような作家は、内容上、当然共産主義のほうにいくべきはずなんだね。それがそうでなかったから非常に困ったね。こっちは福本主義にいかれているんだからね。

小田切　それは葉山に限らず、文戦派以外の作家についてもある程度その問題があった。その前に宮島資夫、宮地嘉六、新井紀一などの労働文学が出ていたわけですが、中野さんは読みましたか。

中野　読んだ。しかし読み方は浅かったと思います。人によってちがいますが。寒村なんかも読んだ。

小田切　芥川龍之介が、プロレタリア文学は芸術ではないと信じていたのは、たとえば「新興文学」に集まっていた山田清三郎らの〝ブルジョア文壇撲滅号〟などという類の粗っぽさに激しい批判を持ち、大正期の労働文学についても、あれは美的には仕上げられていないものと見ていたろうと思う。しかもその労働文学の人々は、プロレタリア文学がさかんになると、みんな離れてしまうわけですね。ところが彼らの作品の中には、戦後に読み返してみると、そうとういいものもある。だからあれはプロレタリア文学のなかに包摂され、そのなかでそれぞれの個性に応じた伸び方があっていいはずのものだったでしょう。そのへんのことは、プロレタリア文学運動の内部では問題になったことはありませんか。

中野　あります。同時に、むしろ支配的に、ああいうものをちゃんと読んで評価しないで、マルクシズム、コミュニズムになってからがほんとのプロレタリア文学だという、そういう歴史の観念的手づくり傾向といったものがあったね。ぼくもやはり、全的にとはいいたくないが、そこへはいる。

小田切　それがプロレタリア文学のやせたところを作り出す結果になっていて、そのやせなかった人の主な一人が中野さんだと、ぼくなどは考えているのですが、このへんの全体的な関係はおもしろい問題をふくんでいると思う。もう一つは、当時の個人主義的自由主義的な明治いらいの文学を、これはブルジョア文学だとわりきって、一律に低く評価する傾向があり、それらの文学の持っているたくさんの読者をとらえているところのものとの、ほんとうの格闘ができないで、粗雑な安易な思想的作品で対処しようとする文学的な思い上り、というか、政治主義的安易さがともすれば力をふるった。今でもその傾向が一部にいちじるしいが。これは文化政策の問題でもある。

中野　一つには、日本の革命運動史との関係があるでしょう。ロシアでは、ナロードニキの遺産をどうするかというところからやっている。論理だけじゃなくて、労働運動の実際と結びつきながらこれが出ている。過去の継承ということが、歴史理論の上でも段階をふんで行っているけれども、日本ではそれがなかった、ように思いますね。

小田切　そういうことが一方にありながら、昭和初年の短い時期に日本のプロレタリア文学運動が、全体として作り出したものは、大したものだったということがあるわけです。

中野　それはそう思いますね。逆にいうと、あのへんで働いた人たちは、それ以前の、外国文学も含めて日本の文学で育てられてきているわけでしょう。それである程度仕事をした。しかしそのあとになると、「文芸戦線」の人でも、「ナップ」の人たちでも、反撥してた人たちのいいところを生かす確信のある工夫をしなかった。自分の持っているものも立腐れになるし、ぼくなんかはろくになにもないんだから、ツマ先立っているだけだから、やられると、それっきりになる。そういう点があったと思うね。それについて当事者のあいだにいろいろ疑問が出てきて、共同の問題にして解決するべきであったのに、自分たちのなかに感じられたマイナスを表に持ち出すと、全体としての戦線に不利にひびきはしまいかという、革命的事大主義みたいなものがずっと残されてきたというふうに思います。

戦争に向って

小田切　ところで中野さんは小林秀雄たちから「文学界」に入るようにと熱心に勧めがあったにもかかわらず、それを断わり抜いたわけで、ぼくは断わったことはよかったと思っていますが、そのときにはどういうふうに考えて入らないでつっぱっていたのですか。

中野　あれは非常に意外だったから断わったので、あくまでも頑強につっぱねた……というふうにいってた人もあるけれど、ま、断わる点でははっきり断わったけれども、あれは小林なんかが考えていて、話がえらく急だったね。どこかで集まって、いきなり入れという。それでおれは入りたくないといったんだよね。そうしたら小林がしきりに入れという。しかしおれは入らんというと、なんで入らぬのかというから、入りたくないから入らないんだというようなことだったね。あのころの政治情勢との関係で、必然にあるコースへ入って行くだろうとはっきり見越して断わったというほどでもないんだね、気に染まんから入りたくなかった……。

小田切　その気に染まんというところにくいさがるみたいで悪いけれども、なんで気に染まなかったのですか。

中野　あれは同人組織だよね。「驢馬」や「裸像」は別として、既存の同人雑誌に入ろうという気はしなかった。そんなことはちょっと自分とはちがうという感じが一つ。それからあの時分の島木や林なんかといっしょになって仕事したいとは思わなかった。そういうことだね。もっともその席で林がちょっと親切（?）にしてくれた……。

小田切　「文学界」に入るのを断わったあと、「閏二月二十九日」などを含む一連の、「文学界」批判というか、文壇的文学観念が軍国主義へ切り換えられていく大きな動きに対する、中野さんのもうれつなくいさがりがありましたね。ああいう形で問題になるようなものが、「文学界」加入が勧められたときに、すでに感じられましたか。

中野　そういうことが多少はあったでしょう。

小田切　やっぱりそうでしょうね。

中野　でも、まだはっきりした形ではなかったと思うけれどね。

小田切　そのへんの勘が問題だったのだろうけれども。

中野　しかし、「閏二月二十九日」を書いたのは、入ることを断わって、けんか別れみたいな形になったから、こんどは一気にはじめたというんではないんだ。それは彼らのほうが非常に変って行ったからね。それから文学上の仕事というよりも、まあ、文学上の仕事だけれども、ぼくの孤立した個人的な政治活動ということだ。

小田切　「歌のわかれ」は「革新」に発表されたのですが、中野さんと雑誌「革新」というのは、なんともとり合わせがおかしいですね。あれはどういう経過なんですか。

中野　「革新」は、新人会の昔の知人が編集をやっていて、それがなんか書けといってきたんだ。

小田切　「革新」は戦争の終りに近くなると、とくに極端な右翼の雑誌になりますけれども、その前、中野さんの書いたころは、広い意味での言論右翼的な雑誌です。つまり戦時型総合雑誌のニューフェイスでしたね。

中野　それでその男のいうには、とにかくこれは右翼的な雑誌だ、しかし小説を載せたい、ぼくに書いてくれという。ただし条件がある。中国戦争が現実に進行しているということだけ認めてくれ、というわけだ。帝国主義侵略戦争というのだけは勘弁してくれ……これは、相手の方で百も承知なのだから……ぼくはそんなことを書く段取りでもなし、それなら書こうというんで書きました。

小田切　とにかくいまから見ると、そういう戦争、あるいは戦争と結びついた右翼的なものにたいして、文学的、美的にいちばんよく戦っていた小説が「革新」に出ているというのは、実におもしろいことですね。

中野　もし事態がどうかなれば、ぼくは書くのをやめればいいんでね……。

小田切　そのご、検閲側が直接とやかくということは、太平洋戦争がはじまるまではありませんでしたか。

中野　まあ、書かないからね、どこからも原稿書けといってこないから、検閲以前ですよ。「斎藤茂吉ノオト」ぐらいだ。

戦後の文学運動のなかで

小田切　それで戦後、中野さんが共産党に入ったのはいつごろでしたか。

中野　一九四五年末です。

小田切　共産党の再建の仕方、進め方、そういうものについて違和感を持ったのは、どのときからですか。

中野　はっきりしないけれど、四六年初めからはそうだね。入るなりといってもいいと思う。しかしぼくは入るとき、再入党ということをもっとはっきりさせるべきだったと思っています。

小田切　あのへんにいろいろ問題があるわけで、戦前の革命運動およびプロレタリア文学運動がつぶれたのは、弾圧のためということが基本だが、同時に、弾圧に対してもっとよく戦えたはずのものが、十分に戦えなかったという運動のスタイル、組織の仕方、あるいは組織の運営の仕方などの、問題がいっぱいあったわけですね。戦後、実際に運動をはじめてからそういう問題が新しい形で出てきて、中野さんは「アカハタ」の文化部長として、党の政治方針や、運営の仕方について、文化面からいろいろとつっぱらざるをえないようなことが出てきた。それらが五十年問題に集約されて出てくることになるけれども、その経過は必ずしも明らかでないので、あれは中野さん自身としても、あらためて検討してもらっていいですね。いま、「群像」に連載中の「甲乙丙丁」のなかでも、その問題にもっと入ってもらいたいと思うのですが。

中野　そうね。それはこれからの……。敗戦後再入党のことを考えると、ぼくはそのことを問題に出したんだが、総括抜きはだめだというふうに、おのれ自身にも決定的にはとらえられていなかったね。ただぼくは転向のことがあるから、その決着をつけないで再入党ということは、それはできないということは出してあるんだ。ぼくはずっと前、戦争の進行中、記録のことを書いて、われわれがノドを締められて窒息して死んでしまう、その死んでしまう瞬間まで、その記録を作ることをやっておきたい、それが窒息からまぬがれさせるかもしれないと、自分ではこう書いたんだけれども、実行はできなかった。だいたいぼくの生涯は後手後手《ごて》だが、このごろ少しわかってきたような気もする。

小田切　政治と文学とは、次元そのものがちがうところもあって、政治の場合はすぐ結論を出さなければいけない場合があるが、文学の場合はそう簡単に結論をすぐ出すというわけにはいかないという面がある。それから政治のなかに文学的にとらえる必要のある人間問題だっていっぱいあるわけですね。

中野　いま少し調べたいし、どうしても調べなければならんと思っているのは、一九三一年末の「コップ」成立のときの問題で、あそこに革命的エネルギーの本質的なものがあったと同時に、大きな誤りがあったということ、そしてなぜ誤りが誤りとして認識されないで、災害をみずから招いたかという、そのへんのところを調べたいと思っているんです。

このごろ、これから

小田切　中野さん、現在の仕事としては「甲乙丙丁」のほかには、さしあたりなんですか。

中野　あんまりないんだ、「甲乙丙丁」を早く書いてしまいたい。まあいろんなことはあるんだが、つまらなくてね。このごろちっとも本も読まないし、芝居も見ないし、映画も見ないんだ。今年は映画を少し見たいと思います。

小田切　中野さんには「映画雑感」という本もあるし……。

中野　ぼくは目が悪くなってね、去年、一昨年あたりから、人の書いたものがちっとも読めないんだね。内容がまずいか、書き方がまずいか、二、三行読むともうおもしろくなくなる。ところがぼくの経験によると、それは相手もまずいんだけれども、こっちの状態がよくないんだ。ところがこっちの状態がいいときは、どんな下手なやつでも、ガーッと読めるんだ。こっちの状態がところがなにを読んでもおもしろくない、なにを見ても下手さ、おもしろくなさを感じるときは、こっちの状態が悪いんだね。ところがこの暮れから、少しいろんなものを読んでおもしろいんだ。それでこれはちょっとまだ見込みがあるなと……（笑）。

小田切　それではこの辺で。どうもありがとうございました。

（昭和四十二年一月十六日　虎の門　福田家にて）

文学の四十年

小林秀雄
大岡昇平

昭和初期の出会い

大岡　小林さんに会ったのは、昭和三年、ぼくが十八歳のときだから、もう四十年近くになるわけだね。

小林　はじめ、どこで会ったか、俺はおぼえていないな。

大岡　渋谷の俺の家だよ。成城高校の教師をしていた村井康男の紹介で、あんたはフランス語の個人教師としてあらわれたんだ。

小林　どうして村井を知ってたの。

大岡　前の年、村井さんは富永太郎の詩集を編んだでしょう。ぼくの成城の同級に太郎の弟の次郎がいた。だから、しょっちゅう富永家で顔をあわせていたんです。

小林　そうだ、成城の先生だったな。いまなにしてるの。

大岡　法政大学の教授、そろそろ定年だろうけど。

小林　そうかい。

大岡　フランス語の授業がすむと、あとは文学を教えてもらったな。一つよく覚えているのは、君の帰るのを渋谷駅まで送ったことがある。宮益坂の上まで散歩に行って、そこで君は、日本人というのは実に敏感だと言うんだよ。村井さんは三味線の音を聞くと情感を催すと言ったんだが、ぼくの世代では、なんにも感じない、どうだろうって、あんたに聞いたわけだ。するとあんたは、日本人は敏感だから、ああいう楽器が発達したので、それはそう急に抜けるものじゃないと言った。そのころの話はヴァレリー、ジイドばかりだったから、へんに覚えているんですよ。あんたがあとになって、古典に復帰したとかなんとかいわれるけれど、あのころからそういう考えがあった。

小林　三味線はよく妹がやっていたからな。おっかさんもやっていたし。

「モオツァルト」と母親の死

大岡　戦争中、あんたが「西行」とか「無常という事」を書きはじめたころ、俺は月給取だったが、そのうち馘《くび》になって神戸から上京して相談をもちかけたりしたことがあった。戦後はあんたの離れに世話になったけれど、そんなとき、こんどの「西行」をどう思う、とあんたが聞いた。俺なんかものを書いても、先方が言い出すまでそんなこと聞いたりしないんで、これも覚えているんだ。あんたはいつも新しいことを試みているけれど、「無常という事」なんて、どういうつもりだったの。

小林　俺は気まぐれなんだね。いつでもなにかやるときに、これはどうなるなんてことは考えないね。振りかえってみるとそうなんだよ。なにか慎重派みたいに思われているんだけれども、やったことってえのは、どうもそうじゃないな。だからやっていて横へ行くと、ずうと横へ行っちゃうだろう。

大岡　「モオツァルト」を読み返してみて、あの悲しみは、なにか戦後と関係があるような気がする。やはり敗戦はあんたにとって打撃だったんじゃないかな。あの形で書くということは、戦争中から決まっていたの。

小林　あんなふうな調子になるなんて、ちっとも思わなかった。なんだかそれは、おっかさんが死んだことと関係があるかもしれない。

大岡　お母さんが亡くなったのは昭和二十一年の五月、「モオツァルト」が発表されたのは、その年の十二月だったね。この間、中原中也詩碑の除幕式のとき、あんたは、お母さんに言っていたね。中原が先に死んで、あとに残ったおっかさんは淋しかったろうって。だけど、あんたのお母さんは、あなたが立派になったのを、とても喜んでいたと思うな。俺は鎌倉で一度か二度、お母さんから聞いたことがあるよ。

小林　おふくろは弱かったから、死ぬ予感がいつもあった気がする。

大岡　あのとき、いくつ。

小林　六十七かな。君なんか、お母さんのこと、考えないかね。

大岡　おふくろはあまり若く死んじゃったからね。四十八だった。

小林　君なんかそんなに苦労かけたことはないだろう。

大岡　そのとき、俺は二十一か二だったからね。酒を飲んだというくらいだ。父親よりも先に死んだ。

小林　ぼくのは、親父が先だろう、だからその苦労といったらひどいもんだよ。ぼくなんかああいう愚連隊だったからね。……それがいつもあるんだな。ぼくはこのごろ、おふくろのことばかり考えている。恩が返せなかったんだよ、ぼくは。それを思うんだよ。

大岡　だけど喜んでいたぜ。俺には言っていたよ。子供のときから秀雄ちゃんは、ってね。八卦見がこのお子さんはいまに誰もしなかったことをやる、と保証したそうだぜ。そんなことはめったに言わない人だったが……。

小林　君の叔母さんのことを書いた小説（「叔母」）は、俺はいいと思ったね。

大岡　あれはまあ、追悼文ですからね。

小林　なんということはないけれどさ、文章としていろいろなことがよく出ているね。

大岡　それはありがとう。ああいうものをほめてもらうと、非常にうれしいんです。

小林　とにかく文章でね。おもしろい文章とおもしろくない文章というのは、俺には簡単なんだよ、このごろ。簡単なふうに読んでいるからね。作者の苦心がどうのこうの、そんなことは面倒くさくなってきたな。いらないような気がしてきたんだよ、このごろ。

大岡　そうですね。

小林　「叔母」はそういうところから出ていないからな。

大岡　あれは楽に書けたんです。

小林　文章は、もちろんそういうものなんだ。

白鳥との対談

大岡　正宗白鳥さんの文体を、実にはっきりほめているね。

小林　ぼくは、はじめからほめている。

大岡　それなのに、正宗さんと論争がおこったことなんだけれども、正宗さんはときどきあんたのことを冷やかすようなことを書いていたような気がする。正宗さんは人にほめられると、喜んでいるわけじゃないぞということを、ちょっと示したいってな趣味があるわけですよ。

小林　そうかい。

大岡　終戦後の正宗白鳥さんとの対談はおもしろかったな。論争以来はじめてでしょう。

小林　あれは君、ひどい対談なんだよ。戦後の酒なんかないときだよ。そのときに、本屋がウィスキーを一本持ってきたんだ。はじめて飲むんだ、スコッチなんて。しゃべっていてぼくは一本あけちゃった。それからあと酒だろう。だから酔っぱらっちゃって、別れたときは知らねえんだよ。目がさめたら沼津にいるんだ。数日たって対話録なるものが来たよ。酔っぱらっていて、読めたものじゃないよ。こんなもの、やめろと言ったんだ、とうてい出せないしね。正宗さんのところに持って行ったものを、私のところに廻して来たんだがね、正宗さん、ちっとも直していないんだ。俺はひどいこと言っているわけだが、正宗さんは自分の言葉をなにも直していないんだ。そして対話録の冒頭に「この対談、内容浅薄」と書いてある、走り書きで。はじめのうちはいいさ。しかし、あとになると俺のは先輩に対する言葉でなくなってきちゃったのさ。実に失礼なんだ。だからこんなものやめろと言ったんだが、相手はやめないと言うんだよ。出すなら出してもいいけれど、俺は失礼な言葉は削る。出すなら、その削り料を持って来い、そうじゃなければ俺はいやだ、と言ったんだ。そんなことがあって出たわけなんだ。そうしたらな、正宗さんは酔っぱらいというものはしようがないと、「文芸」に随筆を書きましたよ。

大岡　そのときのことを。

小林　薄暗いなんとかの二階につれていかれて、酒飲みと一緒に話して、こんな辛いことはなかった。わからないのは酒飲みの心理となんとかの心理であるとか書いていたよ。それはだね、正宗さんは対談が出ると同じときに出るようにしていた。正宗さんは正義派だから、いくらなんでも書き加えるということは絶対にしないですよ。そのままにして「内容浅薄」と書いただけなんだ。それじゃ癪にさわるから、別のところに酔っぱらいというものは、しかたないもんだという感想を出すようにした。それは僕の方が悪いんですよ、あの人の癖でもなんでもない。

大岡　あの対話録は、和気藹々という定評ですよ。

小林　むろん、和気藹々だよ。あの人はおこりゃしないよ、笑っただけですよ。だけれど、活字になれば先輩に対する言ではないんだよ。生意気な、失礼な言葉になるわけだ。それをやめただけなんだよ。まあまあ、酔っぱらいだからしようがないというところを残したわけ。妙なところは削っちゃったけれども、削るときに正宗さんが答えていれば削るわけにはいかないけれども、向うは相手が相手だから、うんうんと言っているだけだからね。

「近代絵画」のことなど

大岡　あのころ、あんたは柳田国男を泣かせたり、よく年寄りをいじめたときだったけれど。

小林　それは絶対デマだよ、そんなことは絶対にない。

大岡　だって、俺にそう言ったじゃない。岩波文庫でフレイザーの「金枝篇」が出たころ、お前、なんだ、「金枝篇」を読んだらまるで骨格が違うじゃないか、と言ったら、柳田さんはなにも返事をしなかったが、ぽろっと涙を一つこぼしたって、言ってたよ。

小林　思い出さないね。君が覚えているならしようがねえや。それはまあ、俺が言ったから涙をこぼしたわけじゃないよ。

大岡　俺の感じではね、とにかく相手は民俗学を長くやってきた大家でしょう。しろうとの君に罵倒されて、それを聞いて我慢しなければならない。正宗さんは、内容浅薄と書いたけれども、柳田国男は返す言葉もなかったんじゃないか。

小林　僕は酒を飲むといけなかったけれども、罵倒というようなことはした覚えがない。お前さんにはそう伝えたかもしれないけれども、そういうことはないよ。柳田さんが亡くなる前、向うから呼ばれて三度ほど録音機を持って行ってるよ。つまりあの人は、なにか晩年気になったことがあったらしい。というのは道徳問題だよ。日本人の道徳観、それを言い残しておきたかったんだよね。筆記をとってくれというので行ったけれど、結局それは駄目だったな。話がみんな横にそれちゃって、中心問題からはずれてぐるぐる回ってしまってね。あの人の研究の話をして、面倒な、辛い話になり、愚痴みたいなことになってしまった。

大岡　外国は駄目だ、日本人はフレイザーを誤解すると言って、戦前には「金枝篇」の翻訳はさせなかったということだしね。日本全国から民話を集めたのは動かせない功績だよ。だけれど、全国の後輩から吸いとって自分の説として発表したそうだ。死ぬときになって気になったというのは、それじゃないかな。

小林　そうか。

大岡　だと思うな。日本人が死にぎわになってちょっと言うということは、とかく私生活のことなんだがね。正宗白鳥には、やはりあるかもしれないよ。家庭のこととかね。

小林　俺はそういうこととは考えないな。

大岡　柳田さんの場合が？

小林　それはぜんぜん違うね。やはり思想的なことだと俺は思うね。俺はそういうような感じをあの人に持っていないもの。

大岡　あんたは柳田さんの文体をほめていたね。

小林　それはいいよ。

大岡　小林さんは昔から正宗さんの文体をほめているわけだが、そのほめ方は横光利一へのほめ方、「志賀直哉」みたいなよそいきのほめ方じゃなくて、親身なものの言い方があらわれている。こんど読み返してはじめて気がついたんだ。あんたのいまの文体が、あのころの文芸評論の中にはさまった感じなんだ。しかし、あんたは文学の批評はとっくの昔にやめちゃっているので、いまの読者は、「私の人生観」「考えるヒント」など、つまり人生の教師としての小林さんを頼りにしている、ということが言えるんじゃないかね。

小林　そうかね。

大岡　「近代絵画」には、わりとあんたの過去の思い出があるように思うな。ボードレールのことを、あんなにていねいに書いたことはなかったでしょう。

小林　つまり回顧的になっていることとか。

大岡　「セザンヌ」の章がとくにいいな。

小林　セザンヌは好きだからな。だけれど、ピカソはほんとうは好きじゃないんだよ。ただ問題性があって別なところで好きなんだ。ピカソはスペイン気質というか、旺盛な生活力があるんだが、それがつかめないからぼくのピカソ論というのは不具なものですよ。やはり好きにならないと、見方が意地悪くなるもんですよ。あれは意地悪な論文ですよ。

大岡　ピカソはあんたが気質的にうけつけないところがあるんじゃないの。

小林　だめだね、僕には。

磨かれない宝石

大岡　ところで文学の研究家というのは不思議な存在だね。一つの筋を調べはじめると、そっちの方ばかりに頭が行っちゃうんだ。その筋に関係のある材料だけをひっぱってくる。

小林　人生を知らない者が、人生について知った人のことを研究しようとしているわけだ。これは無理だ。最初からもう、逆の方向に走っている。それがどうしてうまい具合に行くか。不自然なことだ。研究者が人為的に事柄を合わせるんだよ。

大岡　つじつまをな。

小林　つじつまを合わせるんだな。

大岡　駄目だと言っても、耳に入らねえんだから。これは困ったことなんだ。

小林　僕は、とにかく人を説得することをやめて、二十五年くらいになるな。人を説得することは、絶望だよ。人をほめることが、道が開ける唯一の土台だ。このごろ、人にはそれだけの道しかないように思っているんだけれども、なんでもいいから僕の好きなものは取る。人から取るの。そういう道はあるよ。だから説得をやめたということは、人に無関心になったわけじゃないんだ。取れるものは取ろうと思い出したんだよ。ずいぶん昔のことだけれど、サント・ブーヴの「我が毒」を読んだときに、黙殺することが第一であるという言葉にぶつかったが、それがあとになって分ったな。お前は駄目だなんていくら論じたって無駄なことなんだよ。ぜんぜん意味をなさないんだ。自然に黙殺できるようになるのが、一番いいんじゃないかね。

大岡　二十五年来か。そうすると、やはり論戦をやめたのは戦争中のことだな。

小林　僕の論戦の最後というのは、正宗白鳥さんですよ。これを最後にやめような、とおもってやめたんだ。

大岡　僕はやっと、三年前にはじめたんだけど、もうやめちゃったよ。

小林　批評家は自然に黙殺するようになるということにならなければ駄目だよ。僕はときどき文壇的座談会なんか読むけれども、なにも理解することができないな。絶対理解できない。よくもそこまで迷う人は迷うものだと思うけれどね。だんだんと迷うから、とんでもないところへ行っているのが、当人はわからないわけなんだ。曖昧な問題を発明しては、今日二つ迷って、明日三つ迷うという迷い方をしているからな。ちゃんと迷うことなんかできやしない。曖昧な迷いというものは、どうにもしようがないな。

大岡　迷いに欲がつくからね。欲がつかなければ迷いもつかない。

小林　正宗さんという人は、八十過ぎまで生きてさ、聖人のごときものだね。ほんとうにあれはソクラテスみたいだよ。

大岡　そうだね。

小林　現代のソクラテス。現代ではジャーナリズムの中にいたわけだけれども、白鳥さんが古代ギリシアにいれば樽なんかに寝ていますよ。

大岡　正宗さんの小説は実におもしろいね。

小林　それはみなおもしろいよ。ただ正宗さんという人物がわからないとおもしろくない。

自然主義ではない。才はないさ。才というよりはもっと違ったものを持っちゃった人だ。

大岡　才能がないと言っても、それは人をだます才能がないというだけのことでね。

小林　そういう意味ですよ。つまり芸というものを磨こうともしなかったし、磨かなかっただろう。

大岡　なるほど。

小林　あの人の文章は、アランなんかの文章とたいへん似たところがあるよ。だけれどもアランというのは芸人でしょう。芸を誰が育てあげたかというと、伝統なんだよ。哲学的伝統ですよね。日本では、これが混乱した。いわば思想的芸術の伝統が壊れたんだよ。その意味での知識人の孤独を、私はよく考える。大岡だって、福田恆存だって、大江健三郎だって、みんなそうだとおもう。知的伝統の援助が当てにできない辛さをみな持っている。磨きをかけているけれど、磨かれないものがいっぱい自分の中にあるんだよ。それはなぜかと言うと、いかに自分を磨こうとしても、環境が磨かしてくれないだろうが。だから僕らが自分でカットしたり磨いたりするところはほんのわずかなところだよ。たくさん隠れているんだよ、宝が。それはつらいね。

（昭和四十年七月九日　虎の門　福田家にて）

宇野千代をかこんで

宇野千代
川端康成
丸谷才一

文学的出発と作品

宇野　私、昔のことをよく覚えているつもりでも、他の方と記憶が多少違っているらしいんです。馬込《まごめ》のころや湯ヶ島の時代も……。

川端　自分が面白いように記憶するんですよ（笑）。

丸谷　そういう意味では、文壇史というのはアテになりませんからね。

川端　湯ヶ島という不思議なところに、みんなが長逗留していた……どういうわけだか解らないんですがね。私なんか大学の時分から半年ぐらいずつ居たりね。昔は出席しなくても良かったんですよ、学校は（笑）。

宇野　気が楽だったんでしょう。そのころの湯ヶ島って、私たちみたいに宿屋の払いの悪い人が長逗留しててもやかましく催促しない。嫌な顔もしないのですね。

川端　家族みたいになってましたから。
宇野　ええ。それに私たちとても貧乏だったわ……昔の貧乏というのはケタ外れなんですの。馬込に住んでたころ、川端さんの家から私の家へ、私の方から川端さんの家へ、お米を一升とかお醤油を一合とか、お金を五十銭なんて、借りに行ったり来たりいろいろし合ったもんですよね（笑）。
川端　本郷あたりから、電車賃がなくて遠いところまでもずっと歩いたりしましたからね。
宇野　それでもみじめという感じはなかったんです。その貧乏なころに、あれは「時事新報」だったでしょうか。懸賞小説に、七枚の小説で一等に当選して二百円貰ったんです。それでもうびっくりいたしましてね。こんなに楽にお金の入ることがあるのかしらん（笑）。体裁の悪い話ですけれども、私が小説書き出したのはそんなことなんですの。
丸谷　僕はそのころのお仕事は、拝見していないのですが。
宇野　ええ、それはもうお見せしないようにということで……。四十二、三歳になってはじめてですよ、小説を文学として意識したのは。
丸谷　それは具体的な作品でいうと、いつごろからでございますか。
宇野　「色ざんげ」を書いたころです。それより前は……私は人の影響を受けやすいんです。だから人の作品を読んでこうと思うとすぐ真似をする。真似はものを習うはじめなんですね。自然主義の盛んなころでしたから、そういう影響も受けて、ことさらに偽悪的にえげつなく、人が面白がるように書いてたと思うんです。そのころのものはもうみんな失くしてしまいましたし、自分の前半生をかくすような意味で、振り返って読むのもいやなんです。

丸谷　そうおっしゃられても困るのだけど（笑）。そのころは、わりに多作だったということでしょうか。

川端　「脂粉の顔」という作品がありましたね。本が出た時分に僕は批評を書きましたよ。今日はそれを読んでこられなかったけれど、むろん、褒めてあるに違いないんだ。旧作、ちっとも悪いとは思いませんけどね。

宇野　でも古いものはみんな忘れようと思って……。

川端　僕は几帳面なところもありましてね。宇野さんの昔の本も家に揃えてありますから、みんな読んじゃいますよ（笑）。あなたも後になれば、昔のものもまんざら捨てたものでは、と思うかもしれない。

宇野　いいえ、絶対に思いません（笑）。どうしても断絶したいんです。

川端　それは宇野さんの作者としての感想であって、作品は勝手に動いてしまうから。

――そう、もう一度、旧作を読もう。丸谷さん、送りますから読んで下さい（笑）。

丸谷　ありがとうございます。実はさっきから、これはぜひ読まなければいけないと思ってたんですよ（笑）。

文学的影響のこと

宇野　東郷青児と一緒になったときに、あの人はフランスに長くいた画家ですから、絵にも形式を重んずるところがあって、それを汲み取ったというのか、そのころから書きっ放しの小説ではなく、ある形式を与えて少しは考えながら書く習慣を覚えたらしい、と今になって思うんです。北原武夫と一緒のころにフランス文学を読むようになって、ものを語るということを覚えた。それは北原のおかげだと思います。

丸谷　なるほど。いや、だんだん解ってきた（笑）。つまり影響を受けづめに受けて、というように宇野さんおっしゃってるけれど、でも、日本の明治以後の小説は、個性を尊重するあまりに、文学の伝統を軽んずる傾向があったように思うんですよ。この点、宇野さんの小説を拝見すると形式的にきちんと整っている感じがある。やはり、文学の正統的伝統というのかな、そういうものとして影響をお受けになっていらっしゃる、そう思いますね。

宇野　それから好きになった本を、なんべんでも読むんです。それが勉強になったと……。

丸谷　精読ですね。大変分析的に読んでいらっしゃるのでしょう。宇野さんは寡作で有名だけれど、そんなところにも秘密があるような……。

宇野　それは噴いて出るように書くという生まれつきではないんですね。書こうと思うものがもやもやと頭にあって、それが形になるのに手間がかかるんです。それに、書きながらどういう言葉が一番的確かという、その言葉を探すのにとても時間がかかります。

川端　それだけ丹精こめて書いているんですよ。「おはん」は十年ぐらいかかってますね。

宇野　はい、久保田万太郎さんが、長い時間かかったわりに、書き方が変らないとほめて下さいました。

丸谷　宇野さんの小説の特徴として、風景描写が比較的少ないのではありませんか。意識されてるのか、無意識なのか解らないのですけれども。

宇野　いいえ、意識的じゃないのです。入れたいと思うのに、つい入らないんです（笑）。

丸谷　いや、風景描写はなくても、風景は行間から感じられるんです。例えば「おはん」、露骨な風景描写は非常に少ないけれど、町ですか村ですか、町ぐらいのところでしょうね。はっきり心の目に浮んでくる。そこにフランス小説の影響が、無意識的であるとすればなおさら非常に面白い形で出ていると思います。フランスの小説では、お好きなのはどのへんの方でございますか。

宇野　ラファイエット夫人。もうあれを繰り返し繰り返し読みました。

丸谷　ラファイエット夫人ですよね、風景描写がないので有名なのは。話がぴったり合うんだな（笑）。

川端　宇野さんは、萩原朔太郎さんはどうなんですか。詩というより、芸術家としての人柄でしょうか、影響というと。
宇野　多少あると思います。でも住んでる世界が違うんですね。私と一緒に散歩することがあっても、話というのが、いつでも天体のこと。「宇野さん、あの星をみてごらんなさい。あれとあの星とが会うのが何時とかで、それで人間の運命もなんとかだ」というふうな話。家庭でもその延長でしょう、あの方は。
川端　萩原さんというのは、いい人だけれども、亭主としてはまったく困りものでしょうからね。
宇野　本当にいい人だけれど、浮世のことに全然無関心なんですね。
川端　萩原さんの家にみんな集まって、ダンスをしましたね。不思議な話ですよね。萩原さん自身踊っていましたよ。僕も一ぺんだけ教わったんですが。
宇野　毎日のように行って、二階でダンスをしたんでしたね。萩原さんて踊りがとてもお好きなの。
丸谷　なんでもお母さん任せの人だと聞いてますが……。
川端　そう、お母さん強かったんですよ。ただいつも一緒にいたわけではなかったでしょう。
宇野　時々、一緒にいらっしゃいました。でも萩原さんをおさえることは誰にも出来ないんです。住んでる世界がこの世ではないのだから。あの奥さんだって、変った方だった、ケタ外れね。

川端　いい人なんだけれど、やはり家庭的じゃないでしょう。その点、宇野さんはなかなか家庭的だから。

宇野　とても好きなんです。好きな人のために、自分の好きなことをするのは一番嬉しい（笑）。

丸谷　岡本かの子という人は、家事なんか一切なさらない方だったでしょうね。

川端　そうね、何度も御馳走になったけれど、手料理ではないみたい……。

岡本かの子のこと

川端　丸谷さん、岡本かの子さんの「解説」読んで僕はちょっと気の毒だったんだけど（笑）。岡本さんは、高等学校の学生時分から知っているものですからね。

丸谷　申しわけありません（笑）。この「解説」はやはり川端さんがお書きになるべきものでしたね（笑）。でも、僕はあの人の、長篇二つは好きなんですよ。長すぎるので、この本には入らなかったらしいけど。ただ、いつ書いたのかが全然解らないんですね。

川端　あれは誰にも解らんでしょう。

宇野　あの方の生涯とか家庭というのは面白いですね。かの子さんが亡くなって一年くらい経って、確か「岡本かの子を偲ぶ会」というのがあったんです。その会の間中、一平さん（岡本一平）が、もう声を立てて泣いてばかりいらしたのです。私、びっくり仰天しました、男の人があんなふうに泣くのをはじめてみましたし……。

川端　とにかく不思議な家族ですよ。岡本さんは、最初に発表した小説が「鶴は病みき」でしたね。「文学界」に出したんです。芥川龍之介さんのことを書いた話ですけれど、芥川さんは、きっと谷崎潤一郎さんと同じように、岡本さんのような人を馬鹿にしてたんじゃないかな、意地悪もしたし、からかっていたんでしょうね。それで菊池寛さんに、これどうですか、と言ったら、芥川はあんなところがあったろうということで（笑）、……「文学界」に出たんです。かの子さんは芥川さんを憐れんでいるつもりだけれど、岡本さんの方がいろいろと気にしてるようですね。

丸谷　僕には人間関係が、くっきり浮んで読めなかった。解釈する材料にはなるんですが。

川端　まあ、芥川さんを、どっちかといえばやっつけているんですよ。最近は岡本かの子さんはあまり読まれていないのでしょうかね。

丸谷　一応は読むでしょうけれども、読みっ放しの人が多いのではないかな、あまり話には出ません。

宇野　早く亡くなったからということもございますね。林芙美子さんがあれだけの作品を残しても、文学全集を編むと三人集の一人だったりするんですもの。死ぬということは途切れることなんですね。それでもなお途切れないという人が、本物なんでしょうけれども。

川端　長い間に復活するということもありますがね。気持を向うに持っていかないと、読みにくい小説なんですね、岡本さんの作品は。それで読まれないのかな。

宇野　文体が最近の人の肌に合わないということもありますでしょう。一時、岡本さんが一世を風靡した絢爛たる時代がありました。

川端　亡くなる直前から、亡くなってしばらくの間ですね。大長篇など遺作が続々と出てくる。それで誰かが名前をかりて書いている、という話もありましたね。

批評ということ

宇野　小説家は当然、批評家の一面も持っているから、批評したくなるんじゃないでしょうか。

丸谷　批評したくなります。面白いですよね。

宇野　川端さんは、一番批評がおうるさそう……（笑）。

川端　いやいや、そんなことはないですよ。僕はなんでも気持を向うに持っていくほうで、感心するほうなんですね。ほめなければ批評じゃないと思うのです。

丸谷　僕もそう思います。新しい見方を自分で見つけることが大事になってくる。批評の本道は、ほめることですよね。

川端　こっちから向うに出むいてゆく。しょっちゅう坐っていては駄目なんで、ほめるのがむずかしいのですよ。西洋人の批評というのは、厳しくやっつけるのもありますが、ほめると上手いですね。

丸谷　ただ、感心しすぎて書けなくなるということはありますよね。私、批評家というのは、その時が一番困ると思うんです。つまり、美は人を沈黙させるというやつ。やはり批評というのは、饒舌ではないにしても、沈黙していたのでは成り立たないわけですから。僕は、文学ではまだ体験がないのだけれど、「去年マリエンバートで」という映画をみてすっかり感心しまして、熱にうなされたようになったんです。それで、悲しい性《さが》ですけど、考えたのはこれで何枚書けるかということ……三枚は書けると思ったんです。それ以上は書けそうもない。五十枚は書かなかったら元は取れそうもないくらい、感動したんですよ（笑）。

川端　それは暖めて書いていれば、長くなりますよ。

丸谷　そうでしょうか。実は福田恆存さんにお話したら、それが大批評家の態度であるといわれた。福田さんがラファエルのなんとかいう絵をみて感動して、一行しか書けなかった、ということなんですね（笑）。

宇野　そういうものかもしれませんね……批評もね。私、ああこれは納得出来るというものが近ごろ、非常に少ないのが残念なんです。昔は、批評って偉い人がやっていたせいかしら、いい悪いについて言われると何か考えましたね。今は言われたことで考えるよすがになる批評がないと思うんです。

丸谷　ええ、非常に少ないです。

宇野　批評は小説より堅いもの、つまらないものとでもいう観念があるのかしら、ちゃんとした人が書いてない気もするんです。

丸谷　それは、僕も批評家でもあるんだから、ちょっと具合が悪いんだけれど……（笑）。

宇野　文学をしていて張合いがとても少なくなっているような……。もちろん、本当に仕事をしたいと思うと、張合いがないというようなことはありませんけれど。

丸谷　そうですよね。その張合いのないという言葉にこもっている気持、よく解ります。それで僕は、最初からほんの少しの人間のためだけに書くことに決めちゃったんです。

宇野　丸谷さんが、何かの御本に女の人は神経が行き届いている、女流作家の方が観察眼がある、というようなことを書いていらっしゃいましたね。女にとっては嬉しいんですけれども、なんだか反対のような感じがするんですよ（笑）。女の欠点はというと、細かいところを取り上げて、真ん中の芯を取り上げるのが、とても下手だと思ってるものですから。

丸谷　ウーン、そういうものですかね（笑）。「色ざんげ」に出てくるような、いろんな当時の女のタイプ。分けて書いていらっしゃいますが、あの場合など実際におつき合いなさったわけですか。

宇野　いいえ。タイプといっても、今でも女の子の間にはああいう型があるんじゃないかしら。あのころとか、今だとかいうので、女が変るとは思えませんの。いつでもいろんな型があって、あのころの私の周囲には、あのように奇妙なと言われる方が身近だったんですね。

丸谷　お話を聞いてると、女流作家の方が観察が鋭くないとおっしゃられることが、不思議になってくる（笑）。

宇野　鋭くないというよりも、いろいろ見逃すんです。日本のいろんな女流作家を考えてみても、例外はあるけれど、とても大ざっぱなものではないでしょうか。

丸谷　ええ、まあひどく大ざっぱな女流作家もいますね（笑）。川端さん、いかがでございますか。

川端　紫式部、清少納言以来、連綿として伝統があるんですから。

宇野　川端さんは女性についてはみんなほめるんですから（笑）。一世紀に一人ぐらいは女でも偉人が出ますけど、でも、女には心をいたすという習慣がないようなんです。妙に抽象的ですけど、そのことについて深く考えるということが……。

丸谷　表面的に具体的になってしまうということですかね。

宇野　そうです。題材の本質とつながらないことがとってもつらい。

丸谷　僕が日本の女流作家で、とても不満に思うことはユーモアが少ないということ、それが大変残念ですね。

川端　それは女流作家に限らず、全体にいえましょう。このごろは、少しはユーモアもありますけれど。日本の作家は大体ユーモアがなかったわけですね。それでもやはり、大作家はユーモアがありますよ、夏目漱石、森鷗外。森鷗外だって、ユーモアとはまったく反対の顔つきしてるけれど、結構ありますからね。

丸谷　そうですね。落ちついて読むと出てきますね。漱石のユーモアというのは、あれは神経衰弱のおかげなんでしょうか。一番ひどい時が一番ユーモアのあるものを書いてるようなんですが、「吾輩は猫である」とか、小説ではないけれど、「満韓ところどころ」なんて。

川端　ええ、「吾輩は猫である」というのは、宇野さんと同じように、本人嫌いだったかもしれませんよ。漱石はどう思ってたか、自作については言ってませんね。

（昭和四十四年二月二日　紀尾井町　福田家にて）

佐多・壺井文学の周辺

佐多稲子
佐々木基一

壺井栄と知り合ったころ

佐多　私が佐々木さんとお目にかかったのは、戦後でございますか。

佐々木　そうですね。戦争が終った年の暮に、阿佐ヶ谷六丁目の佐多さんのお家から、五、六軒離れたところへ移りまして、そのころ佐多さんのお家で、新日本文学の会かなんかがありましたね。

佐多　そうそう、ほんとうにご近所だったんです。

佐々木　戦争が終った直後は、皆さんがわりと自伝的な作品を書き始めましたね。宮本百合子さんにしても、高見順さんにしても。佐多さんもまた「私の東京地図」をお書きになった。敗戦直後は戦争をくぐってきた自分の出発点をもう一度たしかめたいという一つの共通の傾向があったと思います。

佐多　宮本百合子さんが言ったという話を、誰かから聞いたんですが、百合子さん自身は「播州平野」で、つまり現在から書き始めた。壺井栄さんは、何だったか知らないけれども、まん中へんから書き始めた。稲子さんは、過去から書き始めた、と言ったそうです。宮本さんらしい、何かの批判があったんだろうと思うんですけれどもね。私はあの時、戦争責任の問題なんかがあって、大変苦しかった時で、もう一ぺん自分を見直してみようという気がありましたし、それからまた、子供の時から東京におりますでしょう。それで戦争中にも空襲が終った時なんか、わりあい歩いたりしているんです。そうすると、東京がたいへん無惨な姿になった、それも書いておきたいという気がしたし、また同時に、自分の歩いてきた道で、いろいろ会った人たちも書き残しておきたい。そういう三つの気持が重なりまして、ああいう作品になったんです。小田切秀雄さんが、自分のことだけ書いたほうがよかったんじゃないかと言われたことがあって、そうかもしれないけれども、私としては、こういう三つの気持があったんですよと言ったら、ああなるほどねなんて、小田切さん言ってたこともありました。

佐々木　宮本さんのところへ、私が行った時に、佐多稲子はたいへんな仕事を始めた、あれが完成したらすごい作品になるでしょうというようなことをおっしゃった。

佐多　百合子さんが。

佐々木　ええ。それはよく覚えています。壺井さんとは「働く婦人」を編集されていることろに、知り合いになられたんですか。

佐多　そのころですが、一番最初知り合ったのは、壺井繁治さん、窪川鶴次郎さんなんかが皆つかまりましたでしょう。文化連盟でね。その検挙後の留守家族として知り合ったんです。そして、私が戸塚のほうへ越していったんです。壺井さんが上落合で、小滝橋がまん中ぐらいでした。そういうことからだんだん親しくなって、お互いに始終行き来するようになりましてね。

佐々木　小滝橋、落合、柏木のへんは、あの当時プロレタリア文学者がいっぱい住んでたところですね。警察は戸塚署の管轄ですか。

佐多　はい。あの時分には、どこへ住むかということが問題でございました。中野署はいやだから、中野には越さんほうがいいなんて(笑)。戸塚署のほうがまだいいというわけです。作家同盟やなんかで、警察が扱い慣れていたんでしょうね、きっと。

佐々木　板倉という刑事がいたでしょう。僕が検挙された時警視庁の警部補で取調べの主任だったんですが、佐多さんが赤ん坊を背負って面会に来たとか、佐多さんがつかまった時に、留置場のなかで小説を書かせたとか言っていました。

佐多　「婦人之友」が最初の一年間毎月の執筆者をきめまして、私が六月号だかに書くことになっていたんです。それを楯にとって、去年の暮からきまっているんだから、私が書かなかったら雑誌社も困る、私も困る、だから書かせろというわけで戸塚署のなかで書きました。板倉がそれを検閲して、この字は違う字だよなんて、刑事に直してもらったりして……（笑）。

プロレタリア運動と女性

佐々木　築地小劇場かなんかで、佐野碩《さのせき》に女優になる指導を受けられたでしょう。

佐多　まだ築地小劇場なんてものじゃないんです。淀橋の浄水場の傍に、緑色に塗ったのが剝げたような古めかしい洋館がありまして、そこがプロレタリア芸術連盟の事務所になっていました。鉄の桟のある門があったような気がします。そこを入っていくと、ほんとうに外国の建物のような、しかも古めかしい木造でした。文学も演劇もいっしょでね。そのプロレタリア芸術連盟の機関誌の「プロレタリア芸術」に中野重治さんが、なにか随筆を書けと言ったのが、私にものを書かせた最初です。それが小説になって「キャラメル工場から」が「プロレタリア芸術」に載ったんですけれども、それを書く前です。西沢隆二が、私に女優になれと言いましてね。私は少々ばかり自意識過剰のところがありまして、女優さんになれるなんて、とても思えないんです。人前でしゃべるなんて、とんでもないと思ったんですよ。とにかくプロレタリア演劇で女優が足りないという話で、この際女優になることは、階級的義務だとか言われまして（笑）、義務ならしょうがない、泣きの涙ですよ（笑）。そして稽古に通い始めたんです。佐野碩の奥さんの平野郁子もいて、その時に原泉さんも、いっしょに並んで稽古したんです。けれども、私はやっぱりどうしても自分では駄目だと思うし、そして片方で「キャラメル工場から」を書き始めたものですから、女優の稽古はやめになりました。

佐々木　あのころは、まだ女性の働く場というのが、今と比べると、非常に少なかったんですね。だから自立して何かするためには、女優とか、カフェで働くとか、百貨店の店員とか、バスガールとか……。

佐多　銀行の行員さんとか……。

佐々木　だからプロレタリア文学のハウスキーパーの問題やら、「党生活者」の問題でも、そういう時代、つまり女性の働き場が非常に少ないという時代と関連して考えないと、問題が抽象的になるような気がしますね。

佐多　私はハウスキーパーの問題は、あの時分でもいやでした。それはあの時分には、夫婦を装わなければ家を借りられないんですから、しょうがないんですけれども、そういう場合に、ハウスキーパーというものが、肉体関係にまでいくというのが……。女を被害者とみるのは古いと誰かこのごろも書いていらっしゃいましたね。あれは合意だろう、合意と認めるほうが、平等に認めていることだみたいな新しいことを。それはそういうふうに見ればいいわけですけれども、こちらは、平等だとは言いながら、やっぱりそれ以下の意識があるもんだから、合意だとは思えないところがあって、反対だって怒っていたもんです。小林多喜二の「党生活者」についても、ちゃんとした批判をこっちで出すべきだと、戦後に内輪の集まりでは私は言ったことがあるんですけど。

佐々木　ただその運動に入ってくる女性が、運動のなかで働く部署というものが、非常にバラエティがなかったことも、一つの原因にはなっていると思いますがね。あれは党の方針として制度化していたわけですか。

佐多　そんなことはないと思います。ハウスキーパーのことは、普通の新聞なんかで書きたてましたけれども、書きたてたのであって実際にどれだけあったかということは疑問なんですよ。だからそういう意味で言えば、小林多喜二の作品は、ちゃんとしておかなければならないということにもなるわけです。男の人の感覚と女の人の感覚の違いというものはずいぶんありますね。拷問の場合なんかでも、だれそれがひどい拷問されたという話を、男の人はニヤニヤしてするわけです。私は涙流して、憤慨して、窪川さんたちに食ってかかったことがあるんです。女はそんなこと、口では言えないでしょう。なんだ、この連中まで、そんなニヤニヤして話すのかという気がして、腹が立ったことがありました。

佐々木　佐多さんは、初め「驢馬」の連中とお知り合いになって、「驢馬」に詩なんかも出しておられるんですけれども、本格的にものを書き始められたのは「驢馬」の人たちが左翼運動に入って、そういう雰囲気のなかから作家として立つ自覚を植えつけられたんだろうと思うんです。壺井さんも、作品を書き始められたのは遅いんですが、やはりプロレタリア文学運動というものがなければ作品を書かなかったかもしれないと想像できるんじゃないでしょうか。

佐多　「驢馬」の人たちに私がめぐり会ったというのは偶然なんですけれども、私がいくらか文学好きで、そういう人たちに興味をもったということが、私のほうにあるわけです。そこでそういう人たちと私との交り合いができていくことで、たまたま私もものを書くようになっていった。私は文学少女だったと思いますけれども、それは文学が好きということだけの文学少女で、作家に会いたいなんて思う文学少女ではなかったんです。やっぱりその雰囲気の中にいたということは、大変大事なことですね。

佐々木　文学は子供の時から非常に好きで……。

佐多　読むのはとっても。とにかく好き。叔父に一人文学青年がおりまして、その影響もいくらかあると思います。それでも文壇に出ようなんて思わなかったんですよ。生田春月さんから、新人女流詩人として「文章倶楽部」に紹介するという手紙をもらった時も、断っているんです。壺井栄さんも、「戦旗」なんかでお仕事をして、壺井繁治さんが詩人ですし、とにかく文学的雰囲気のなかで生活していたわけですね。だけれどもあの人が作家志望であったかどうかは、全然知らないんですよ。ただあの人の話が大変面白いんです。だもんだから、初めは、あなたは童話が書けるのじゃないかしらと言って、坪田譲治さんの本なんかを貸してあげたりしたんです。「大根の葉」になった材料の話も、自分の姪ごさんの話として私に話して聞かせる。それがまた面白くて、そのまま書けばいいのよなんて言って、それがきっかけでしょう。その時も、八枚書いちゃ持ってきて二人で読んで、また十五枚書いちゃ持ってき、そんなふうにしてできあがったんです。だから私もたいへん嬉しいわけです。壺井さんが原稿の入った包みを抱えて、戸塚四丁目の路地の中へ入ってくる姿をいまでも思い出しますわ。

佐々木　出来上るプロセスを全部知っている。

佐多　そう、こっちもついいっしょになって、自分と同じような問題だというふうに考えてるわけですよ。

佐々木　それは中野さんが「キャラメル工場から」のできるプロセスを全部知っているということで……。

佐多　中野さんの場合は、書くように言ってくれたんで、書くプロセスでは窪川鶴次郎氏が関係しているわけです。そして私の場合は本当に、プロレタリア文学運動があって、それが私にものを書く勇気を与えてくれたと思います。学歴もないものが作家になれるなどとは、私は思っておりませんでしたもの。プロレタリア階級の人間が、新しく文学も創造してゆかねばならぬ、というこの運動があって、それでは私も書いていいのだ、と思った。これは本当にそうでしたね。

佐々木　このごろはしかし、そういうやり方で作家が育つというケースはあまりないんじゃないですかね。

佐多　つまり文学の場合は、お弟子さんとか師匠とかいうものじゃないでしょう。

佐々木　そうです。対等なんですからね。

佐多　それで、交流があるうちに、何か生まれてくるみたいなものなんですね。壺井さんに対しては私がきっかけをつけただけなんですけれども、その時分壺井さんは作家になりたいとか、書くけれども教えてくれとか全然言いませんでしたね。

佐々木　おそらく佐多さんにも、そういう気持はなかったんじゃないかと思いますね。とにかくこの話は面白いから書きなさいというのでしょうね。

佐多　そうなんですよ。そして壺井さんの出来上った作品をどこかの雑誌へ持っていくためには、私より百合子さんのほうが力があるから、百合子さんに頼もうというわけで、百合子さんに作品を見せたんです。

佐々木　しかし佐多さんにしても、壺井さんにしても記憶力がいいので驚くんだけれども。

佐多　栄さんは、記憶力がよかったですね。私は、読んだ小説の筋などは、みんな忘れてしまうんですけれどもね。

佐々木　あれは忘れる必要があるんですよね。いっぺん忘れないと、今度作品のなかに甦る時も、つまり覚えているものをそのまま書くんでは駄目なんで、書いている過程で、いろんなものが思い出されてくる。そういうふうなものが、つまり初手で出てくるような印象を与えるんじゃないかと思いますね。

佐多　作家にもいろんな型があるんですね。私は書こうと思っていることをしゃべれないんです。しゃべることもできないし、しゃべるのも恥ずかしいし、しゃべったらおしまいになってしまいそうな気がするんですが、壺井さんはしゃべることがいいんですって。話しているうちに書くことができてくるんですって。語ることがあの人の文学の特徴にもなっているわけですけれども、それは性格的なものですね。方法ではなくて、その作家の質なんですね。あの人は語部《かたりべ》的存在ですよ。

佐々木　民間伝承風の精神ですよね。佐多さんは、いつも書くことがなくて困りましたと言っていながら、それでいてちゃんと長篇書いていますね（笑）。

佐多　自分に計画がないのですよ。

佐々木　それはやはりそれぞれのタイプがありますね。文学を書くという以外には、人生のほかのことにあまり関心がないというタイプの作家もいると思うんです。佐多さんなんかは、いつものを書くこと、作家であることに対してテレるところがあるんじゃないですかね。

佐多　いつも普通の女に戻ってしまっていて、お恥ずかしい話です。

組織と個人

佐々木　今後は、それこそ計画というか……。

佐多　今後じゃなくて、今のことですが、つまり私は今までずっと共産党という組織に加わってきましたでしょう。ひところ、ただ加わっているということで自己満足して、それですべてが済んでいるということが頽廃だなと思ったことがありますけれども、しかしそこでずっときたもんですから……。今の私の生活はジャーナリズムに依存して仕事していて、私自身が何も革命運動をしているわけじゃありませんね。そうすると何か発言できるんだろうかというふうな弱気になることがあります。またそれを揶揄するような空気もちょっとありますでしょう。あの時お前はあんな立派なことを言ったけれども、お前はあの時何をしていたんだみたいなね。その時、いいかげんなことで言っていたのか、言っていないのかということは、おのずからわかることですからいろんなことを発言させるような空気にしたほうがいいと思いますけれども、つい自分でも何か口はばったいことはあまり言えないんじゃなかろうかなんて弱気になることがあるんですよ。

佐々木　それは私なんかでも、同じように思うことがありますね。私は沈黙もまた必要だ、という気もしないことはないですね。その沈黙に耐えるということも必要な時期があるんじゃないかと思います。それから、たとえば佐多さんが松川事件なら松川事件の闘争に参加されたということは、その時に佐多さんが共産党に属していられたから参加したというものじゃないと思うんです。やはり一人の人間として、一人の作家として参加されたんだろうというふうに思います。だから自分がほんとうに参加したいという気持があったり、あるいは参加して、何か仕事をする条件があればそこで仕事もできていくんじゃないだろうかというふうに、このごろ思っています。そういう条件がない時に、求めてイライラしてもしょうがないと私自身は思っています。佐多さんも、組織に属していれば、そのことでいろいろお付合いに参加しなければならないこともあると思いますけれども、全力をあげて参加する場合は、組織に属しているからというんじゃなくて、一個の人間として参加されたんだろうと思いますし、そういう方向で今後もいかれると思うんですが、いかがでしょう。

佐多　そういうふうに思わなければ……。だから自分としては、組織と関係なくなれば、そのままずるずると別のほうへ行ってしまったなんていうことには、もちろんならないと思いますけれども、そういうふうにならないようにしなければならないと思うわけですね。

佐々木　なる人もいますね。それから佐多さんなんかの時代の方には、党から離れるということは、自分の全人格を否定することでもあるという気持が、われわれよりももっと強くあると思います。離れればもう脱落者になるほかはないという意識が底にあるんじゃないかとね。僕はこのごろ、離れても脱落者にならないですむ道があるんではないかといろいろ考えてるわけです。

佐多　それは私なんか、ものを書いているというしあわせでもあるのじゃないでしょうか。自分は始終社会からためされているわけですから、自分が言ってきたことがそんなに変るわけもないし。

佐々木　自分を裏切るわけにはいきませんからね。

佐多　それはまたそこに一つのとっかかりをもっているということでもあるかも知れませんね。政治活動だけをしている人だと、それがなくなると自分が駄目になったように思われるのでしょうね。その点では、ある責任も自分がやっぱり常にもっているということで、これから自分の判断でものを言わなければならないんだから、よけいに責任が重くなったということもあるわけですね。ほんとうに組織にいるということだけで安心している、あの頽廃はたまりません。

佐々木　作家でなくても、ふつうの仕事をしている人でも、社会からためされている、だから責任感が生まれると思いますね。つまり自分の仕事というものを通して、政治運動に参加する形が、本来の形じゃないだろうかと思うわけです。

佐多　それは社会的問題での、自分のかかわりあい方なんだけれども、文学の問題で言いますと、私なんか、それは戦後からなんですけれども、わりあいに横着になりましたね。横着という言葉は誤解を招くけれども、社会主義リアリズムなんていうことは、私ふうに理解して……。だからプロレタリア文学というものの考え方、あるいはまたプロレタリア文学出身の作家というものの考え方、いろいろむずかしいことも出てくるだろうと思いますけれども、私はいま労働者を書かなくても、私が何か書いて、それが反プロレタリア的であるはずはないという自信みたいなもので、少し腰をすえて横着になっているんです。だから闘争を書くということも大事ですが、ぜんぜん違う材料を書いても、貫いているものがなければならないし、貫くところで私の私であるところはあるんだろうというふうに、自分をためしているんです。

佐々木　人間の生活の場は、千差万別ですからね。だからそれを画一的にきめてしまうことはできないと思いますね。

（昭和四十三年三月二日　紀尾井町　福田家にて）

私小説の底流

尾崎一雄
三島由紀夫

なまけ者の精神

三島　「暢気眼鏡《のんきめがね》」は、僕はずいぶん前に拝見したんですが、今度読み返してみて、これはほんとうに男の小説だと思いました。映画にもなったりして、世間では奥さんの暢気な愛らしさだけが強調されていますが、男のにがさというものがこの小説のテーマで、その中からはじめて、奥さんに対する愛惜の念とか、かわいらしさというものが出てくる。その腹にこたえたようなにがさ、これは僕も結婚生活を送ってきたもので、わかってきたですね（笑）。女を、かわいいなとか、女を不憫だなと思う男の気持は甘いものではない。「暢気眼鏡」では、それが男のにがさと直結して書かれているので、そこがとても厳しい小説だなと感じました。一般にはちょっとユーモラスな作品のようにとられていますが、これはたいへんなまちがいですね。

尾崎　あれは映画がいろいろお手伝いしたんですよ。たいへんなお手伝いをしたんですよ。映画は映画で面白いのでしょうけれど、私はあれはいちばんいやな、きらいなものですね。

三島　「虫のいろいろ」でも「まぼろしの記」でもそうですが、尾崎さんはずいぶん虫を平気で殺しますが、それも仏教的に蚊も殺さないというのではなくて、どんどん整理される。「虫のいろいろ」でも、ガラス戸の間に虫をはさんでしまって、いつまで生きているか、なんていう話が出てくる（笑）。こういうところは尾崎さんの生きる強さのようなものが非常によく出ていて、ただ感傷的に虫をながめている小説ではないんだ、人間が生きる力をためしている小説なんだ、という感じをたいへん強く感じましたね。

尾崎　「虫のいろいろ」は志賀先生の「城の崎にて」などと引合いに出されるわけですが、「城の崎にて」のほうはもう病気がなおってしまって、安心した状況にあるんですね。ところが僕のほうは行く先がどうなるのか、まったくわからない状態にあるわけですよ。伊藤整君などよくこの二つの作品を並べますけど、豊かさというようなものは「城の崎にて」からみれば、落ちますね。

三島　しかし、緊迫感は非常にありますね。

尾崎　それはやっぱり、死ぬか生きるかということですからね。しかし、落ちますね。

三島　でも、いかにも尾崎さんらしいのは、そういうエピソードがいちばん終りで、額《ひたい》で蠅《はえ》をつかまえることによってぱっと解消される。あそこはたいへん面白い。

尾崎　そういうことはフィクションでもできるわけですが、実際のことなんですよ。額のしわで蝿をつかまえるなんて、人類いまだかつてやったやつはいないんではないかな（笑）。

三島　「虫のいろいろ」の最後の部分は、みんながそれをおもしろがってげらげら笑うのに、「私」は少し不機嫌になる。あれは効いていますね。

尾崎　なるべく内輪に、なんていうことばがいいだろうか、不機嫌ぐらいがいいだろうと思ったんですね。若い人だと、自分の孤絶の感情が……というようにいくんでしょうが、そういうことは書きたくなかった。しかし、「まぼろしの記」の「群像」の合評会では、見事に一本とられましたね。

三島　三十六年の八月号でしたが、ゾロッペだといって。

尾崎　たしかにそうなんだ（笑）。やっぱり、さとられたかと思ったね。

三島　これは「解説」にも書いたんですけど、志賀さんにしても、尾崎さんにしても、なまけ者の作家ですね、失礼ながら。なまけ者という意味は、時間を自然に流させるということ、時間をけっして人工的に扱わないということなんで、これは自分が生きるということですよ。自分の生、もっと本質的な生のじゃまをしないということなんですね。誰某と約束、誰某と電話、誰某と何々、ということで、非常に本質的な生というものをいつもじゃまして生きている。それは生の自己否定になってしまいますよね。ですけど、それをやらないところに私小説的なものの時間が流れている。その時間の流れをなんとかキープするというのは、これはたいへんな技術というか、天性というか、むずかしい問題ですよ。それはつまり、なまけ者の時間、ゾロッペの時間というようなものがなければ、その生は流れてこないですよ。

尾崎　これはあなたもメンバーですが、日本文化会議に私はじめて行ったんです、ある精神病の方のお医者さんが出席するというので。私いまちょっと気違いに興味をもっているものですから（笑）。そしてその先生がいうには、人間の生活には二十四時間のリズムがあるというんですね。ところが、ある場合は十二時間になったり、四十八時間になったりする。いまみたいに競争のはげしい時代では、人によっては二十四時間を十二時間で生きなければならないような無理をする。リズムの流れをときどき断ち切りながら生きている、ところが一方四十八時間の生活ということになると、もう遅鈍になり、落伍者的になってしまう。ですから人間の生活の二十四時間のリズムというのは、どこまでも自然のリズムにのっとったもので、地球は太陽系のなかにあるわけですから、要するに太陽のリズムということでしょうね。だから、私よく作品の中で、調和ということをいうんですよ。人工的にいろいろやって調和を破って、それでいいんだろうか、という疑問をいつも出している。それはいまいったリズムと同じ意味になる。

三島　なるほど。尾崎さんの中でリズムが乱れるということは——尾崎さんは絶対にノイローゼにならない人だと思う（笑）。そういう点では非常に精神の強い人だ。だからかえって気違いに興味をおもちになる（笑）。尾崎さんが胃潰瘍で倒れられたのは……。

尾崎　四十五のとき。つまらん欲に引っ張られて、二十代からずっと飲んでいましたから、積悪の報いですよ。

三島　しかし、かえって病気になられたときの作品、たとえば「虫のいろいろ」のような傑作ができる。

尾崎　尻に火がついてあわてたんです。追いたてられないと走りださない、凡人である証拠ですよ。志賀先生に「君は病気に助けられた」と、バッサリやられました。

私小説と自然主義

三島　しかし、「美しい墓地からの眺め」や「父祖の地」では、生死というものが、恐怖感ではなくて、もっと大きなものがずっと流れていますね。

尾崎　私のところは代々が神道だものですからね。神道では人間死んでも地獄極楽などはいわないで、みんな八百万《やおよろず》の神々の一人になってしまう。だから、外村君などとそういうところは違いますし、それからキリスト教の人とも違う。神さまをべつにこわがらない。極端にいえば木も神さまだし、水も神さま、汎神論ですかね。近代文学の人たちからは、キリスト教をやらなければ近代文学はわからないといって、そこを攻撃されますよ。それはたしかにそうでしょうが、私らの場合は、風土的な発想から小説を書いておりますからね。

三島　「父祖の地」で、おとうさまがおじいさんに無理をいわれて泣いておられるところがありますね。しかも子供の前には一分の隙も見せず、いつものものやわらかさでいる。あんな美しい人間像は、もちろん実際でしょうけれど、近代文学では全然出てこない。ああいう人間をうそだといったのは、近代文学だと思う。そして、近代文学はいろんなことをやってきて、その欺瞞をあばき、その人間の人工的な、あるいは人間として不自然なものを全部取り去って、人間性を出そうとする。自然主義以来ずっとそうだと思う。世間一般には、私小説は自然主義の亜流だ、といわれていますが、僕はそれは大きなまちがいだと思います。自然主義はああいう人間を書かない。むしろ、ドストエフスキーの「白痴」などに出てくる人間で、自然主義小説は、ああいう人間をあばき出すところからはじまったんですね。そしてその結果、玉葱《たまねぎ》の皮をむいてみたら、なんにもなかった。ところが尾崎さんがお書きになっている父親像は、あのままで美しいんで、あれを分析してはいけない。

尾崎　ああいう人間もおるんですよ。ところがそれを認めようとはしない。

三島　しないですね。僕もつくづく、こんどの収録作品を拝見してみて、いわゆる文学史家とか、文学評論家が、私小説というものを規定して、それは自然主義から、こうこうこういうふうにして成ったというのは、これは皮相な議論だ、そして、人間というものについての見方は、そんなものではない、人間をありのままに見ることが、いちばん人間を深く見ることだ、ということを教えられましたね。

尾崎　それと、よくひっくり返したり、ひっぺ返したりして、人間を骨ばかりにして、これが人間の真実だということをいうんですが、私はそんなこと信用しないですよ。人間にはやっぱり、骨に肉がついていて、それから皮がある。それが人間なんで、骨ばかり、芯ばかりを取り出して、これが真実だということはいえませんよ。ひどいやつもあったり、ひどくないやつもあるわけで、どっちがうそで、どっちがほんとということはいえないと思う。それは人間の状況で、どういうふうにでもあらわれる。私は白樺派の人道主義に育てられたものですから、いまのことばでいえば、当時としては人間性の解放ですけれども、そういう目から見るから、当時のおやじが非常に窮屈そうに見えましたね。ところがあとで考えてみると、あれはやっぱりほんとうの姿だったのだ、という感じがしますね。

三島　そうですね。人間のほんとうの姿を保つためには、どんなつらい努力が必要かということですね、ある意味では。それを作家が見た場合に、つまり、つらい努力などを必要とするやつは人間ではないのだという考えは、僕はほんとうに、もうさんざん試みられて、古臭くなった考えだと思うんですよ。それは、僕はこんどたいへん新鮮に感じたのは、特におとうさんのことなんで、それが表裏一体して、「暢気眼鏡」の奥さんとか、そういう人間の見方と、よく似ていると思いましたね。こっちは努力しているわけではないんですけれども、そういう人間がそこにいる。そうした人間の自然さと、それから儒教的に作られた、あるいは何かで作られた人間像というものは、どっちもほんとうではないか。どっちがうそで、どっちがほんとうだということはいえないのではないか、ということですね。

尾崎　そう思いますよ。でも、芳枝という人物の場合はなにも知らないわけですね。ひと口にいえば世間知らず。亭主のほうが年上で、すれっからし――細君から見ればすれっからしですね。もっともらしいことをいうし、もっともらしい調子だものだから、なるほどそうかと思っちゃう。それで疑わないから、亭主のほうではしようがないですよ、もう負けちゃう（笑）。だから、亭主のほうでは、女房をうまく操縦しているつもりでいて、逆にやられている関係になっちゃうわけ。柔よく剛を制す、ということですかね（笑）。

短篇小説の技巧

三島　尾崎さんは自然に書いておられるようで、非常に技巧的だと感じたのは、「美しい墓地からの眺め」、つまり墓地からの眺めは美しいということが何度か出てきますが、結局それが具体的に出てくるのは、会話の中ですね。親戚同士が、あっちがあの山で、こっちがどうだという、そこではじめてはっきり出てくる。読者は、どこでどう美しいのか、それがどこで出てくるのか期待するわけですよ。しかし、下手な小説家は、はじめに全部景色を書いてしまう。ここから何が見えて、ここがこう美しいというように。そうするともう小説はそれでおしまいですよ。短篇小説の技巧として、会話の中に風景が出てくるというのは、非常に技巧的に、こう申しては失礼ですけれども、達者な短篇という感じがしました。さっき出ました「虫のいろいろ」の最後の「不機嫌」の一句にしても、ぴしっとしまってくる。そうした技巧を、いまの若い作家はもっと勉強してほしいという感じがしますがね。

尾崎　それは、概して短篇修業をしてないですから。私らの時代はもう短篇修業ばかり。それともう一つは検閲がうるさかったでしょう。だから読者に意のあるところを察せよという、そういう書き方を練習した。いまはなんでも自由に書けて、当局の目をごまかそうという必要がありませんから。

三島　当局が短篇小説の発達を助けたわけ……（笑）。

尾崎　そうなんですよ（笑）。だから、拘束のないところに自由はないということかな、逆説みたいなことだけれども。野放しになったら進歩発展なんてないですよ。

三島　これは文学とはいえないにしても、いまの一部の小説に出てくるベッド・シーンを読んでも、こっちは少しも興奮しないな。あれは書いてる向うの小説が失敗なのか、僕がすれっからしになったのか（笑）。興奮させる技術すら失ってしまったのではないかと思いますね。

尾崎　それはやっぱり下手なんですね。私が仮りに書けば、三島さんは興奮しますよ（笑）。

三島　アーサー・シモンズが、文学でいちばん楽なのは、猥褻感を起こさせることと、涙を流させることだ、というんですね。でも、いまではそのいちばん楽なことができないような状況にきているんですね。

尾崎　文学も無拘束になると、結局は退廃でしょうね。

文学の虚と実

三島　「すみっこ」は、戦争中の軍人のどたばた騒ぎが出てきますが、その部分と、それから個人的な人生の悩みということとのコントラストは、はじめから考えられていたわけですか。

尾崎　まあ、そうですね。運がよかったことをまず出そうと思って、それにちょうどいいというので、海軍二等兵曹の手記を参考にしたわけですけれど。

三島　ちょっと批評めいたことをいうようですが、少し気になったのは、戦争で友だちが両足をやられて死に、しかも子供がまた電車で両足をやられてしまう。

尾崎　あれは両方の事実に寄りかかっているんです。

三島　事実ですか。事実のほうが偶然が多いですね。

尾崎　ええ。それからまた、事実に寄りかかっていると不成功で、フィクションの場合が成功するというのが多いですね。実際の小説で、この場面はほんとうでしょう、この場面はうそでしょう、といわれたことがありますが、ところが逆なんです。事実だからという一種の安心感みたいなのがあって、苦心経営が足りないわけです。フィクションだと、こいつをやろうという意欲が充満しているものだから、みっちりやる。

三島　やっぱり虚実皮膜の論というのはほんとうだ。

尾崎　こんなことといって楽屋をさらすことになるけど、全部が全部そのままではないですよ。あの間の抜けた細君のいうことの三分の二はフィクション、私がいっているわけですよ。私といっても、亭主のほうがね（笑）。そしてモデル自身が、ある新聞のインタビューで、「私はあの芳枝という女にだんだん似てきました」なんてことをいっている（笑）。

三島　「まぼろしの記」では、人事と自然が交代で出てきて、全体の印象は、人事も騒がしいが、自然も騒がしいという面白さがありますね。けっして自然自体が静かで、人事が騒がしいだけではない。両方が静かだともいえる。あのコントラストは面白かった。あれはプランを立てて構成なさったんですか。

尾崎　なんか私は、必然というやつが疑わしい気があるんですけれどもね。天行健なり、ということばがありますが、はたして、天行健なりやいなや、という疑問をもっている。

三島　しかし、あんなふうにいろいろ事件が一つの村の中で起こるものですかね。

尾崎　ありますよ。あんまりひどいから書かなかったんですが。

三島　人間の生存本能や、自己防衛本能を超越できたら、人間というものはもう少し飛躍するのだろうと思いますけど、それが飛躍してしまうんですね。

尾崎　近所の脳病院には患者が三百人くらい入ってましてね、なかには面壁九年みたいなのもいる。別の人でこれは東大生ですが、非常にまともな口をきいていて、どこが変っているんだろうと思っていると、「ちょっと向うの山をご覧なさい」というんですよ。見ると、「ほら、あれが動いているでしょう。あの山が動いているうちはだめですよ」（笑）。「じゃあ君は、地球が自転するその動きだと思うのか」といったら、「そうじゃないのだ、あの山の震動だ」って。観念的なものではなくて、実際に動くように見えるんですね。

三島　それは何かバイブレーションを感ずるのかもしれないですね。僕はやっぱり物体というものは、バイブレートするものだと思うんですよ。物体自体が、一つの構成要素がバイブレートしていなければ、この宇宙は成り立たないと思うな。ほんとうはバイブレートしているのかもしれないけれども、われわれにはその動きが全然見えないわけですね。

尾崎　そう、われわれより超人間的な能力かもしれませんね。それでびっくりして、ああこれではだめだ、これでは病院が出さないのも当り前だと思った（笑）。

三島　まあ、ばかげていることではありませんけど、考えようによっては、ひょっとすると人間以上かと思わせる。それが気違いの特徴だとすると、文士も同じようなもので……(笑)。

尾崎　ただ共通していえることは、気違いはみな善人ですよ。

三島　善人ですか。これも文士と似ていますね(笑)。「退職の願い」は尾崎さんがお好きな作品だとうかがいましたが……。

尾崎　三島さんにご厄介になった、あの娘ですよ。

三島　ああ、そうですか。僕もこのごろつくづくおそろしくなるんですが、昔は四十歳でもう隠居したといいますね。江戸時代では四十を過ぎればご隠居さまで、隠居所に入ってしまう。いまから考えれば、ほんとにぞっとしてしまうな。ただそれだけ早熟だったんでしょうね。

尾崎　早熟というより、早ボケでしょうな。たとえば相撲年齢が早いようなものでしょう。それと食べものの関係がある。

三島　そうでしょうね。

尾崎　私なんか、この十二月二十五日で満七十ですよ。

三島　しかし、お若いですね。

尾崎　私なんか病気をごまかしてきた。そのごまかしが、あとから考えればうまかったんですね。どういうわけでごまかせたのか、いろいろ考えたんですが、けっきょく捨てちゃった気持になったのがよかったのかもしれない。

三島　堀辰雄さんが、病気といっしょに暮すというようなことで、ごまかし方がたいへんうまかった。あんなにうまくごまかしていなかったら、ずいぶん若いうちにだめになっていたでしょうね。

尾崎　病気も身のうちという気持でやれば、案外もつもんですよ。それをなおそうとあせってしまうと、かえってまずいですね。

三島　がっくりいったら、僕なんかいちばんあわてるほうですよ。それはもう気が短いから、どれだけあわてるかわからない。

尾崎　あなたは病気の経験はないでしょう。

三島　ぜんぜんない。ですから加減がわからないですね。

尾崎　それにしても、もう十年も前に「退職の願い」を出しているのに、私はまだ放免にならない。

三島　いっこうに退職させてくれないですね（笑）。

（昭和四十四年十月七日　銀座　出井にて）

井伏文学について

井伏鱒二
河盛好蔵

郷土、家族を語る

河盛　井伏さんはご自身の文学に郷土（広島）の影響ということをお感じになりますか。

井伏　僕は文章や言葉はあっちのほうだと思うんですがね。

河盛　それは無意識のうちにですか。

井伏　無意識ですね。文章は歩き方のようなもので変えようったって変えられないですな。人工的に変えられるでしょうけれども、急いだりするとやっぱり昔の歩き方になる。ずいぶん僕には郷里のローカルカラーが出ているんじゃないかと思うんですよ。

河盛　どういうところからそれをお感じになりますか。

井伏　小山祐士、葛原しげるとか鈴木三重吉、倉田百三などもそうですが、広島県には一脈の甘さがあるでしょう。どうも僕は甘さがそうじゃないかと思うんですね。

河盛　井伏さんの文章甘いですかね。むしろ辛いほうじゃありませんか。

井伏　甘いんじゃないかと思うんですよ。骨がないようなところね。三重吉もそうですね。

河盛　あのへんの方言みたいなものを意識してお使いになることがあるでしょう。

井伏　あれは田舎の言葉をこさえて、あのとおりじゃないんですけれども、誇張したりしたのです。

河盛　あなたご自身の性格の上に、郷土の影響というものをお感じになりますか。

井伏　年とるとだんだんよけい出てくるんじゃないかと思うんですよ。これは小説のなかの会話の場合ですが、田舎言葉を入れて書いた次に、続けてまた田舎の言葉を入れると、面白くないですね。ほかの地方の（地方というのは東京ですが）標準語を入れると退屈しないですね。あれ続けるとかなわないですね。

河盛　読むほうも多少かないませんね。

井伏　自分でいやになっちゃいますね。なるべくかわりばんこにして書いてみて、自然にそうなってきています。

河盛　だいたいご郷里のほうは、非常におだやかな気候じゃありませんか。

井伏　気候はおだやかです。しかし生活は豊かじゃないです。狭いところへ家がたくさんありますから。人口がいまの五分の一ぐらいだったらいいところですよ。

河盛　文化の程度はどうなんですか。早くから開けていたところですか。

井伏　途中でとぎれているんですよ。戦国のころ毛利が攻めて来て、村人が一人もいなくなったときがあるらしいんです。記録もないんですね。

河盛　ずっと昔にさかのぼるといつごろになりますか。

井伏　それは弥生式なんか、裏の山に横穴古墳がずいぶんあった。埴輪は出ませんが、勾《まが》玉《たま》だとか刀、錆びたもの、金の飾り、それから室町の古鏡も出ましたよ。

河盛　文化はそうとう昔は開けておったわけですね。

井伏　荻窪で毎月、古書展覧会があるでしょう。毛利がくる前の備前、備中、備後の山城記というのがあるんですよ、それ買ってこさせて見ていたら、僕の家の名前がありましたよ。

河盛　いつごろですか。

井伏　それは大内義隆のころですね。

河盛　そうするとそれより前からお宅はあることになりますね。

井伏　そうなんですね。嘉吉二年に山口からきたんです。

河盛　十五世紀半ばですな。大旧家ですね。ご家族のなかから非常に影響を受けた方がありますか。

井伏　おじいさんじゃないでしょうか。八十いくつで亡くなったのです。もう、もうろくしていましたね。一年半ぐらいじっと囲炉裏のところへ坐ったきりでしたね。

河盛　どういう影響を受けられましたか。

井伏　頑固なんです。ある年、度量衡の検査がきたんです。骨董自慢で、下男に元禄時代の升《ます》だとか、オランダのはかりをもっていかせたんです。そうしたら下男が殴られたらしいな。

河盛　どうしてですか。

井伏　つまり度量衡の検査されるのに、昔の升なんかもっていくでしょう、自慢だったんですね。はかりなんか調べる役人だから、共鳴してくれると思ったんでしょう。すぐ噂を聞いて近所の顔役の人が数人きましてね。検査官を愚弄するというんで、始末書書かせたんですよ。そうしたらそれからすっかりしょげちゃった。家名を傷つけたといって。それまで威張っていたのですが、それからはさっぱり、もうろくしました。

河盛　そのおじいさんが、そのころ田舎にはめずらしい蓄音器を持ってらしたという話をうかがったことがあります。それをおじいさんが、あなたにかけさせて、兄さんにかけさせない。そのほうがいい音がするという、それほどおじいさんに可愛がられていたわけですね。

井伏　じっと聞いていて、どうも満寿二《ますじ》のほうがいいというんだ（笑）。弟がいたんですけれども、やっぱり六つのとき亡くなったでしょう。末っ子になったわけだ。それで僕は甘やかされて育ったわけです。

河盛　そうしますとご兄弟は。

井伏　兄と姉と。

河盛　お兄さんはおいくつちがいですか。

井伏　三つですが、それを十ぐらいちがうように思っていました。

河盛　ことにお父さんがいらっしゃらないから。

井伏　兄貴は秀才でしたがね、これも頑固でした。戦争中に急性肺炎で亡くなりましたが。兄貴は僕を小説家にしたかった。僕は絵描きになりたかった。兄貴も小説家になりたかった。しかし家を継がなければいけないから……。田舎は家のほうが大事ですからね、身代りにされたんですね。

河盛　しかし、あの時代に小説家になれなんてめずらしいですね。

井伏　そうなんです、田舎で小説家になるといったら、それは軽蔑されましたね。兄貴の代理で親戚へいくでしょう。いちばん末席へ坐らせられるんですよ。

河盛　それほどですか。

井伏　そんなことはもう不良少年ですよ。

河盛　あの時分はそうでしたね。ところで、あなたご自身にも小説家になろうという気はあったわけですか。

井伏　やっぱり絵描きのほうになりたかったですね。

河盛　それでも小説家になれといわれて、どうしようと思われたですか。

井伏　ならなければいけないと……（笑）。僕なんかの同級生で、台湾へいって、巡査なんかになると、二十円家へ送る人があるんですよ。お袋がお前なにしているんだというんです。兄貴は、満寿二はそういうようなのとはちがうんだと、とりなしてくれるんですよ。ところが中学三年の夏休みに、柳川春葉の「生さぬ仲」というのを読んで僕は涙こぼしていたんですよ。そしたら兄貴がぶん殴るんですよ、そんなもの読んで泣くようじゃ小説家になれないって。こっちは小説家になるつもりないですよ。なんでも殴るんですよ。スパルタ教育、ひどかったですよ。田舎だと長男がいちばんですからね、次男、三男のつらさは……。

文学的出発のころ

河盛　早稲田ではいかがでしたか。

井伏　僕は、あの学校好きでしたね。吉田絃二郎先生がいたな。僕は、青木南八という友だちの影響を受けたんですよ。

河盛　井伏さんが最初に文壇で訪問された作家は、岩野泡鳴でしたね。どうして泡鳴を訪ねられたのですか。

井伏　同郷の僕の先輩が泡鳴のところへ出入りしていたんです。その人が僕をつれていってくれたんです。晩年二、三度ですよ。

河盛　泡鳴の文学というものを、やはり認めておられたわけですか。

井伏　僕は短篇が好きでしたね。でも行っているときは悪い影響だけ受けると思って読まなかったんです。非常な強烈な影響を受けますからね。文学談は聞いていましたけれども。泡鳴は菊池寛さんとか芥川龍之介さんと会をしていましてね。それへ入りたいなと思っていたら、それへ入るのには、女友だちをつれてこなければ入れてやらないというんで駄目でした（笑）。

河盛　どうでしたか、岩野泡鳴という人は。

井伏　なんか小さな神経使う……。五銭の会費で、女中に塩せんべい買いにいかして、買ってくると、ちょっと待っててといって、一つやろうかという。女中が手を出すと、二つ出してから、一つとってみたり、実に気を使う人だなあと思った（笑）。

河盛　小説家になることを志されてから、愛読された作家は誰ですか。

井伏　チェーホフですね。それは当時の早稲田の流行ですね。芥川さんが、早稲田のやつはチェーホフしか知らんといったそうですが、そんなものですよ。寝る前にチェーホフの短篇一つずつ読んだ。最初の僕の処女作だった習作みたいな「山椒魚」というのは、チェーホフの「賭」というのを読んだ感動を書いたものです。銀行家が二人、十五年幽閉する賭けするでしょう。絶望からデカダンの気持になったり、それからあきらめたりして、最後十五年目に悟るんですね。それで最初は悟るまでを書こうと思った。そうしたらあきらめから、今度は絶望も書けないんですよ。それで瞬間的でも、本読むか、経験するかして、自分で感じなければ書けないもんだな、説明になってしまうんだなというんで、そこでちょん切ったんです。それでシリ切れとんぼになった。

河盛　はじめて伺うお話だな。その時分はチェーホフの翻訳出ていましたか。

井伏　雑誌なんかにぽつっと出たりしましたね。僕らはガーネット英訳で読みました。それから僕は因島へいってから、トルストイを米川さんの翻訳で読んだですよ。

河盛　トルストイの影響というのはありますか。

井伏　コーカサスものが好きですね。コーカサスものは、読むと挿画を自分で描いたりしました。しかし「クロイッツェル・ソナタ」なんか晩年の作品の道徳的なところは痛くて……。こっちが叱られているような気がします。

河盛　コーカサスといえば、あれは昭和七年ごろでしょうか。ある晩、「長谷川」にいったら横光利一さんがおって、前に坐っている人と二人で何やら楽しそうに話しています。その前の人が、コーカサスには実に美人がいるという話をさかんにしているのです。そこで、横光さんは、いまいってもおるでしょうかといったら、いやあもうすっかり輸出していないそうですといったんで、私は吹き出してあれだれですかといったら、あれは井伏鱒二だと（笑）。それではじめて井伏さんというのを知ったのです。……昭和七、八年かな。

井伏　いやあ同人雑誌「作品」のころです。

河盛　その時分、チェーホフのもの以外で、日本の作家でなにか愛読されたものがありますか。

井伏　志賀直哉さんを予科の二年ぐらいのとき読んだんですよ。それは「謙作の追憶」、これは感動しましてね。友達に志賀直哉というのはすごいぞといったら、なんだお前、いまごろ志賀さんを知るようじゃ文壇に出られないぞといわれた。鷗外の「中央公論」に出た「阿部一族」、これは感心しましたね。

河盛　井伏さんは文壇へデビューされてからずいぶん不遇時代が続きますね。

井伏　ええ。僕は横光利一なんかより十年遅れたんです。正宗さんのは読みました。正宗さんのは、たいていどんなものでも読まないことはなかった。考え方も正宗さんの考え方で考えようとしたはずだが、正宗さんのようにならなかったのは、頭がシャープでないから。正宗さんに感心したんです。短篇なんかいまでも感銘深く思っているのがあります。いつまでも残る。

河盛　その時分の正宗さんというのは、「牛部屋の臭い」とかいう、あのころのものですか。

井伏　あのあとですね。軽いもので職人ふうのものを書いたりするのが、僕は好きなんですね。なんか派手でないけれども、いつまでも残ったですね。その前には兄貴の書棚で独歩を読んだんです。僕らの時代の人はたいてい独歩読んでいますね。

作品をめぐって

河盛　私は井伏さんのものではじめて拝見したのは、「夜ふけと梅の花」です。あれが出たのは昭和五年ですか。僕はあの時分フランスにおりましたから、帰って七年ごろはじめて読んだんじゃないかな。あれは感心しました。それ以来の井伏ファンです。

井伏　どうもありがとう。はじめて聞いた。

河盛　「さざなみ軍記」というのはいつでしたかな。あれは。

井伏　長くかかりましたよ。最初は「逃げて行く記録」という題で書いた。

河盛　昭和五年ですね。

井伏　左翼運動が盛んでしょう。僕は左翼になれなかったけれど、みんな友だちが同人雑誌やめて、全部左翼になったでしょう。つまり「戦旗」に入っちゃったんです。僕一人とり残されたでしょう。その気持を僕は最初あれに入れているわけです。少年が室の津の田舎の娘に好かれると有頂天になる、それが自分と同じ階級でないものから愛情をもたれたいという、それはあのころの僕の気持でした。最後は生野へいって生活を築くことにしようというのが、最初のプランでした。

河盛　あれはずいぶん長くかかっていますね。三、四年……。

井伏　もっとかかっています。あれは少年が戦争に出るとだんだんませてくるでしょう。それでませてくる少年を書くわけで、文体も変ってきた。前を直さないんだから、妙な文体で、まだ翻訳調の真似が残っている。そういう急速にませることを書こうと思ったんです。最初書こうと思ったのは同人雑誌をしているときで「文芸都市」へ入る前です。「平家物語」を読んで書いたんです。あれは歴史の背景をもっと知っていればよかったかもわからない。

河盛　あれは井伏さんの代表作の一つですけれども、ご自身も愛着をおもちでしょうね。

井伏　そのころはそうじゃない。いまいくらか愛着をもっていますね。あのころから後はポエティカルなものを、捨てよう捨てようと思いましたからね。それもやっぱり文壇文学イズムに左右されたんでしょうね。なるべく捨てようと思った。入れたほうがいいのかもしれない。

河盛　捨ててもおのずから入ってくるんでしょうけれども。一時われわれは、葛西善蔵の文学理論に、あやまられましたね。

井伏　あれなんですよ。筋を読んじゃいけない、筋を書いちゃいけない、映画を見ても筋をおぼえていたんじゃ駄目だというんでしょう。横光利一にもその影響がありましたが晩年はそれがなくなった。どういうものですかね。シンボリズムの悪影響かな。

河盛　シンボリズムでもないですね。妙なものですね。芥川なんかでも、あれに毒されていますね。

井伏　芥川さんのような人が、筋を考えたら、うまく書いたでしょう。

河盛　あのころの葛西の神格化は大変なものでしたね。

井伏　筋を軽蔑したですからね。筆がはずむとおくというんでしょう……。文壇文学イズムというのはいけないですね。

河盛　「多甚古村」をお書きになったのは、どういう……。

井伏　あれは、満州事変になってからです。お巡りが僕に材料送ってきたんです。ところどころ見て、お巡りの好みとなるべくちがうように書いた。浪花節が好きだと書いてあれば、浪花節ぎらいだとか、これは悪いやつだというと、そう悪くないように。そうすればまちがいないと思って（笑）。

河盛　するどい社会諷刺がありますね。あのころの時世に対する。

井伏　ずいぶん遠慮しましたがね。

河盛　戦後の作品で、いちばん気にいっていられるのはなんですか。

井伏　過渡期の「追剝の話」です。気にいったというほどじゃないですけれども、実写ですから……。ああいうときには、過渡期には空想のものを書いたのはいけませんね。現実のほうが強いから。写真のほうが面白いようなものですね。

原爆小説「黒い雨」

河盛　最後に最新作の長篇「黒い雨」についてうかがいたいのですが、あれをお書きになった動機はどういうんですか。

井伏　それは疎開中知り合いになった人が書かないかという手紙をくれたんですよ。いろいろ考えて、二年ぐらいそのままにしておいたんです。それから大田洋子さんのものを読んだり、お医者さんの治療の記録を読んだりして、やっぱりこしらえごとよりも、記録の方がいいような気がしてきたんですよ。そこで広島へいって座談会したり、録音とったりして準備しました。

河盛　原爆の時には、福山のご郷里へおられたわけですね。

井伏　福山へ行ってました。見おさめで。そして中国山脈のなかへ逃げていこうと思っていたのです。そのときに落ちたんですね。落ちたことはわからないんです。福山から広島まで四十里あるでしょう。ちょうど僕は土手で、弁当食っていたんですが、その直前でした。わからないんです。雲が見えなかった。それから福山で駅の前の旅館へいくと、大勢おろされているんですよ。汽車が動かないというんですよ。駅員もなんのことかわからない。

あくる日広島の人たちがトラックに便乗して怪我だらけになってやってきたんですよ。そのまたあくる日、家を壊しにいっていた挺身隊が帰ってきて、それがばたばた死んじゃった。それから救いにいった人の方が早く死んじゃって、怪我をしたりやけどしたりした人なんかの方が生きている。丈夫でいった人のほうがやられている。酒飲む人は助かっている。酒もいいらしいですよ（笑）。

河盛　ほんとうですか。井伏さんのフィクションじゃないですか（笑）。

井伏　ピカッと光った瞬間にやられた人もいる。耳なんかなくなっている人もいる。ウジが食ったのです。耳のなかにウジがわいて、それがいまでもウジの動く幻聴が聞えるという人もいるのです。

河盛　あれを書いておこうとお思いになったのは……。

井伏　大田洋子の小説を読んで……。彼女とは一度会っただけですが、原爆を書くならもう少しちゃんとしなければいかんと思ったのです。原民喜君のはよかったですね。大江健三郎のも「ヒロシマ・ノート」読んで感心したのですが、広島の人は悪くいうんですよ。どういうわけだといったら、理屈が多いという。原爆にあっている人は理屈はいらない。あれは真面目ないい作品だと思うんです。ずいぶん参考になったです。人によってみなちがうでしょう。僕はそう深刻なものを出せないな。僕が書くと原爆が駄目なんだ。

河盛　そんなことはありません。僕は「黒い雨」は日本で初の本当の原爆小説だと思っています。ではこの辺で。

（昭和四十一年七月十一日　虎の門　福田家にて）

舟橋文学の道程

舟橋聖一
伊藤　整

文壇に登場したころ

伊藤　僕は舟橋さんとは、だいたい同じような時代を経てきたのですが、僕は昭和三年ごろまでの東京を知らないのですよ。あなたがいま書いておられる自伝的な小説（「真贋の記」）でもわかりますけど、あなたといっしょに大正十五年に「新潮」新人号に登場した人たち、あの人たちの作家としての運命もいろいろでしたね。

舟橋　私がまだ学生のときでしたね。私の戯曲「白い腕」が載ったのですが、「新潮」新人号に出ると出ないとでは、だいぶ問題が大きかった。そこにピック・アップされたということはたいへん幸運なんだけど、ある意味では幸運すぎてスランプに陥ることもあったわけです。だから「新潮」に登場した新人が必ずしも全部がうまくいったとは限らない。尾崎一雄、林房雄なんかは今日も仕事をしていますがね。当時、文壇の牙城は強くってね、新人の登場はまず不可能に近かった。

伊藤　あのころ、プロレタリア文学が盛んだったけれど、決定的に文壇を占領するという現象は、昭和になってから起ったのですね。

舟橋　あのときはまだそれほどじゃない。しかし半年たつとがらりと状況が違っちゃった。次の年の新年号あたりで「新潮」は新人作家の座談会をやったのですが、林房雄と葉山嘉樹がすごい威力を示しましたよ。われわれは、吹けば飛ぶような……。

伊藤　林、葉山の論争というのは、アナーキストとコミュニスト、それに芸術派の若手が座談会をした号でしたね。

舟橋　芸術派は顔色なしですよ。彼らといっしょに神楽坂《かぐらざか》を歩いた記憶がある。そのときの林、葉山の元気横溢ぶりはすさまじかった。プロレタリア文学の天下になるというのですよ。こっちはヤレヤレですよ。おもえば芸術派はよく命脈を保ってやってきたものだなあ。あなたとはじめて会ったのは紀伊国屋だったね。

伊藤　そうです。なんであなたに会ったのかしら。

舟橋　あなたが「文芸レビュー」の責任者の立場で……。

伊藤　広告をもらいに行ったときだ。「文芸レビュー」は三十ページくらいで十銭なんだな。「文芸都市」との交換広告ではなくて、田辺茂一さんのところに行って一ページ五円の広告料をもらうのですよ。僕は商科大学の学生だったけれど、田辺茂一がたいへんふけて見えました。同年だけど向うは堂々たる店を背景にして出てくるでしょう。今でも彼にはそんな感じを受けるね（笑）。その当時、福田清人といっしょに新潮社へ行ったらあなたが来て、浅草の劇場へ連れて行かれたことがあった。あなたが楽屋へ入って行くと支配人が挨拶する。先輩とはえらいものだと思った。そして新人の踊子を紹介された。それがターキー（水の江瀧子）とオリエ津坂だった。いまパーティなんかで水の江さんに会うと、うたた今昔の感にたえないね。あの記憶がいちばん鮮かだ。

舟橋　僕もよく覚えていますよ。ターキーはまだ三浦といってね。水の江という名をつけたばかりのころだった。

伊藤　「文芸都市」が出たのは昭和三年でしょう。このとき僕は東京に出てきていたんだ。「文芸都市」はどういうふうにして始まったんですか、人によって思い出がちがうらしいけれど。

舟橋　高見順によると、田辺は僕にそそのかされたというんだが、僕はそう思わない。田辺の青年客気に合致したのでしょうね。それは紀伊国屋書店のスターティング・ダッシュにもなったわけですよ。

伊藤　彼自身の世代が始まったわけでしょう。あのころ親父さんはまだ生きていたでしょうけどね。

舟橋　紀伊国屋の階段の手すりのところに同人の名札を出した。外村繁、蔵原伸二郎、井伏鱒二というふうにね。
伊藤　そうです。僕らはあの仲間に入った人を羨ましく思っていた。そのころ僕の下宿は梶井基次郎と同じでね、北川冬彦、外村繁というメンバーが集まって、「文芸都市」に原稿を書くか書かないか、舟橋聖一という名前も出てしきりに論じていましたよ。東大派、三高の「青空」派、早稲田派とあって、うまくいかないところもあったらしい。われわれ、あとから来た者からみると、「文芸時代」のあとが「文芸都市」なんだな。
舟橋　「文芸時代」と吉行エィスケらの「近代生活」の間に入っているんじゃないかな。
伊藤　その間の事情というものは、その当事者でないと正確なところはわかりにくい。
舟橋　まあ、ニュアンスはよくわからないだろうね。青年たちの集団だと、どうしてもセクト主義になるのですね。大同団結は考えるけど、やっぱりセクトになる。だいたいにおいて「新潮」が「文芸都市」を援護してくれたのですよ。それが非常に大きかったですね。
伊藤　そうでした。中村武羅夫さんはどこまでそういう気持があったかわからないけれど、実務担当の楢崎勤さんがかなり力を入れましたね。
舟橋　それに対して僕には「改造」からは注文が来なかった。林芙美子は戦争が終るまで「新潮」に一度も書いたことがないそうだ。
伊藤　そうでしたかね。
舟橋　それはね、林さんから直接聞いた話なんだけど、びっくりしましたよ。林さんがそんな目にあっているとは思わなかったのだ。

伊藤　そういうことはあるらしい。和田芳恵さんの説だけれど、これは歌舞伎座、あれは明治座、そっちは築地小劇場というふうに雑誌にはそれぞれ舞台の格のようなものがあった。何に書いてもいいというのではなかった。僕は昭和七年にはじめて「新潮」に書いたのですが、阿部知二さんは僕に、「君、『新潮』というのは大事な雑誌で、『新潮』に書いてから『中央公論』か『改造』に書き、また『新潮』に書けばいい、という順序のある雑誌だ」と教えてくれた。

舟橋　僕は横光利一さんに銀座の資生堂でアドバイスされたわけだね。「君は少し新潮派だ。片寄っている。いけません。も少し楽な気持で書きなさい」といわれた。

伊藤　たいていの人は考えていても言わないのだけれど、横光さんはそんなことを考えて言う人でした。

舟橋　横光さんですら、そんなことを考えていたんだな。

戯曲から小説へ

伊藤　昭和のはじめ、あなたが小説家としてしばらくぐずぐずしていたのは、芝居に力を入れたからですよ。

舟橋　いまでも小説家として不純とすれば、そこなんだけどね。小さい時から芝居好きなので、文壇に出たときは芝居で出ちゃった。散文を書いたのは少し遅れているんですよ。僕のちょっとしたつまらない随筆を井伏鱒二がほめて「舟橋君は散文もうまい」といったから書いたのです。そんなことから僕ははじめて小説を書いた。それは僕のへんな功利主義かもしれないけれど、高校生時代、散文は宇野浩二、葛西善蔵や、その前には徳田秋声、島崎藤村というような自然主義の作家がいて、とてもかなわないと思っていた。それで小説はやめちゃって、芝居の方へ入ってしまった。小山内薫を知ったのにも一因があるでしょうが、小説の方が遅れたわけですよ。たまたま井伏の言で啓発されて書く気になった。だから僕の処女出版は「愛慾の一匙」という戯曲集ですよ。

伊藤　井伏さんの励ましもあるでしょうが、同期生的存在の阿部知二さんが小説をどんどん書いていたということも関係があるんじゃないですか。

舟橋　そうですね。阿部はいきなり小説家として出て行ったしね。井伏の小説をはじめて「文芸都市」に載せたのは僕なんだ。井伏は蔵原伸二郎の推薦で入ってきたのだけれど。その井伏に小説をすすめられた。なにかの因果関係があるんですね。

伊藤　おもしろいことですね。

舟橋　そのころは井伏も貧乏していましたね。紀伊国屋へ来る電車賃がなかった。

伊藤　われわれもみな似たようなもので、金のある日はまれで、ない日ときたら全然ない。

舟橋　「愛慾の一匙」は戯曲集だから売れないわけですよ。そのころいちばん売れたのは龍胆寺雄で、その次が吉行と阿部じゃないですか。吉行エイスケの小説、たいへん売れましたよ。

伊藤　そうですね。あの二人はあのころの新しいタイプの代表的な作家だったから。

舟橋　阿部は「日独対抗競技」という作品が反響をよんで、隆々として華々しかった。田辺は「お前、阿部がすごいから妬けるだろう」なんていっていたものだけどね。僕はどういうわけか、それほど嫉妬なしに……やっぱり阿部を尊敬していたのかもしれないな。

伊藤　それから、「近代生活」とつづくけど、あれは華やかな雑誌だったわりに、文学的にはあまり大した意味はなかったですね。やはり新潮派の交際雑誌だったということですね。

舟橋　文壇史的に追及すれば新潮系には中村武羅夫、加藤武雄がいて、文芸春秋の菊池寛系統には反対だった。それが派閥みたいなものになってしまった。だから文春系はどうも新潮系になじまないし、新潮系は文春系からは夷狄視される……。つまらないことだけどね。伊藤さんの文壇史ではどうですか。

伊藤　とてもそこまでは書けない。昭和はとても僕には書けそうもない。でもわれわれが「新潮」へ書いたころは「文春」には一種の高踏的な雰囲気がありましたね。

舟橋　われわれが小説を書きはじめたころは、もう勝負あったという感じでしたよ。

昭和十年前後のこと

伊藤　だから舟橋、阿部というグループが「行動」をやるわけだ。このときも茂一さんが金主で、積極的に知識階級の意見やその動きを打ち出して行くという主張だったのですね。小松清君がマルローの作品や考え方を日本へ持ちこんできて、あなたは昭和九年に「ダイヴィング」を書いた。そのあと昭和十年に文春系から「文学界」が出て、舟橋、阿部が「文学界」に入ってしまう。新潮派は孤影悄然として非常につらい時期だったとおもいますね。でもこの時期で重要なのは、あなたが「岩野泡鳴伝」をまとめたということです。これはあなたの卒業論文でもあったのでしょうけれども、泡鳴的要素を舟橋聖一の中に認めるということが研究の種になってきているわけですね。ですからここで舟橋さんが自分の基礎をはっきりつかんだという感じがしてくるのですね。

舟橋　そこで転向したのかどうかという問題が出てくる。

伊藤　そう、「行動」から「文学界」への転向……。

舟橋　現実的な意味では、社会主義運動をやってそれから足を洗うとか変節することを「転向」であるとすれば、私の場合は心の中での転向なんだ。「行動」の仲間からはずいぶん吊し上げられちゃったですよ。
伊藤　そうだったかな。気がつかなかったけれど。
舟橋　忘れもしないけどね、青野季吉、板垣直子、豊田三郎に銀座の末広へ呼ばれてね、さんざんしぼられたのですよ。転向に対する僕の贖罪でもないんだけれど、それならやりましょうということで、居直っちゃったのですよ。それで「行動文学」を自費出版ではじめたというわけだ。すると小林秀雄さんはたいへん心配してくれて、「文学界」にも書いているのに、また雑誌を出したら沢山の量を書かなければならなくなるじゃないか、と言ってくれましたがね。「行動文学」を出したのは僕の同志に対する損害賠償的な意味があるんだな。決心してやり出したが、随筆や評論は書いても小説は書かなかった。「文学界」に小説を書いた。「文学界」にはひとつの挙国一致性があったのですよ。それぞれのセクションから代表選手が出たわけなんだが、小林秀雄が音頭をとっていくと、なんとなく小林内閣ということになった。
伊藤　「文学界」というのは精神的な面だけでなく実際的な面でも、当人たちの間では悩みや分裂なんかがあったでしょうけれど、客観的にいえば文芸復興運動という名目によるひとつの転向。あなたと違って、ほんとうのプロ文学からの転向作家にも仕事をさせている。新興芸術派から生き残ってきた井伏とかあなた方にも仕事をさせることで意味のある雑誌になったのでしょう。

舟橋　あれは原稿料なしだからね。

伊藤　原稿料なしで「木石」を書いたわけだ。阿部知二も「冬の宿」を「文学界」に書いて、この二人はともにこの雑誌を経て確かな作家になった。

舟橋　原稿料が出ないから、「文学界賞」を作って賞金として百円出した。それで島木健作なんか少しうるおったわけですよね。

戦時下の文学活動

伊藤　戦争がだんだん迫ってきたころ、どんなことが記憶にのこっていますか。

舟橋　特高がうるさくなってくる。「行動」がつぶれたのも半分は人民戦線事件でやられたのです。「行動文学」も青野さん、福沢一郎がつかまった。しかし「文学界」は一種の免罪符だった。特高はへんなところで区別するのですね。あいつは「文学界」に入ったから、まあいいとかね。いい人とわるい人とを区別するわけだ。どこまでが治安維持法にさわるか、その適用があやふやだった。

伊藤　戦争になってから丹羽文雄さん、石川達三さんが引っかかる。そういう時代でした。舟橋さんはだいたい自分どおりの仕事をやっていたでしょう。

舟橋　そうです。徴用は数回きたけどね、できるだけ逃げて歩いた。ことわったのですよ。

いちばん絶対的だなと思ったのはテニヤン行きだった。

伊藤　あぶないところだったですね。

舟橋　そのとき中山義秀が行った。そのほか点呼にも行かないとかね、なんとなく逃げてたわけだ。ずいぶん乱暴だったが、つかまらなかった。ほんとは徴兵忌避じゃないかね。それでまあ、しようがないんで疎開して熱海へ行ったのですよ。そこで谷崎潤一郎先生と相識ったわけだね。志賀直哉先生にも。

伊藤　あのころ、谷崎さん、熱海にいましたか。

舟橋　ええ、一緒だったのですよ。熱海なんかあまり空襲はうけなかったのですが、たまたま先生と一緒のときに直撃をうけた。屋根がブルルル震動したのです。僕は青くなってね。先生の横にしがみついたり、尻もちをついて動けなくなったりしたことがありましてね。僕はこの時期、先生のお住居の下の宿屋で「悉皆屋康吉」を書いていたのです。

伊藤　そうすると「悉皆屋康吉」の材料は……。

舟橋　僕の高校時代の話になりますがね、下宿屋の親父というのは、関東大震災で水戸に逃げてきた、日本橋小伝馬町の大きな悉皆屋の若旦那だった。そこから材料をもらっていたのですよ。実は長年その題材をあたためていたのだが、戦争になっちゃったので、こんなものでも書くほかはないと思っていたところが、河盛好蔵君がたまたま日本出版会の学芸課長をやっていて、三千部の紙をくれたわけです。それで創元社が書けと言ってくれた。

創元社は谷崎先生のところへ行って「細雪」を依頼し、その帰りに僕のところへきて「悉皆屋」。熱海で二人に頼んでいるわけですよ。「細雪」は出版禁止になって自費出版みたいなかたちになった。僕の方はそれじゃというわけで書き出した。しかし空襲のために警防団がやかましくて少しでも灯りが漏れるとおこられてしまう。極端に部屋を遮蔽して小さいところで書いたのです。三千部印刷したのですが、空襲で二千部焼けてしまった。幸いにも未製本の分が一千部残ったのです。それだけに感慨の深い仕事だった。

伊藤　戦争中の仕事のしにくい時代に、紙があるから書けといわれると本気になったね。

舟橋　だから河盛君の恩恵は忘れられないね。いちばん条件のわるいときで、軍人物でなければ出版できないときなんですよ。それだけにありがたかったね。

文芸家協会再建のこと

伊藤　戦後のあなたは「雪夫人絵図」「花の生涯」から最近の「エネルギイ」「ある女の遠景」「真贋の記」と多彩な文学活動を続けて来られたし、またいろいろと社会的な発言をして話題をまいて来ましたが、読者のために、文芸家協会を再建した話をしてくれませんか。菊池寛さんのあと、どのようにして今日に至ったかということを。

舟橋　僕は戦争中その理事をやっていたわけですが、そういう団体は許されないというので、日本文学報国会にかわってしまった。それまでの文芸家協会は菊池さんの私財によって事務所を買ったりしていた。それが文学報国会となって、僕は働かなくなったんですよ。報国会という名がいやでたまらない。菊池さんの考えどおり日本文学者会としたかったが、投票の結果、敗けてしまったのだ。僕は身を退こうとおもっていたら、事務所は空襲で焼けてしまった。

伊藤　特許局の裏側にあって、ちょっとした中流住宅ぐらいの家でしたね。

舟橋　火災保険金を五万円かけていた。僕は戦後、その金で建て直そうとした。ところがなかなかくれないのですよ。文芸家協会は一度なくなったのだ、文学報国会になったのだから、保険金はほかの団体がとるべきだということで、文部省の傘下団体にまで出かけてやりあったわけです。まあ、それが通ってね、その五万円は文芸家協会再建のために使えることになった。

伊藤　五万円。当時としたら大金だったね。

舟橋　菊池さんも喜んでね。「そういうことで働くなら君にダットサンをやろう」と、車を一台くれた。と言っても、それは大映のものでね。実は「田之助紅」の原作料なんですよ。僕はもらったのではなくて、原作料を支払ってもらったことになる。しかしいくら車があってもステッカーがないと動かない時代でしょう。これは文芸家協会再建のための車ということでステッカーをとり、画策して歩いたんですよ。

伊藤　そうそう、そんなことがありましたね。

舟橋　それでやっと大阪商船ビル内の文芸春秋社にデスクをもらって、五万円をもとにして新しい文芸家協会が発足した。ところがひと月もたたぬうちに占領軍の接収で追い出された。そんなことで困っていたら、藤沢閑夫君が講談社にかけあってくれて、そこに入った。それでやっと再建できたわけだ。菊池先生もいろいろと心配してくれたけど、間もなく亡くなられてしまうし……。火災保険が口をきいたわけだね。

伊藤　それにあの土地もあったしね。誰か住んでいなければいけなかったんだな。宮地嘉六さんが焼跡に掘立小屋を建てていて一役買ったでしょう。

舟橋　だから不動産と五万円で再建したわけですよ。それから定款の発起人が中島健蔵、佐多稲子と僕なんだ。

伊藤　それは功労者だな。

舟橋　それまでは文芸家協会という名前だったが、世界の一環として「日本」をつけた。戦争中、菊池寛もね、日本文学者会にしたかったけれど、報国会にとられたということは、非常に無念だったのですよ。僕は「大阪城を守って、孤城落月だ」と言われたことがあるんですよ。報国会はどうしてもいやだと言ってがんばったときに。

伊藤　「舟橋さんは頑固だ」ということになって……。

舟橋　そのころから……（笑）。

伊藤　それは御苦労さまでした。

（昭和四十年十月三十日　舟橋邸にて）

丹羽文学について

丹羽文雄
浅見　淵

新聞小説のこと

浅見　早速だけれど、君の作品が心理小説化していったのは、どの時代からだろうか。僕は「哭壁」の時分からではないかと思うけれども。

丹羽　そうだな、「哭壁」の時からだな。

浅見　「顔」のように、新聞連載なんかで心理小説を書いた場合に、最初のうちは、読者はやはり若干退屈するだろうね。

丹羽　字面《じづら》がべったり詰まって書いてあるだろう、あれを見ただけでいやになるらしいな。ことに新聞なんかは、電車の中で揺られながら読むというような人が多いからね。新聞小説の心理描写というものは、ほんとうはいけないということにされていたけれども、……僕の文章は僕の調子があるだろう、その調子をのみ込んでくれると、あとはずっと楽に読めるらしいね。

浅見　それから、女性の珍しい心理といったようなのを最初にすぽっと出して、それを展開してゆくというようなところに、魅力が出てくるのじゃないかね。

丹羽　昔は新聞小説なんて五里霧中で書いておったけれども、今から何年ぐらい前かな、何か新聞小説というものに一つ自信ができたんだ。新聞小説というものが自分にわかって来たような気がしてね。新聞連載というのはいろんなものを展開させてゆく、ということができるんだ。短篇小説だと、そういうことは、できる場合もあるけれど、ちょっとむずかしいだろう、僕の長篇と短篇とは、ぜんぜん違うものね。

浅見　新聞小説は、一気に書かないで余裕がちょいちょいあるから、そこで反省みたいなものも生まれるしね。

丹羽　それがいいんだな。毎日一回分か二回分かずつ書くということは、その日の何かが作品に入っているね、自分の夢とか、祈りとか、いろんなものがそこへ畳みこめるというようなね。十回分ぐらい、何かの事情で書かなければならん場合は、あとで読み返してみると、走っている。流しているんだ。こわいもんだな。

浅見　君の場合は、書き下し長篇のほうはどうもちょっと荒っぽくなっているけれども、新聞小説のほうは、わりにきめがこまかいね。書き下しは、どうしても強迫観念がつきまとって、早く最後まで行かなければならないというあせりが、こまかいところをつぶしちゃうんだよね。

丹羽　ほんとにそうだ。日本だけだろう、新聞にあんな長い小説を書くことが流行してるのは。毎日書いてゆくということが、作家にとってもためになってるな。僕の場合なんか、きめがこまかくなるというのはそのせいだものね。今までの僕の長篇はずいぶん多いけれども、代表作品といったらみんな新聞小説だもの。それに、このごろだんだん長いものになるだろう、昔は二百回か、せいぜい三百回だったのが、今は四百回、五百回だ。今、「産経新聞」に連載している「親鸞」なんか、千回だというんだから。千回といったら三年だろう、ゆうゆうとして、何でも書けるよ。短篇小説だと、どっちかというと、五十枚とか、三十枚とかの枠に入っているようなもんでね。

浅見　もっとも、目のつけどころがうまくなったから、短篇のほうも相当傑作ができるかもしれないがね。このごろの短篇は、モーパッサン的でまとめ方がうまくなったね。

丹羽　そうかな。このあいだフランスで「庖丁」の翻訳が出て、その宣伝文句に、「日本のモーパッサン」と言うていたけどな。

浅見　短いだけに、情愛が生きるんだよな。一つには長篇で書き馴れているから、テーマのつかみ方が早いし、一気にぱっと書けるんだな。そのために緊密な雰囲気が出てくるのじゃないかと思うがね。非常にそつがないね。このへんはこのくらい書いて、勘どころはこのくらいと、最初から、ちゃんと計算ができているようなね。

丹羽　自分では意識してないけれども、もしそうだとしたら、無意識にできるようになったというのは、長篇書いてるおかげだな。

浅見　短篇は一晩かね。

丹羽　たいがい一晩か、長くて二晩だね。このごろは、昼間仕事して、夜はよっぽどの場合しか書かないので、たいてい午前中に書き出して、夕方までに三十枚ぐらい書いてしまうね。

浅見　もっとも、君は軽井沢にいると、仕事場とゴルフ場だけしか往復しないと、だれかが言っていたけれども。

丹羽　軽井沢には、白糸の滝とか、鬼押し出しとか、みなが行くところがあるけれども、僕は行ったことない。東京の店が出張して来るにぎやかなところも、ほとんど歩かない。家からゴルフ場までの間にさっと突っ切るだけだな。

母の耳

浅見　やはりこれからも、小説のテーマは、男と女の愛情といったものかね。

丹羽　別にそうとばかり考えているわけじゃないけれども、何かに書いたけれども、男女の愛欲を書くと、人間というものが端的にとらえられるんだ。名誉とか、冒険とか、金銭欲とか、そういうものからとらえることもできるけれども、それよりももっとはっきりする。弱点も何もかも全部さらけ出すからね。僕はそういう理論を持っているわけだ。

浅見　いったいに、君はいつでも女性をかばって書いてるね。

丹羽　残酷なように書いておって、そうじゃないものね。僕は、それはやはり、母親が原因していると思う。僕はおふくろが死んだ時に、もしこの母親がいなかったら、小説家になっていなかっただろうと書いたけれども、ほんとうにああいう母親がいなかったら、今ごろは田舎へ帰って、坊さんになっておったかもわからんな。

浅見　率直に言って、お母さんといっしょにおればうれしいというようなことはなくてもね。

丹羽　いっしょにいたら、これはもうしょうがない母親だから、世話がやけることだけでもいらいらすると思うけれども、自分のなかの母親というものは、現実の母親とは違うんだ。谷崎さんの文学でも、母親が中心だろう。ところが、谷崎精二さんの書いたものなどを見ると、お母さんが潤一郎にてこずって、いっしょに暮したくないと言ったり、決して谷崎文学に出てくるようなお母さんじゃないんだ。谷崎さんは、いつでも母親というものを心の中に抱いている、そういう気持だね。しかし、僕が谷崎さんよりも、ある意味でめぐまれていると思うのは、母親のきれいな時から、ずっとあとの、どうにもしょうのない姿まで見ていることだね。谷崎さんは、お母さんのきれいな時だけ見ているんだ。そして、ロマンチックな夢をかき立てているだろう。僕は最後まで見ているからね。

浅見　学生時代に再会するまでは、非常にイメージがロマンチックだったらしいな。

丹羽　また、母親が非常にきれいだったよ。だんだんと丸髷が少なくなってきていた時代に、大きな丸髷に結ってね。

浅見　戦争になって、田舎に疎開したお母さんを引き取ってから、ぴったり行かなかったのかな。お互いに何年もたっているし、奥さんや子供たちもいるしね。

丹羽　ほかに人間がいると、また違ってくるんだな。

浅見　愛情の競争になって来たのじゃないか。君自身の愛情を独占したいといったふうな、小さいことが積み重なって、多少波瀾を起したのじゃないのかね。……一度、君のところで、お父さんとお母さんとが対面したことがあったね。

丹羽　「再会」という小説に書いたあれね。

浅見　あの時、二人とも淡々としておったという……。

丹羽　どういう話をしたのかわからないけれども、二人を応接間に入れておいたら、しばらくして出て来たんだ。二人とも、非常に淡々としていたね。その時、あっと思ったのは、おやじがおふくろに、耳の形がちっとも変っていないねと言ったことだ。おふくろの耳のね。僕なんか、おふくろといったって、耳の形なんか気にしていないだろう？　そう言われてみると、どっちの耳だったか、特色のある耳をしていたんだ。父親は、そんなことを覚えていたか、耳の形なんて変るはずはないんだけれども、ぎくっとしたね。……しかし、母親は僕の泣きどころだった。その泣きどころが、作家にとってはよかったんだな。

浅見　君が一番初めに書いた作品が、もうちゃんとお母さんをモデルにした、相当深刻な小説だったからね。大学一年の時だろう？

丹羽　そうだった。

浅見　しかし四日市も変ったろうね。われわれが少年時代に見たものは、どこでも何も残っていないからな。

丹羽　僕は田舎へ行くのはいやなんだ。知らんところへ来たようで。昔のことを書くと必ず出て来る田んぼの中の森も、周囲がすっかり変ってしまったしね。

学生のころ

丹羽　このあいだ、僕が中学校の柔道部の委員をやっていた時の校友会雑誌を送ってくれた人があるんだ。自分が持っているよりも、と言ってね。表紙を僕が書いていて、中に一つ文章を書いているんだ。そして柔道の成績なんか載っている。その表紙を見ると、自分が書いたという覚えがあるんだが、中の文章を読んだら、へえと思ったな。はたして自分が書いたのかどうかわからないぐらいだったよ。観念的な、何を言うているのかわからんようなことが書いてあるんだ。

浅見　中学時代から、相当背伸びをしておったんだな。

丹羽　中学時代から、ませておったな。

浅見　横光利一なんかもそうだったらしいね。早稲田の高等学院へ入った時分は、まだ関東大震災前だな。

丹羽　入った年に震災だった。夏休みで帰省しておって、そろそろ学校へ行かなければならんなと思ってた矢先に、ガラガラッと東京がつぶれてしまったんだ。それ、休みが延びた、と喜んだけれども、いつまでたっても何とも言って来やしないだろう？　九月の終りごろに、東京へ来ようと思っても、東海道線は橋がこわれてしまって、通れないんだ。中央線で来て、それでも途中どこかで、一ヵ所歩いたな。高田馬場へ着いて、その時分のことだから人力車で、牛込榎町の下宿へ来てみたら、下宿はちゃんと残ってたよ。それからずいぶん東京を見て歩いた。浅草やら、丸の内やら、電車なんか乗れないから、ずっと一日がかりで歩いてね。

浅見　二学期が十月十五日からだったな。

丹羽　そうだったか。浅草の十二階の、あの時上が倒れて下だけ残ってるやつを、工兵隊が爆破するというのでね、それを見に行ったりね。

チェーホフと志賀直哉

浅見　君は最初小説を書き出した時分、外国の小説はあんまり読まないで、いくらか流行作家になってから、チェーホフのものなんかを参考的に読み出したんじゃなかったか。

丹羽　そうだった。チェーホフ全集というのは二十何巻かな、あれを全部読んだ。ドストエフスキイもずいぶん読んだし、バルザックも読んだけれども、外国文学で全集を全部読んだというのはチェーホフだけだ。チェーホフというのは、短篇の先生だと思ったな。

浅見　チェーホフの影響が短篇小説に出ておったからな。心理小説は、ドストエフスキイが相当入ってるね。

丹羽　そうかな、自分じゃ覚えがないけれども。

浅見　戦後、独白の多い小説があっただろう？

丹羽　なるほどな。しかし、一時は外国のものを読んだけれども、結局、自分は日本人だ、外国文学の影響なんていうのは、つまるところは借りものだ、という風に思っちゃって、それからあまり読まなくなった。

浅見　材料の整理の仕方とか、描写法なんかは、若干の影響があるだろう？　君なんかは、最初は純日本風だったのに、途中から西洋風が入って来たから。

丹羽　僕はまた、影響されやすかったんだ。

浅見　学生時代に外国文学を読まなくて、流行作家になってから読んだことが、かえってよかったんじゃないか。

丹羽　そうなんだな。学生時代には、志賀直哉の小説を、原稿用紙に全部書き写したものね。書くということは、非常にためになるな。読んでいる感覚と全然違うんだ。

浅見　梶井基次郎なんかも志賀直哉の小説をちゃんと清書して、相当吟味したと言っていたね。君は、志賀さんのものを読んだということが影響しているのだろうが、非常に文章が短いね。

丹羽　何だか短いね、ポン、ポン、ポンと。

浅見　畳みこむような短い文章を並べることが、かえって効果的になってね、非常に弾力を生んでいるね。

丹羽　健康な者は文章が短いんだってね。だれが言っていたのかな、体の弱い人は文章が長いって。そういえば、堀辰雄の文章をみてごらんよ。一ページに二つか三つしかピリオドがないような、とても長い文章だろう？

浅見　谷崎の文章も長いだろう？

丹羽　あれはそう長いという感じがしないな。しかし一概には言えないね、宇野浩二の文章も長いから。

浅見　これならやってゆけるというふうに、作家として自信を持ったのはいつだろう。銀座物で相当売れっ子になった時分、そして「朝日新聞」の夕刊に「若い季節」を連載したころか。あの小説は、わりに評判がよかったね。

丹羽　よかった。あれは前畑がオリンピックに出た時だ。そのニュースを書くのに、連載をちょん切られたりした。

浅見　ずっと書いて来て、どうにも書けないというようなスランプを感じたことはなかったろうね。戦争末期は題材の制限でちょっと書きづらかったようだが、それでも、造船所のことを扱った「水焔」を書いていたしね。

丹羽　どうにも書けなくて苦しんだというようなことがないものだから憎まれるんだな。

浅見　つまり、生まれた家に相当な材料があったということで、非常に得したね。普通の家庭では、あれだけの複雑な、大きな材料はないからね。

丹羽　得したな。比較的さっと書いたのが「菩提樹」だ。

浅見　戦後、改めて成功した作品は、やはり「蛇と鳩」と「庖丁」だね。あれで、相当客観的な材料を整理するといった自信を得たんじゃないのか。

丹羽　そうかもしれん、それまでは自分なりにやっておったけれども。「蛇と鳩」で野間賞をもらってからね。

浅見　「遮断機」を書いた時に、亀井勝一郎が「無救の思想」ということを言ったろう？

丹羽　結局それなんだな。それまでは、僕は坊主であるということを無視しようとして、わざとソッポを向いていたんだ。ところがあの小説を書いて、亀井が、あそこまで書いてしまったら、結局は宗教へ行くより仕方がない、それは丹羽文雄が生まれて来た宿命だ、というようなことを言ったんだ。そう言われてみると、思い当るんだ。僕は小さい時から、いつでも罪ということを考えていたと思うんだ。そう言ったら、そんな小さい子供に罪の意識なんてあるものかと言った人があるんだが、そうじゃないんだ。普通の家庭で、こういうことをしてはいけない、という、そんなのではない、非常に仏教的な考え方だね。もっと違った、人間の根源的な罪の意識というもの、わけわからずだが、そういう空気の中に育っているんだな、坊主の子というものは。結局僕は、それが僕の生き方や、ものの考え方の中心になっていて、それが原動力で小説を書いている。それを取ってしまったら、僕は何もなくなってしまう。それで、亀井の批評が、ぐっとこたえたな。自分の血や肉の中に浄土真宗的なものが入っていて、それ以外には生きようがないのだ、ということが、「遮断機」を書いて分ったんだ。分ってしまえば、なあんだ、というような気持だけれどもね。「蛇と鳩」では、まだ、宗教を自分の問題としては書いていない。社会問題という調子で書いていてね。自分でも、「遮断機」からあと、作品が変ったと思っている。
浅見　つまり解脱したわけだな。
丹羽　解脱はなかなかできないけれども、すわり直したという感じだな。何を言われても、腹が立たんようになったしね。そう気がついたのは、解脱だな。
浅見　「遮断機」を書いた時は、批評家よりも作者自身が、非常に興奮しておった。そういう「無救の思想」が、「顔」にも凝集されている。読者が共感を持ったり、同情したりするのも、その点だろうな。
丹羽　そうだと思う。だから、僕の小説の読者は、若い人よりも中年の人が多いな。
浅見　君が、原稿用紙にして五万枚書いたといって、ニュースになったことがあったな。
丹羽　あった。あれからもうそろそろ十年たつから、一日平均三十枚としても、今はもう十万枚近いだろう。

このごろ、これから

浅見　これからの抱負といったものは？
丹羽　今書いている「親鸞」を三年がかりですませたら、「蓮如」を書くつもりなんだ。真宗中興の祖のね。あの時代は宗教戦争だからね。これはライフワークみたいな話だが。

「親鸞」は、前に「親鸞とその妻」を書いた時は、ただ妻の側から眺めただけで、親鸞の全貌は書いていないからね。

浅見　相当資料をしらべる時間が必要だろう。

丹羽　年代なんかは調べてくれる人がいるが、結局は自分で本を読まなければだめだな。しかし、このごろは、古い絵巻物の写真の、非常にいいものができているだろう、「餓鬼草紙」とか、「信貴山縁起」とか。そういうものを見ていると、いろんな説明を読むより、ずっと多くのイメージがわきあがるね。それから、一つの野心は、全部庶民を中心にして書こうということね。親鸞が五つか六つぐらいの時に、以仁王《もちひとおう》が兵を挙げて、それから頼朝が兵を挙げて、義経が出て来て、というような歴史的な有名なことは、みな庶民の陰に隠してしまってね。いわゆる時代小説みたいには書かない。

浅見　混乱期だから面白いだろう。完成するときっと翻訳されるね。

丹羽　どうかな、翻訳しても分るだろうか。もちろん、僕の小説はお経のことなんか書きはしないがね。

浅見　他力本願なんかは分るらしいよ。といって、一方では風俗小説も続けて書いて行くんだろう。相変らず忙しいな。もっとも、このごろ君は、お孫さんを風呂に一緒に入れることが唯一の楽しみだという評判だがね。

丹羽　アメリカから娘が三つになる子を連れて帰って、ベアテが二番目を生んで、これが女でね、大騒ぎだ（笑）。

（昭和四十年九月十四日　虎の門　福田家にて）

石川達三・人と作品

石川達三
荒　正人

軍人志望から作家に

荒　石川さんは、初め新聞記者を志望なさったとかいうことですが……。

石川　いや、僕は中学校の三年くらいまで、海軍に行こうと思ってた。というのは、長兄が陸軍で、そして叔父も陸軍の軍人、もう一人の叔父が海軍の将校で、周囲に軍人の気配がわりに濃厚だったんだな。そこで、兄貴が陸軍なんだからこっちは海軍になろうということが、漠然と決まっていたんだ。ところが中学の三年くらいになって、どうにも自分で軍人なんてタイプじゃないような気がしてきてね。小説を書いてみる気は、もうそのころからあったんだけど、さて小説家というものがどういうものなんだかさっぱりわからない。身近にそういう人いないものね。まあ、その隣みたいな感じで、新聞記者になって、そうして、あわよくばというような気持だった。

荒　体力というものも関係するでしょうけど、それは健康ですね。スポーツなどお好きだったのですか。

石川　なにをやっても下手くそだった。器械体操の尻上りというのが、ついに一生にいっぺんもできない（笑）。

荒　早稲田の高等学院にいかれてからですか、文学ということを真剣にお考えになったのは。

石川　そう、新庄嘉章とか保坂弘司、詩人の佐藤義美、暉峻康隆なんかいたしね。

荒　当時はずいぶん文学的な雰囲気というか、そういうものが高まってきた時代ですね。そのころ、先生にはどんな方がおられましたか。

石川　印象に残っているのは、英語の矢口達、国文学の山口剛、倫理の中桐確太郎、それから大学では、宮島新三郎とか横山有策、日夏耿之介、繁野天来、それに吉江喬松、そうそうたるものでしたね。

荒　黄金時代ですね。文学志望というか、そういう学生たちが先生を中心に集まるというようなことは……。

石川　そういう仲間がね、僕が中退してからあとだけど、高等学院で習った白石靖という先生、この人を中心にしてやったのが「新早稲田文学」だった。

荒　それが石川さんの最初に関係された同人誌というわけですか。

石川　いや、高等学院時代にガリ版刷りだけど「薔薇盗人」というのをやった。しかし実際に毎号作品を発表しはじめたのは、その「新早稲田文学」です。

懸賞小説に応募して

荒　そのまえに、まだ早稲田在学中に、「大阪朝日」とか「山陽新報」とか、懸賞小説に応募されて入選なさってますね。

石川　「山陽新報」は懸賞じゃない。

荒　依頼原稿ですか。

石川　持ち込み原稿さ（笑）。当時「山陽新報」に早稲田の出身で社会学の草分けみたいな人だが、杉山栄という人がいて、これが主筆だか編集長だかしていた。この人とちょっと知り合いだったもので、個人的にひとつ見て下さいと言ってもっていったら、そうしたら、おもしろいから掲載しましょうと言って載せてくれた。そうして係の人が、杉山さん、原稿料どうしましょうと言って相談しにきたら、杉山さんがまあいいでしょう、なんていうことで、一銭もくれなかった（笑）。

荒　石川さんのほうは期待したでしょう。

石川　貧乏学生だったからね、少しはくれるだろうなんて（笑）。

荒　「大阪朝日」の懸賞小説ですか、二百円というのは。

石川　そうそう。

荒　ずいぶんたくさんですね、昭和二年の二百円というのは。

石川　おかげで学校をやめずにすんでね。大学進学の直前だったから助かった。

荒　それにしても、ずいぶん早熟ですね。

石川　それを書いたときは牛込若松町に、僕一人で三畳の部屋を借りて、月五円でね。万年床敷きっぱなしだった。その万年床にすわって、学校から帰ってから応募原稿書いてね。それを発送してからすっかり忘れていたんだ。ほとんど一年近くたってから入選の発表があって、ひどくびっくりしたような話だった。

荒　入選するとかしないとか、やはり人間の運命を一つ一つ変えていきますね。

石川　そのときはもう経済的に行き詰まっていて、進学できそうもないから大学はあきらめる。ついては満州かフィリピンに縁故を頼って渡ろうかと考えていた。そんなときに入選の発表があったんだな。あと二ヵ月遅かったら、僕はフィリピンにでも行ってたかもしれない。

荒　そのあとどれくらい在学なさったのですか。

石川　大学の授業料が百十円ぐらいで、ちょうど一年しか賞金分で学資が続かなかったから……。

荒　大学を中退してから勤められた国民時論社というのは、何か特別の縁故でも。

石川　なにも関係ない、どこか就職しなければならないんで、新聞の募集広告を見ては履歴書を出してたんだ、ところが満足に返事も来ないわけ。そこで、履歴書にそえて自薦の手紙をつけて出したんだ。そうしたら向うの社長が見てね、誤字が一つもない、これはよろしいというようなことで採用されたらしいんだ。

荒　どんな内容の会社ですか。

石川　電気業界誌を出していた。発行部数は二千か三千だったね。自分とは全然畑違いだったけれど、それだけに与えられた材料を無責任に舞文曲筆できた。

移民船に乗り込む

荒　移民船に乗ってブラジルに行かれたのは、そのあとですね。あれはなにか特別の目的があっていらしたのですか。

石川　日本女子大の校長をしていた井上秀子さんの旦那さんだけど、これが南洋興業とかいう移民取扱いの会社をやっていて、そこに兄の友人が勤めていたんだ。上海同文書院の出身だがね。それが、来年の三月に移民を千人ばかり連れてブラジルに行くという話を聞いたわけだ。そこで俺も連れて行ってくれ、行ってどうしようということもなにもなしに、ただ連れてってくれと頼んだわけだ。

荒　当時は単独移民できたわけですか。普通は夫婦とか家族持ちでないと……。

石川　そう、それをとくに頼んで許してもらってね、その移民のなかにもぐりこんで、渡航費補助を政府から二百五十円出してもらった。これは、政府に、私は借金ですわ（笑）。

荒　向うはどちらへ。

石川　サントスにあがって、田舎の農場に入ってね。

荒　農場というのはコーヒー園ですか。

石川　そう、コーヒーの樹のまわりに雑草が生えるといけないんだね、で、雑草を刈りとって下をきれいにしてやる。それから季節がきたら収穫。さらに肥料をやるとか、そういうふうなコーヒーの樹何千本というものを一家族が請け負うわけだ。その仕事の手伝いをやっていた。

荒　はじめてでしょう、そういう肉体労働は。

石川　全然はじめてだったな。

荒　もっとも、そういう苦労も「蒼氓」のなかに完全に生かされたわけですね。

石川　いや、そのときの神戸の移民収容所では、移民てどんなものかよく知りもせず、手続きだけ全部すませて、そうして、全国からやってくる移民たちを見ていたんだ。ところがそれを見ていて、そのときに僕は、初めて作家になったな。これはほんとうに書きたいと思って。それまでは、まあ作家なんていってもよくわからなかった。ほんとうに書こうという意欲を感じたのは、そのときだったね。

芥川賞のこと

荒　「蒼氓」を発表された「星座」という雑誌はいつごろ出ていたのですか。

石川　創刊が昭和十年の四月、これに「蒼氓」を載せたのだけど、三年くらい続いたかな。「蒼氓」のあとはずっと「心猿」を連載した。そしてね、芥川賞の選考委員会で、「蒼氓」よりも連載中の「心猿」のほうがいいのじゃないかという話があったそうだ。

荒　芥川賞はだいぶ期待されましたか。

石川　いや、いや、ちっとも期待しません。自分じゃ投げ出していたんだもの。その前々年ですか、「改造」の懸賞小説に応募して、選外佳作にされていたし、ちっとも期待してなかった。

荒　第一回芥川賞にお決まりになったときの反響というのは、どうでした。

石川　第一回という珍しさはあったろうけど、芥川賞がどんなものかということを、ジャーナリストも世間もあまり知らない。だからいまのようなことはないですよ。いまのように決まる前からジャーナリストが注目して騒ぎたてるようなことはなかったね。

荒　菊池寛は授賞式などには出て来ましたか。

石川　八月に決まって、川口松太郎と僕と社長室に呼ばれて、そこで記念の時計と賞金をもらいました。そして発表式は十月の末か、いまの文化の日のころだったか、文芸春秋愛読者大会みたいなものが日比谷公会堂であって、そのとき壇上で改めて目録をもらった。そのときは、あわてたんですよ。それまでは偉そうなこと言って、宇野浩二がなんだ、徳田秋声がなんだ、横光利一がなんだなどと言ってたんだ。いまでも、文学青年はみな同じようなことを言うんだろうけど。それが、さあ、芥川賞だ、これから新聞・雑誌に書かせるということになったら、あわてちゃってね。はたしてその任に耐え得るかどうか、ほんとうは自信がないんだからね。当時の編集長は斎藤龍太郎だったけど、八月の授賞のときに、もう来年の正月号に短篇を書きなさいと言われて、これはつらかったな。

荒　そうでしょうね。たしか「深海魚」という作品でしたか……。

石川　枚数にして六十枚かそこらのものだけども、三ヵ月ばかり苦労したな。

荒　初期は短篇をたくさんお書きになっていましたね。

石川　だいたい短篇ですよ。そのころは、だれでもみなそうだった。長篇といったら新聞小説だってせいぜい百五十回でしたからね。

荒　そう言えば今の新聞小説は長くなりましたからね。

石川　新聞記者が横着だという意味もあるんじゃないかな（笑）。

「生きている兵隊」事件

荒　昭和十二年の七月にいわゆる日華事変が起こるわけですが、戦争になっても、別にこれで小説が書きにくくなるというような予感は全然ありませんでしたか。

石川　そのころは戦争の体験といっても、僕ら子どものときに欧州大戦はあったけど、直接日本の国土でどうこうということはなかったわけでしょう。だから、戦争によって国内のわれわれの生活がどうなるという、特別の目安となる経験がなかったわけ。ちょうどそのころ僕のところに最初の子どもが生まれてね。

荒　ご長女ですね。

石川　日本じゅうが召集令でもってワーワー騒いでいるときでしょう、ちょっと考えたね。そうとう大きな戦争になるだろうという予測があって、これからさき生まれてくる子どもたちが、はたして平穏な人生を送れるかどうか、そのことに対する親の責任というものをまず考えたね。

荒　お書きになっていることが、ちょっと書きづらいというのはありませんでしたか。
「蒼氓」なんか、伏字がありましたね。

石川　伏字はめちゃくちゃにありましたね。あらかじめ伏字にならないように、別の用語を使うような、そういう配慮はありましたけど、だいたいは検閲のまえに、出版社のほうで危ない字をみなけずってくれたわけだ。

荒 しかしどうですか、昭和十三年の三月号の「中央公論」に発表された「生きている兵隊」。ああいう事件にまで発展するということは、あまり予測できなかったのじゃないでしょうか。

石川 できるだけひっかからないように書いたつもりなんだ。そのときは自分の欲目ですね。これならいいだろう、これならいいだろうという考え方をして、同時に、これが書かずにいられるかというものもあるわけだ。

荒 いったいなんでひっかかったのかと、お考えになったことがありますか。

石川 それは裁判のとき検察側がはっきり言いますからね。まあ、向うの趣旨はわかりますよ、しかしこっちは全然納得できない。

荒 背後に陰謀というか、石川達三というものを、自由主義者の代表者としてやっつけておこうというようなことは気づきませんでしたか。

石川 つまり、戦時中にかってなことを書いたり、しゃべったりさせないようにという言論弾圧だな。それが一つの大きな目的で、そのケースとして捕えるということは当然考えられる。

荒 「中央公論」ということも多少あったでしょうね。ほかの雑誌ならば、見のがされていたかもしれませんね。

石川　そういうこともあるかもしれません。もう一つは検察あるいは司法部というものが軍の鼻息をうかがって、そして検察は甘いじゃないか、あいつらはけしからんということを言われちゃ困る。こうやっておけば軍のお覚えがめでたいだろうという動きがずいぶんあったように思う。

荒　中央公論社の特派員の資格で従軍されたわけですが、最近だれかが書いておりますね。わざと従軍させてああいうものを書かせておいて、やっつけるという底意があったんじゃないかって……。

石川　そういうことはない。僕を従軍させたのは中央公論社の単独の意見だ。

荒　軍は歓迎しているようでしたか、それとも迷惑がった……。

石川　結果としてまことにおかしいのだけど、裁判所が僕をとっつかまえて処分した、ところが軍内部は必ずしも腹をたててない。ことに現地軍などは、中隊長あたりが発禁もれの雑誌を手に入れて、おまえたち読めと言って部下に読ませて、近ごろの日本の新聞は嘘ばかり書いているけども、これははじめてほんとうのことを書いた、読んでおけということもあったらしい。

荒　法廷ではどうでした、傍聴人なんかは……。

石川　せいぜい二十人かそこら。あのとき証人に立ったのは、在廷証人といって、ちょうど法廷に来ておるからこの人を喚問してくれないかということで許可になったのですが、尾崎秀実です。

荒　尾崎秀実がね。

石川　尾崎秀実に頼もうという知恵を出したのは、中央公論の松下英麿ですよ。証言の内容は、読んでみて別に悪いとは感じられなかった、という程度でしたけどね。

裁判ものについて

荒　戦後たとえば、「神坂四郎の犯罪」ですか、ああいう裁判ものと言いますか、あれをお書きになったのは、ご自身のいろいろな体験が核心にあったからでしょうか。

石川　僕はもともと法律は勉強したことがないんだ。だけれども、いちばん早く法律問題にひっかかったのは「転落の詩集」かもしれない。あのへんからひっかかって、いまはもう「六法全書」はいつもそばに置いてあるわ。「六法全書」の引きかたなんか、たいていどんな条文でも捜しだす。

荒　一種の論理癖というか、理論闘争というものはお好きだったわけですか、おちいさいときから。

石川　僕は口でしゃべることはだめなんだ。口喧嘩したら必ず負ける。翌日くらいになってから、あのときこう言えばよかった、ああ言えばよかった（笑）。だから、やはり書くほうだな。

荒　しかし法律的な考え方は嫌いじゃないでしょう。

石川　そう、法律の考え方というのはおもしろいね。人生の解釈みたいなものだからね。相続法とか婚姻法とか、読んでて結構おもしろい。

リズムを持つ文章

荒　小説をお書きになる場合、文章ではどういう点に苦心なさいますか。

石川　僕は、小学校のころ、教科書を自分でべらべら朗読してまる暗記したものです。暗記したくてするのじゃなく、ただ読むことが楽しくて、そして暗記しちまう。当時の教科書の文章というものは、あるリズムがあってね。それが頭に浸みこんだのか、いまでもリズムのない文章というものは、自分で書いていてとてもいやだ。

荒　それは明治時代の美文調というか、あれとも違うわけですね。

石川　むろん、大和田建樹とかああいうものでもない。

荒　基調は漢文的なものだけでなく、西欧の文脈も幾分かはとり入れられてますね。

石川　そうそう。漢語的なものにも、僕はずいぶん影響を受けている。漢文のリズムには、一種独特のリズムがあるわね。だから僕など、なにか書こうというときは、細かいところの文章の「てにをは」のリズムまでひっかかる。

荒　おもしろい話ですね。そうすると大正時代に文章に関する基礎教育を受けた読者が、石川さんの文章に最も親近感を覚えるのじゃないでしょうか。

石川　きっとそういうこともありますね。

荒　たとえば徳冨蘆花の「自然と人生」なんか……。

石川　愛読したな。リズムのある文章ですよ。

荒　大正の末ごろまで、ずいぶん広く読まれたものですね。

石川　そういう点、ほんとうに日本語に惚れてるという人間は、あまりいないのじゃないかね。

荒　話は変わりますが、石川さん、いつか木守りのことを言ってましたね。柿の実を二つ三つ残しておくと、次の年よい実がなるという……。

石川　木守りというのは俳語かな。ところが、木守りの目的は、ぜんぶ実を取ってしまうと、秋が深まって木がひじょうに寂しくなる、だから二つ三つ残しておくと、赤い実がたいへんきれいなんだね。そこで、来年いい実がなるなんて言い方で教えてるんですよ、きっと。

荒　木守りの話は、石川さんの心境をひじょうによく伝えているような気がして、私、鮮明に記憶にのこっているのです。

石川　そうです。「木守りのあきらめきれぬ赤さかな」というのが僕の句。おいしそうだと思うけれども、取っちゃいけない。

荒　なにか意味の深いお話だな。それではどうも。

（昭和四十年十一月六日　虎の門　福田家にて）

昭和時代の文学

高見　順
中村真一郎

闘病のことなど

中村　まだ当分、ここ（放射線医学総合研究所病院部）にいらっしゃるのですか。

高見　まだ当分ね。だんだん弱っちゃってね、僕は……。

中村　しかし、食べものはもうなんでも……。

高見　なんでも食べていいことになってるんだが、でも食べたあとが痛かったりして、流動食で、あまり食欲がないんですよ。考えてみたら、軽いのも入れて手術四回——いちばん最初に千葉大で食道ガン（三十八年十月）をやって、それから肝臓に転移したらしいということで腹を開かれちゃって（三十九年六月）、結局なんのことはなかったらしいけどね。それから去年の十一月に千葉大を退院して、十二月にまたここに来てのどの手術をやったんだから、弱っちゃうのも無理ないね。食道ガンのときは食道をとるのに大動脈があるので大手術ですよね。のどの下のところを切って、そこから手を入れて食道をとってね、それからのどに転移しちゃったので、またすぐ切って、だからのどは二回切られているんだ。食道はみんなとっちまって、胃袋の上のほうもとっちまってね、残ったのをひっぱりあげて、その間を人工の食道でつないであったのを、去年おなかのなかで直接つないだんだが、それがうまくおさまっていないんじゃないのかな。こんどコバルトなんかの照射をやったせいもあるのか、こんなに弱ろうとは思わなかったな、歩くことさえできないんだよ……。

中村　くたびれるでしょう。あんまりお話しにならないほうがいいんじゃないですか。

高見　いや、一日ぐらいくたびれたって大丈夫（笑）。ここに、えらいおじいさんがいてね、もう六年近くガンなんだ。いちばん最初胃ガンを切ったときに、中山（恒明）博士がはっきり言っといたらしいのだ、この胃ガンはどうも転移するおそれがあるってね。すぐパーッと転移しますからね。そうしたら、転移するに事かいて、肝臓に転移しちゃった。肝臓というのはね、なんか両葉みたいになっているらしくて、その片方をとっちまったんですね。幸い片っ方だけは健全だったらしくて、そのうちにね、肝臓がまた生えてきたんですって。そういうこともあるんだねえ。それでね、骨と皮になって、だめだだめだと言っていてね、四年ぐらい……。しょっちゅう僕と病院が一緒になるんですよ、「また会いましたな、高見さん。これからですよ。まあゆっくり楽しんでください」なんてからかっている。そのおじいさん、こんどはのどのほうに転移してね、これは切れないんでコバルトをずっとかけてね、この間退院しましたよ。そのときにね、「こんどは高見さんのやった食道ガンだけが残っている」と言うんだ。その人はもう胃袋はなくて、食道と腸をくっつけちゃっているんだけどね、食道があるわけなんだ。こんどは僕と同じように食道をとると、もう中身がなくなっちゃうわけだね。「私はこの次は食道ガンですわ」なんて言ってね、「ではまた」なんて……（笑）。そういう旦那がいるんだから、私も次から次へ転移したら、かまうことないから切ってもらおうと思ってね……。

昨日だか、志賀さんの八十二歳の写真を見たけどね、「白樺」派の人は不思議ですね。僕は武者小路さんによって、文学的に育てられたようなものだけどね、八十歳になってもピンピンしてお元気なんだもの……。

二十世紀の文学について

高見　いつか中村君に会ったら言おうと思っていたんだけどね。どこかの座談会の記事で、「批評家はみんな、高見さんについて、思想の挫折の苦悩とか、自我再建の苦しい模索とか、そういうことばかり言っているけどね、僕はそうじゃなくて、高見さんは二十世紀文学ということを、昭和初期の挫折以来考えていたんで……」と、君の言ってるのを読んだけどね。誰もそんなこと言わないんだけど、君だけが言ってくれたんだよ。「だけど、ぼくがあえてそういうことを言うのは、高見さん自身はそれに不満かもしれないけど」というようなことを言っていたけど、不満じゃないですよ。私がひそかに一生懸命やっていることを、だれも見てくれないんだもの。それを君だけが言ってくれて、大変ありがたいと思ってね。

中村　そうですか。

高見　戦前はね、二十世紀文学というものを——十九世紀文学の、つまり客観小説の行きづまりを、みんな自分なりになんとか解決したいという気持をもっていた。横光（利一）さんなんか、それで死んだようなものですね。のたれ死にで気の毒ですよ。トルストイやドストエフスキイなど、あんなえらい十九世紀の天才がやった、まだ映画もなかったころの、ああいう形の散文小説のまねをするんだったらね、われわれはとても対抗できないですよ。だから、小説を書き出して、文学に一生を賭ける以上は、やりそこなってでもなんでも、なにか自分のものをやろうというのが、新進作家というか、小説を書く最初のころの覚悟だったと思うけどね。戦後文学というのは、ちょっとそういうことがあったけどね、このごろはとんとそういうことがない。ただ小説さえうまければいい——あれはどういうわけなの。うまいというのが、何も手あかのついたようなものだけでなくて……伝統の上に立つという意味ならいいですよ、あるいは先輩作家が作った様式美みたいなものね、それに何か新しい生命でも吹き込んでやっていくというのならいいけどね。なんのために小説を書くのかね、わかんなくなってきちゃったな……。もう少したつと、またそういうことへの反省が出てくるんだろうがねえ。

中村　ええ。昭和十年代前後でいろいろやっていたことが「技術」みたいに整理されて、小説の手法として、みんな使えるようになってしまったんですね。

高見　そうですね。技術として受け取られているところがありますね。

中村　それは小説の技術として簡単にマスターして、それをうまく調合してやっている――ほんとうは技術と思想を一つのものとしてつないで批評するようにならなくちゃいけないのだけれども、批評家はみんな技術のほうは捨てちゃって思想だけ論じるようになっていますね。一方、自分の方法を発明しないでやっている作家は、かえって僕などには無思想に見えます。

高見　われわれが一生の間に書けるものというのは狭いものですよ、結局。たくさん書くなんてのは、バルザックみたいなえらい作家がやれるだけのことでね。ただそれを初めから覚悟しちゃってね、自分自身のものを掘り下げてやっていく、たとえば変な話だけどね、自分自身の情なさみたいなもの、みじめさみたいなもののなかにある美だってあるでしょう、それを追究して書いていく。そういう意味で自分自身を限定していくということと、なにかがマスコミでうけたということで、たえず同じものを演奏していることとは別問題だね。西洋文学のまねをするなって、しょっちゅう言われてきたけどね、西洋文学のまねをするほうがまだいいんですよ。自分の当り芸の――自分で自分の芸の模倣をするほうがどれほど悲惨かわからないのだよ。われわれがちょっとでも昔の小説を読んだら、自分の模倣をせざるをえなくなった作家の悲惨な生涯だとか、そういう例は山ほどあるじゃありませんか。それがわからずに、まだ同じことをやってるんですよ。これは、僕らが、自分で自分を限定することのむずかしさを知らなさすぎたということはありますがね。自分の内部にある耕されていない部分を耕すんだとか、次作では冒険・実験をやるんだなんて言うけどね、なかなかやれるものじゃなくてね。むしろそれよりも自分で自分を限定していくことのほうが、いい仕事ができてくるのだけどね。

　しかし、人生なんて短いものだなあ、まったく短いものだ。よく絵かきの――作家もみんなそうだけれども――、特に絵かきの回想録を読むと、時間を惜しんで朝から晩まで一生懸命仕事をしているが、そうまでやらなくたってと思うけれども、やらないと時間がないのだね。そうかといって、いまみたいな量産をしろというのじゃないけどね。……僕らみたいな病気になってはだめだけれども、まったく時間がないんだなあ。

「いやな感じ」について

中村　「いやな感じ」を書いて、一方で「激流」を書き、それからまた「大いなる手の影」

を書いていますが、それらの作品群を一つのシリーズみたいな感じでお考えになっていたわけでしょう。あの小説はいくつくらいで、だいたい一つのサークルになるんです。

高見　そうねえ。あのころ、山の上ホテルで君と会ったでしょう。僕はよくふとっちゃって、いちばん元気でしたからね。あのころは、できるだけやってやれと思っていたんですよ。だいたい、僕は何かやろうとすると、けつまずくくせがあるので、これは気をつけなくちゃと思っていたんだけどね。ですから、いくつという限定をすべきだったですね。――まあバルザックの人物じゃないけど、同じ人物があっちこっち出てくるのをまねするみたいでみっともないけれども、たとえば「いやな感じ」に北槻中尉という二・二六事件で殺される将校が出てくるけど、あの人のことをもう少し書いてあげたいのだよ。だけどもね、あの人がどういう生まれでどんなことをして、とこだわっていると、きりがないでしょう。そうでなくとも、僕はちょっとコブが出る、脱線するくせがある。それでね、あれはあれで限定しておいて、「激流」にも北槻中尉を登場させて書くということにしたんですよ。それから上海へ行く重野というコミュニストもいるけれども、それなんかも、「激流」のなかに出してどういう人物かを説明するとかね、悪いけれどもそういう工合にさせてもらわないと、一つの小説のなかで、その人たちのことをいちいち、実はこの人は……なんて言っていたんじゃ、きりがないのだ。いつまでたっても終わらないんだよ。

　そのうちにね、この二つの小説に昭和時代を象徴するような女らしい女というか、女の一生が出てこないものですからね、また女の人を中心にした昭和時代を書いてみたくなってね。それからもう一つ、「いやな感じ」の主人公は会社へリャク〔略取〕に行くアナーキストだし、「激流」のほうはまあ中小企業の人間で、あれだけではもの足りないんだな。昭和時代がどういう時代だったかを知るためには、もう一つ上の支配階級とか実業家みたいなものの一族も出してこないといけないし、昭和時代というものを支配階級の人たちはどう考えていたかということも書いてみたいんですよ。調べてみると、僕たちの若いころ、つまり昭和の初めに、日本の若き資本主義の担い手として活躍した明治期の人たちが殺されたり、殺されないまでもお年寄りになって、続々となくなっていくのですね。そういうこともあるものですから、そういう人たちの生きた昭和時代というようなのも書いてみたかったんですよ。

僕もある時期には、昭和なら昭和というような特定の時代ではなくて、メタフィジカルというか、人間そのものに抽象的な興味をもって、たとえば男と女の心と心の問題、生き方の問題ね、そういう人間の内面のリアリズムに興味をもって、そういう仕事もあるわけだけれども、だんだん年をとったせいか、自分の生きてきた昭和時代というものがね、どういう時代であったかとか、それと同時に時代がそこに生きていた人間にどんな作用を及ぼしたかとか、両方から昭和時代というものをよく考えてみたくなったのだよ。僕は私小説と同時にそうじゃないものも書いていたものだから、自分が生きてきた昭和時代という、いちばん具体的なものがあるわけだ、一つね。ところがもう一つ、こんど同級生五、六人に会って、いろいろ聞いてみると、昭和時代とはこういうものだと自分が思っているのと、それぞれすごく違うんだな、おんなじ時代のくせにね。なんかそれをみて、愕然としてね。僕の若いころ、みんな客観的とかなんとか言ってたけど、いろんな認識がずいぶん違うんですね。そうなってくると、僕自身が自分の経験とか考え方でそうだったと単純に規定することは、私小説的な狭さとかいうことだけじゃなくて、小説家として傲慢、横着じゃないかというような気がしてきてね。そんなわけで、自分は小説家になっちゃったけども、もしかしたらこんな人生というものも生きてみたかったなと、ひょっと思う場合もあるわけだね。だから自分が生きられなかった昭和時代というもの、生きてみたかったというようなものを書けば、よそのものが生きた昭和時代というものも、そのなかに入ってくるかもしれんと考えたんですよ。そう言ってもなかなかね……。元気な間にどんどんもっともっと書いておくべきだな。

中村　そうですね。

高見　こんど「いやな感じ」の仏訳が出ることになってね、まだはっきりしないけども。朝吹登水子さんがパリに行くとき、ちょうど川端（康成）さんと一緒になってね、「高見さんの『いやな感じ』、あんなにきたなくて、あんなにおもしろい小説は読んだことはない」って、川端さんに言ったんですって。それで川端さんが、「朝吹さん、日本にだってこれだけの小説があるということをフランスに紹介したいが、どこかないかしら」と言うとね、「私もそう思っていたんだけど、川端さんがそうおっしゃるなら、どこの本屋さんというよりも、ユネスコのロジェ・カイヨワさんに私が会って、こういう場合にはどうしたらいいか相談してみましょう」と言ったんですって。そうしたら川端さんも、「カイヨワさんなら二度も日本に来て、私もよく知っているから相談しましょう」と言って、なんでもおふたりでお話を決めてくだすったそうですよ。そんなことで、朝吹さんから適当な翻訳者を探してくれと言われましてね、それで、僕が日本で知っているフランス人で、ルネ・ド・ベルバールさんのことを言ったんです。この人は仏教学者で、また、「フランス・アンニュイ」という詩集を出した詩人です。非常にベトナムを愛した人でね、コミュニストでもなんでもないけど、グレアム・グリーンとは親友で、僕とよく話があうんだ。だからそんなことで、ルネ・ド・ベルバールさんに頼もうかというふうになったみたいですけどね。

宗教的精神について

高見　僕らの若いころ、昭和の初めころには、じつに不思議なのが出てきてね。平野（謙）君が前からよく言っていた井上良雄というのは、僕と中学校も高等学校も一緒でね。彼は理科なんだけれども文学が好きで、北川冬彦君と一緒に同人雑誌をやってね。そのうちに僕らよりあとですが、左翼運動でつかまって、起訴猶予で出てきてね、転向の問題と結びついてキリスト教をやり、いまはそちらのほうで認められて神学大学の教授をしていますよ。もう一人、中川宋淵という高等学校時代の友達がいるんだがね。法学部へ入って、みんなが高文でガタガタしているときに、フッと頭をそっちゃったんだよ。禅の臨済をやって、三島の龍澤寺にはいって、以来ずうっといるんですよ。玄峰禅師がなくなって、いまあそこの住職になったんだな。この間、僕のところに来てくれて、白隠の和讃を僕のために、底力のある声で……近所の病室では、僕んところでおとむらいがはじまったみたいで、おやおや……（笑）。この宋淵も実にえらい人物だな。

ぼくは武者小路さんから出発している点はあるけれども、この間からずっと、「内村鑑三全集」と「鈴木大拙全集」を読んでたんですよ。大拙さんのほうが哲学的であるけれども、僕の胸をほんとうに打つのは、やっぱり内村鑑三の、あの時代に神を求めた宗教的求道心というか、宗教的精神なんだな。宗教的人間というのは、やっぱりありますね。内村鑑三に実にあるんだな。「余は如何にして基督信徒となりし乎」を読むと、内村さんには早いときから胸の一部に空白があるんです。真空がね。わが一生は、その空白をなにものであれ満たすことにあるだろうと言っていますね。それはつまり、神を求める心というか、神をみたい心なんだね。僕にはそれほど強い宗教的求道心があるわけじゃないけれどもね、僕は作家になってなにかいろいろ書くということよりも、人間が生きていくというのはどういうことなのか。そんなことから出発しているわけだから、どうしても僕は死ぬ前に、やっぱり安心して死ぬというか、それが求められればいいと思うんだけどね……。

暁烏敏《あけがらすはや》というのは金沢のえらい坊さんでね、若いころ、たしか一時ちょっとアナーキストだったんですよ。「歎異抄」から入った人なんですが、「歎異抄」は間接的なものだから原典につくべきだと言って、無量寿経とかいろいろ、なんどもなんども死ぬまで読んで研究してね。それがお弟子さんにえらい人がいて、ずうっとその講義を速記にとっていて、二十巻近く全集があるんです。仏説の無量寿経の解説だけでも四巻あるんです。そんな講義を読んでると、ちょっと安心とも違うけれどもね、おもしろいところもあるんですよ。

倉田百三も、一高時分に親鸞をやったんだが、求道的精神の強い人ですね。求道的精神が強いというのは、まじめな人ということじゃないんですね。自分で告白しているけども、自分はどうしてこんなに情欲が強いんだろうと言ってるんですよ。つまりそういうことをしてはいけないと思っても、がまんができない。そういう自分の持っている原罪ではないけれども、悪の根源みたいなものを反省して責める……。死ぬまぎわになっても、若い娘にめんめんたるラブレターを書いてるんですね。やっぱり悟りがひらけないんですね。だから宗教的精神の強い人というのは、案外アクが強いんですよ。倉田百三はすごいノイローゼで、壁が立ってるのがこわいというんだからね、これは非常にすごいものですよ。物がこっちへ落っこってきて、その間にはさまれるというんですね。――だから倉田百三はなんか強い信仰を求めないと、非常な恐怖があったわけなんです。それで、キリスト教もやるし、あらゆるものをやって、結局、親鸞にまたもどってきた。親鸞には、もう理屈はない、ただ南無阿弥陀仏を唱えて、阿弥陀仏のなかに自分が包まれていくということで、なにをするにも、これは阿弥陀仏のしわざであるということでね、ここへきてやっと死ねるという境地にいたったわけですね……。

（三月上旬、のどの手術をまたおこなった。なお「いやな感じ」の訳者は「金閣寺」の仏訳者メクレアン氏と決定した。――四月十三日、高見追記）

（昭和四十年二月二十一日　放射線医学総合研究所病院部にて）

「若い人」をめぐって

石坂洋次郎
山本健吉

「三田文学」に登場のころ

山本　石坂さんも私も、同じ慶應を出ているわけですが、石坂さんが大正十四年、私が昭和六年の卒業ですから、七年ちがうわけですね。「海を見に行く」とか「キャンベル夫人訪問記」を「三田文学」で拝見したのは、慶應に入ってからですから、発表は昭和になってですね。

石坂　そうです。昭和二年と三年でした。

山本　ご卒業になって、一、二年たってからですね。あのころは、プロレタリア文学と新興芸術派が対立していた時代でしたが、石坂さんは中央から離れて田舎にいられた。そのことがかえってよかったような気もするんですが、ああいったあのころの文壇小説を、どういうふうにお考えになっていたんですか。

石坂　やっぱりぼく自身も影響をうけていましたから、左翼のほうの作品を、むしろ熱心に読みましたね。彼らのいうことが正しいんじゃないかという気がしておりました。たまたま私の勤めている町に、横光利一さんが講演に来たことがあるんですが、横光さん、演壇でテーブルの上に手をついて、どこか上のほうをにらんで、ときどきぽつりぽつり、何かおまじないみたいなことをいうだけで、あとしゃべらないんですね。それがぼくらには非常に象徴的な、深い意味のことをいっているようにも聞えたんです。しかし、ああいう発想の仕方では、左翼の文学理論にはとうてい及ばないんじゃないか、そう考えながら聞いておりました。

山本　左翼文学というと、まだ小林多喜二などが出ていない、初期のプロレタリア文学ですね。葉山嘉樹とか。

石坂　そうですね。葉山、平林たい子、それに黒島伝治とか。でも、あの人たちの内部のことはわからなかった。それからソビエトの左翼作家の作品も読みました。論文などにしてもずさんな翻訳だったと思うんですけれども、こちらが観念過剰ですから、理解して読んでしまった。

山本　そういえば「若い人」にも、「麦死なず」にも、相当左翼のことをお書きになっている。

石坂　ぼくは、あの調子で左翼文学がずっと日本の文壇を制していくもんだと、田舎にいて、一人でそう思ってましたですね。

山本　でも、あのころの「三田文学」では、むしろそういった傾向は弱くて、芸術派のほうが強かった。

石坂　いま六十四になりますけれども、反省してみると山本さんのおっしゃるように、地方におったことは、プラスの面が多かったんじゃないかという気がしますね。

山本　そうですね。石坂さんの文学世界は、相当ローカルなものの上に立って人間を追求している。

石坂　どうも、二つの傾向があると思う。洋服を着てみたいというのと、和服でくつろぎたいというのと。その和服でくつろぎたいという気持が、作品として現われたのは「石中先生行状記」でしょう。私は、青森県という本州の最北端に生まれた、そのことだけで、私だけでなくて、太宰にも、葛西善蔵にも、劣等感があったと思うんですよ。これがはね返ってハイカラぶってみたいような気持になる。「若い人」にあるのもこれでしょう。都会生まれの人には鼻につくんじゃないかと反省してますよ。

山本　劣等感が引っくり返って優越感になることも、あるような気がしましたがね。

石坂　ひとと共同して、手をつないでやっていくということが不得手なんですね。ひとの足を引っぱることはよくやるんで、団体ができてもすぐ割れてしまうんです。うまい悪口はいいますが、ほめることはめったにお互いにやらない。

小説の舞台と教師体験

石坂　私は、作品を書く場合に、自分が目をつぶっておっても、手さぐりでもののありかがわかるという状態でないと、ものが書けない。自分で調べたり、ひとに調べてもらう、それをすぐ消化して作品を書いていく——井上靖さんなんかよくおやりになりますね。ああいうこと、最も不得手なんです。したがって、私の書くものは、景色でいえば自分の生まれた郷里、十三年間住んでいた秋田県の横手市、それから現在住んでいる東京の田園調布、ここらの景色でしたら目をつぶっておってもわかるわけです。「若い人」でも、その後のものでもそうですけれども、若い少年少女を多く書いておる。彼らの心の動きでしたら、十四年間教師をしてましたから、目をつぶっていてもわかるわけです。私の知っておる人間をちがった時代環境の中に動かしてくると、どういう反応を示すかもわかっているわけです。したがって若い人間を主人公にとり上げる。たまに大人を描いてもたいてい失敗しているだろうし、おっかなびっくり、自分の知っている若い人間を大人に成長させてみて描いている。現在もそうですね。

山本　やっぱりモーリアック的ですね。ランド地方でないと小説に書かないでしょう。自分でもそう言ってます。

石坂　ほかにも外国でそういう作家ありますね。

山本　モーパッサンにしても、あるいはトーマス・ハーディにしても、ローカルなものを書くときは、いつもきまっているんじゃないですか。――そうすると、石坂さんには、いちばんコクのある舞台に住んでいただくと、いちばんいいということになる。「若い人」は、どう読んでも、函館みたいな感じがしたんですがね。

石坂　これは、ある実際的な必要からでね。あの当時、学校の教師が小説書くということは、県庁のその筋からあまり覚えよくなかったものですよ。自分の勤めておる女学校をモデルにしたと思われては困るから、思いきって函館のような土地を設定したわけなんです。

山本　函館は、行ってよくごらんになった。

石坂　あの当時は知らなかったけれども、たいへんハイカラなミッションスクールの女学校があるという話を聞いておったので、そんなくらいの話を土台にして、とにかく自分の勤めておった女学校ではないんだと、ああいうふうに書いたわけです。さっき、洋服を着たがる一面があるといいましたが、それからいえば、ミッションスクールなんかのほうが、はるかに私の好みに合うというわけです。

山本　しかし、土地は架空のものでも、学校そのものをお書きになったということで、やはり身近なものを書かれたわけですね。

石坂　もちろんそうです。しかも理想化した描き方で。

山本　「若い人」を、お書きになったきっかけは、どういうことなんですか。

石坂　ほろんでいくものの美しさみたいなものを描いてみたかったわけですね。それが一つの動機だったと思います。現に、あれを書いたとき、妻子を郷里に帰して、ひとり任地の下宿におったわけで、非常にさびしい、不遇な時でしたから、ああいう華やかな――ほろんでいくしか仕方がない華やかさ、ああいう性格をもった人間を書いてみたかったわけなんです。

山本　そうしますと、あれだけ長くなったというのは、好評で、「三田文学」の編集をやっていた和木さんからもっと続けろといわれて――。

石坂　そうなんです。いまでもそうですが、ひとによっては、おしまいまできちんと筋がきまってないと書けないそうですが、私のは、何か頭の中にもやもやしたものがたまっていて、ある糸口をつかんで書き出していく。書きながら、少しずつ発展させるやり方ですから。

山本　名作というのは、往々にしてそういう形で生まれるものです。「吾輩は猫である」にしても、「ドン・キホーテ」も「膝栗毛」もそうですからね。はじめは、何枚くらいの予定だったんですか。

石坂　せいぜい二百枚くらい。第一回の原稿を送ってから、きまりが悪くて、別なものを書くから送り返してくれといって、手紙を出したんですよ。そしたら「もう組んでしまっているから」といってきた。出たら、たいへんな好評で、途中から自然に構想ができてきましてね。

書かなかった結末

石坂　間崎と橋本先生が東京に出て結婚をする。江波はどうなったかわからんということで終りになっておりますけれども、私はあのときもう少し先まで考えて、この間、五年経過というようなことで、間崎が偶然北海道に行ってみる。そうしますと、江波が感覚的にすっかり自分というものをすりつぶしてしまって、非常に美しい、白痴に近いような美しい女になってしまっているわけです。それで、何をしゃべっても、ほとんど何にも反応がないわけですね。むかしのピンピンした反応がないわけなんです。そういう女になってしまっておったんですが、間崎と五六回会っているうちに、むかしの自分が戻ってくる。戻ってきたことで、間崎をはげしく憎むんですね。「なぜ私に会ったんだ。私はあのまま、目をあけながら眠っているような状態で一生すごしてしまいたかった。それを、あなたがまた私をたずねてきたおかげで、自分もむかしをとり戻した。そのために、もう一ぺん私は苦しい思いをしなければならない」――そういう結末を考えておったんでしたがね。そこまで書く暇がなくて、とうとういまのままの状態で終ったんです。

山本　やはり、ああいうモデルにお会いになった――。

石坂　そのものそっくりのモデルというものはありませんけれども、私の実際に見たり聞いたりしたことも書いてあります。「若い人」の中で、妊娠したという噂が立って、自分から医者に行くという江波の話、これは実際にありました。文学の好きな女学生で、頭もよかったし、未亡人のお母さんと二人暮らしで、お母さんというのは色の白いきれいな人でしたが、二号さんになっておったとかで、狭い田舎町のことで、そういう方面の評判はあまりかんばしくなかったんですが、その子に噂が立ちました。黙ってもおれないで、職員会議が開かれたわけですがね。――ところが、会議というのは、ときどき人間性を無視して残酷な結論を出すことがあるものなんですよ。それで医者に検査させるべきである、ということになりました。私も一票を投じた一人にちがいないんです。

山本　ひどいものだな、それは。

石坂　医者に行ってみると、顔を見ただけで「君の体にはなんの異常もない」と医者がいうんですね。そしたら、「それじゃ先生、医者の職責をつくしてない」と、制服をぬいでしまって、――医者も腹を立てて検査しましたがね。その結果は処女であったというわけで――。

山本　橋本先生なんかも、いたわけですか。

石坂　おりませんでした。ぼく自身が、ああいう性格に対するあこがれをもっておったわけでしょうね。

山本　あこがれたのは橋本先生であって、江波恵子じゃない……？

石坂　いや、両方です（笑）。

山本　じゃ、和服とハイカラのほうと両方あるわけ……。

石坂　料理屋とナイトクラブと両方好きなようなものでしょうかね。

ベストセラーと不敬罪と

山本　私は「麦死なず」を考えるとき、いつも二つの作品を思い浮かべるんです。一つは小林多喜二の「党生活者」、もう一つは野上彌生子さんの「真知子」なんですがね。みんな似たような現象を、それぞれの立場から書いているんです。小林は共産党の尖鋭の立場から、ちょっとヒューマニスチックな、批判的な態度で野上さんが、石坂さんは、ちょっとからかうような、諷刺的な立場で書いていらっしゃる。

石坂　そうですか。戦前に改造社から出すとき、検閲にひっかかって伏字にされたところがあったんですが、戦後になって埋めようとしたら、みんな忘れてしまっているんです。原稿はないし、よく使われておったことばも、きれいさっぱりと世間から忘れ去られてしまって……。

山本　私はそのころ、改造社におりましたがね。「若い人」が売れて、その恩恵をうけたわけですよ（笑）。ボーナスに関係してきてましたね。一時左前になっていた改造社が、もち直した感じだったですよ。それから、火野さんの「麦と兵隊」。あの二つのヒットでね。「若い人」は、不敬罪と軍人誣告罪で右翼から訴えられたんでしたか。海軍の士官の短い剣を、鉛筆削りに使ったとか。

石坂　あれは実際にあったんです。女学生を連れて横須賀に修学旅行で軍艦を見にいった。女学生、非常に歓迎されたわけで、その時だれかが質問したんです。「大尉さん、その短い剣は何に使うんですか」。大尉さん、シャレっけのある人で、「ああ、これは鉛筆削ったり、果物の皮をむいたりするのに使うんだ」――その通り書いたんですよ（笑）。そうしたらね、「剣は軍人の魂である」――右翼の言い分でしてね。シャレも通らない――（笑）。

山本　そうすると、あのときに、あの事件で詰腹を切らされたわけですか――。学校をやめられたのは。

石坂　いや、そうじゃないんです。私のほうから、こんどはだめだと思って校長に辞表を出したんです。いままで県の学務課も大目に見てくれておった。私、臆病でしたから学校の教師のつとめも一応はつとめておりましたけど、新聞に出てからでは、学校全体に迷惑になると思いまして、やめたんです。あの事件がなければ教師をつづけてましたね。ペン一本で食っていけるかどうか自信がなかったわけですから。できれば二股《ふたまた》かけた生活をずっとやっていこうと思っておったんですが、結果的に考えると、あのときやめたのがよかったかも知れない。

山本　あの事件で「朝日新聞」に、はじめての連載小説お書きになるの、延期になったんですね。

石坂　敵のねらいは「朝日」にあったわけです。私をいくら訴えたところで、金になるわけじゃないですからね。

山本　改造社から本になって出て問題になったんですね。

石坂　そうなんです。――それにしても、こんど「日本の文学」に入れるんで、改めて全部見たんですが、いろいろ間違いがありましたね。改造社版でも。

山本　私が校正したわけじゃない（笑）。

石坂　見ていて感じたんですが、あれを書いたときと今とでは、日本語そのものが非常に違ってきてるということ。合理化されているというんですかね。こんどはただ、今日の人に読んでもらえるように、そう考えてこまかく校訂しました。「若い人」の決定版ができました。

山本　それじゃ、「石中先生行状記」に……。

石坂　戦争が始まって、郷里に疎開した。終戦後、家族は子どもの学校などの関係で東京へ早く帰りましたが、私だけ残って、しばらく暮らしておった。もともと自分がそこで生まれ、育ったんですから、あすこの雰囲気にすっかりとけこんでしまいましてね。それを書いてみようという気にかられて、多少戯作者風の書きかたではありますけれども、自分の郷土をああいう形で書いてみた。

山本　あれは石坂さんの戦後の代表作の一つじゃないかと思うんです。ああいう野放図な笑いは、日本の文学にあまりない。フランス文学でいえば、ゴーロア的な笑いというんだけれども、非常に野性的な笑いで、腹の底からの哄笑を出していられる。その点がいちばんおもしろいんですね。バルザックの「風流滑稽譚」とか、「デカメロン」「カンタベリイ物語」とかをお読みになって、書かれたんでしょうか……。

石坂　あれ、非常に影響されました。おしまいにはタネ切れになって……。私、気をつけて書きましたのは、ある限度から落ちないように、読者に不快な感じを与えないようにって……。

山本　不愉快な感じは全然ありませんでしたね。日本にはむかしからああいう風流滑稽譚、尾籠《おこ》物語っていうんだけれども、平安時代の初期からありますね。「今昔物語」そのほか、いろいろあります。

石坂　戦国時代に入ると、仏教思想の影響か、エロ話というのは少なくなりますね。江戸時代になると、四畳半趣味で、ちょっとベタベタした感じのものになるし。

山本　西鶴には、わりあいありますがね。

石坂　ありますね。西鶴も相当深刻にあの当時の生活を描写しているものがありますね。ただ、日本のエロチック文学に対する不満というのは、どうしても四畳半趣味のベタベタした感じがしみ出ていることが多いんでね。今のものでも、この影響をうけたものが多い気がします。あれ、もう少し前向きの、明るい形のものにならないですかね。その点、谷崎さんや川端さんなどには、新しい発見とか、オリジナリティとかがあるように思いますね。

山本　でも、石坂さんのは、もっとどろくさいといえばどろくさいけれども、人間の本然のバイタリティに忠実なエロ話ですよ。

石坂　田舎には、よくありますからね。ことに私のところは雪国でしょう。今とちがって、私ら子供のときにはこたつに入ってそういうバカ話をしているより、時のすごしようがなかったわけです。大人たちはとくに……。

山本　雪国の炉辺閑話だな。しかし、あれも奇禍にあわれたわけですね。発禁でしたか……。

石坂　発禁ではないんです。あのときは検事局や警視庁に呼ばれて叱られましたよ。あれは、若い娘が占者の祭っている二尺くらいの男根を見て、鳥や獣のを見て知っているというんで試してみたらだめだった。そこで首を吊って死のうとする話なんです。摘発した刑事は「無知なる十六歳の少女をだまし……」という、しかつめらしい文句になって、ぼくら叱られているんですね。ちょっと歯が立ちませんよ。検事局にまわって、書き直せばそう効果を損じないですむではないかっていいますんで。

山本　それで結局、起訴猶予ということになった。

石坂　書き直しましたからね。それにしても、当局と私の見方とは全然ちがうんですもの。そういういい方をされては、たいていのものが罪になりますよ（笑）。警視庁へ呼び出されているうちに、ほかの刑事さんと親しくなりましてね。「今日の午後、押収したエロ映画の試写がありますが、ごらんになりませんか」って誘うんです。見たいなって思ったんですが、自分がそういうことで叱られているんですからね、用がありますからっていって帰って来てしまいました。今になって、惜しいことをした、見ておけばよかったと思ってますがね（笑）。

（昭和三十九年三月二十六日　虎の門　福田家にて）

昭和十年代と伊藤整文学

伊藤　整
奥野健男

北海道の風土と文学

奥野　伊藤さんには、ぼくが東京工業大学の学生の時、英語の授業をうけて以来、ずっと親しくさせていただいて来たのですが、あらたまって生い立ちや文学歴を伺ったことはなかったので、今日は戸籍調べから……。北海道のお生まれですが、お父さんは広島県出身とか。

伊藤　そうです。三次《みよし》の近くの粟屋というところです。父は日清戦争のあと、下士官で予備役になりました。つまり失業したのですね。そのあと海軍の測量船の乗組員になっていたところ、北海道南端の白神崎というところへ測量に来て、そこで小学校の教員になったのです。引込み思案な男で、こういう田舎で一生静かに暮そうと思っていたようですが、結婚して十二人も子供ができました。静かに暮すどころじゃなくなって……。母は近在の漁師の娘ですが、ちょっと才気煥発型で、強い性格だったのですけれど、父はぼくと同じようにおとなしい、実直な男でした（笑）。

奥野　十二人とはたいへんだったでしょうね。北海道には先祖代々の旧家などがなくて、よそもの意識というものは少ないように思われますが。

伊藤　ぜんぶがよそものですから、生活意識は東京のような感じです。北海道へ行った連中は、親戚や家族関係のうるささから逃れて行ったような人たちですから、いわゆる封建的意識につながれていないのです。新しい考え方とか新しい文化なんかは入りやすくて、わりに合理的な考え方をする。無責任なところもあるんです。もちろん三、四代前から住みついている連中もいますが、それは漁場の親方でしたね。ぼくの父は、あとで役場の吏員になったのですが、教員とか巡査なんかと同様に村では知識階級なんですけれど、そう威張れないのです。

奥野　北海道からは小林多喜二とか「石狩川」の本庄陸男とか、多くの作家が出ていますが、原田康子にいたるまで内地とちょっと違う雰囲気を持っているように思えるんですが。

伊藤　ええ、内地とは違いますね。原田康子さんというものの本質は何か、ということはちょっとわかりにくいでしょう。しかしぼくにはよくわかるのです。あの方は実によく北海道の人の考え方をあらわしているんです。ちょっとハイカラで、日本の現実からちょっと遊離しているから、わりに自由な考え方ができるというような要素があるのですね。ぼくにも原田康子的要素があるから、よくわかるのです。

奥野　伊藤さんと同時代の北海道出身の文学者の傾向はどうですか。

伊藤　そうですね。ぼくだけが芸術派で、ほかはみな左派に走りましたね。島木健作にしても、小林多喜二、本庄陸男にしても、また亀井勝一郎君にしても、はじめは左派なんです。自由な考え方をすると、そうなるのでしょうか。北海道という土地の気風に、自分のおもったことをそのとおりやってみるというものが、どこかにあるのです。

「雪明りの路」の前後

奥野　伊藤さんの文学的めざめは、中学生時代ですか。

伊藤　そうです。中学三年か四年の時に、先輩から春陽堂版の「藤村詩集」を読まされたのです。それから生田春月編の「日本近代名詩集」を読んでいるうちに、いろいろな詩人がいるということがわかってきて、近代の日本の詩人のものを読むようになりましたね。

奥野　「若い詩人の肖像」にそのころのことが詳しく書かれていますが、「雪明りの路」などの詩を読んでも、北原白秋、室生犀星、萩原朔太郎の影響がだいぶ強かったようにおもいますが。

伊藤　萩原さんだけでなく、犀星さんからも強い影響をうけましたね。でもぼくらが知ったときの犀星さんは、もう小説家でした。

奥野　中野重治さん、三好達治さんのお話ですと、やはり犀星の「抒情小曲集」と朔太郎の「月に吠える」、この二つが徹底的に自分たちに影響を与えたということを言っておられました。

伊藤　同じような時代ですから。佐藤春夫の「殉情詩集」は大正十年に出ているのですが、読んだ時には朔太郎以前だと思いました。佐藤さんの小説や随筆はぼくが散文に入るとき、道案内のように役に立ちました。

奥野　二十三歳で「雪明りの路」を出されたわけですが、これで日本の詩壇をギョッとさせてやるぞというような野心はありましたか。

伊藤　そんなことはありませんでしたよ。でも俺の詩は決して下手ではないと思っていました。イメージは幼稚なんですが、整理ができているわけですね。同時に混沌としたものが残っていないのです。俺はあまり内容豊富な人間じゃないということを感じましたね。もっとも二十四歳ごろで詩をやめましたから、詩人としては十分育ちませんでした。

奥野　「雪明りの路」はぼくの大好きな詩集ですが、あまりにもきれいすぎる、という感じでした。混沌としたものがなくて……。

伊藤　そうなんです。ぼく自身の資質の問題もありますが、草野心平とか北川冬彦とかがやっていたのは資質の問題ではなくて、方法として混沌さを持ち出してきたわけです。それからあと、ぼくは詩を書く気持はなくなったのですけれど。

奥野　のちに新心理主義文学を提唱されるわけですが、そのころから第一次世界大戦後の文学に興味を持たれていたのですか。

伊藤　いや、すぐそこへはつながりませんでした。ぼくがもう少し社会的正義感にもえていたらマルクス主義に走っていたでしょうが、少し内気だったから芸術的・技術的なものに惹かれ、しかも芸術手法の上で激しいものに惹かれて行ったのです。それまでの仕事への反動ですね。同世代の詩人は未来派とか超現実主義風な、新しい詩を書いている。ぼくは詩作をつづける気持はなかったけれど、詩人たちの影響はありました。小説の世界で新しいことをやってみたいということで、ジョイスに取り組んだというわけです。

奥野　伊藤さんが上京されたとき、「雪明りの路」だけが、詩人としての証明書のような、ポッと出の文学青年だったわけですね。

伊藤　そうです。武田麟太郎が「暴力」を書き、小林多喜二や徳永直はプロレタリア文学の流行作家でした。東京の街の中では電車のストライキがあったりして、あすにでも革命がおきてもおかしくないと思わせるような時勢でした。

奥野　ぼくには伊藤さんがマルキシズムの洗礼を受けなかったということが不思議なんです。反共思想をもっていたというわけじゃないでしょう。資質的には倫理的・良心的でマルキシズムに行きそうに思えるんですが。

伊藤　反共ではありません。横光利一、川端康成などの新しい作風の影響です。小説の方で言うと新感覚派の影響です。横光さんの文壇的地位が確定したころで、プロレタリア文学も違ったかたちで、その時代を代表していました。横光さんのところへはあまり行きませんでしたが、横光さんのような文学は、やればやれないことはないとおもいました。小林多喜二のあとについて革命的な文学に入る気持はありませんでした。小林多喜二への対抗心だと言われますけれども、そうではなくて、文学として成り立たないように感じたのです。

奥野　政治思想・経済学説としては、マルクス主義をある程度肯定されていても、文学的にはマルクス主義文学、プロレタリア文学は気に入らなかったということですか。

伊藤　自分の気持の中では、道徳的にプロレタリア文学に惹かれていましたが、そちらへ行かなかったことは、つまり芸術的に納得できなかったということですね。

昭和十年代の文壇情勢

奥野　昭和の文芸復興期というか、ぼくは昭和十年代作家に興味があるのですが、伊藤さんが「新心理主義文学」を提唱されたときは、ジョイスにあらざれば文学にあらず、というような面があったのでしょうか。

伊藤　たしかに一時はそう思っていました。しかしぼくだけでなく、皆が何か激しいものに惹かれていました。政治思想でも、超現実主義でも、みんながわかっているのじゃなくて、わからずにわめいているという恰好でした。ぼくは小樽にいたときからイエーツが好きでよく読んでいたわけです。イエーツはジョイスの先輩ですから、そういう関連からジョイスに近づけると思ったのですが、翻訳してみて、難解でまことに当惑しました。

奥野　フロイトもよく読まれていたようですが。

伊藤　フロイトの翻訳が大槻憲二氏や安田徳太郎氏の手で出たとき、そのおもしろさは大変なものでしたね。二種類の全集が出たのです。でも読みおわってしまうと、実は荒涼としてわびしいものになってしまうのです。けれど、読んでいる間は実におもしろかった。人間の心も芸術家の心もみなわかるような気がしたんです。

奥野　それを「感情細胞の断面」に応用されたのですね。それにまた影響されて川端康成さんが「水晶幻想」を書かれた。

伊藤　あれは幼稚なんですが、川端さんはあの当時若いものの不安定な仕事に気をつけていてくれたんです。

奥野　川端さんの「水晶幻想」はフロイトの影響というよりも、伊藤経由ジョイスの影響じゃないでしょうか。

伊藤　そうです。しかし中身は川端さん独自のものです。ぼくらがジョイスを持ち出したときは、正宗白鳥さんまでも「ジョイス論」という長い文章を「読売新聞」に出したりして、たいへんでした、すぐみなさめてしまったのですけれど。そのとき、ぼくは日本の小説をあまり読んでいないのです。そのころから日本の小説を読みはじめたのです。

奥野　小林秀雄さんが伊藤さんを批判したことがありましたね。

伊藤　彼は冒険屋全部をやっつけたのですが、ぼくが冒険屋の代表にされたのです。彼とは一度も喧嘩したこともなければ、反論をしたこともないのです。向うが当り前でこっちがむりなことは分っているのです。小林多喜二の場合同様、そのことが目立って言われるのですが、実はあの当時、私の冒険主義は、あらゆる文壇人から目のかたきにされた。そのような批判が今では見えなくて、小林秀雄のものだけが残っているから目立つのです。

奥野　それ以来、戦後にいたるまで小林秀雄一派からは、伊藤さんは疎外されて、やられているような気がするな。

伊藤　つまり小林秀雄、青山二郎を中心とする学校、あれはたいへんなものなんです。川端さんはぼくを認めてくれた人だから、時々行っていたのですが、ある日、川端さんはこれから小林秀雄のところへ一緒に行きましょう、と言うのです。しかしぼくは、いや帰ります、と言って行きませんでした。行けば多分頭を下げなくてはならない、つまりピタッと彼らの側についてしまわなければならない。それはちょっと困る。反感じゃないが、そこまであの人に接近したくないという気持があった。

奥野　昭和十年代からの伊藤さんを考えると、「文学界」一派を文壇の主流とすると、いつも傍流にいたように見えますね。

伊藤　そうです。いまでもそういう感じですよ。あのころ「文学界」または「文芸春秋」派に対して「新潮」派があった。「文学界」グループに入らないものは、みななんとはなしに「新潮」派に採用されるわけですよ。そのどっちかに採用されて、戦前ですと、「中央公論」「改造」に作品を発表できれば、それで文壇的地位ができたのです。そういう舞台の格があったのです。「新潮」派から出たのが、阿部知二、舟橋聖一、ぼくや上林暁なんかです。

奥野　当時から鎌倉文壇は強力なものだったのですね。

伊藤　藤沢に住んでいた宮内寒弥が戯れに、鵠沼海岸から小手をかざして鎌倉幕府を眺むれば、と書いたのが、とてもユーモラスに利いたものでした。鎌倉には小林秀雄、久米正雄、林房雄、みないるわけです。しかし何と言うか、今でもあるような一種の公平さが文壇にはいつもあって、無茶な扱いを受けることはありませんでしたね。これは画や音楽や劇の世界よりずっと明るいものだと思います。

奥野　こちらには中央沿線派がいて、生活派とか行動派と言われていたわけですね。

伊藤　中央沿線派の親分が井伏鱒二で、別格に瀧井孝作がいる。その中でもてあましたのが太宰治だった。優等生が上林暁とか外村繁なんです。小田嶽夫、木山捷平、田畑修一郎などこのグループです。これが当時の文壇地図で、ぼくは三十代をそういう巷に暮らしたから、小田嶽夫さんの「文学青春群像」を読むとおもしろいですね。

奥野　高見順さんはどちらにも入らない、どちらにも入れてしまえない微妙な位置にいたように見えますが。

伊藤　高見はなんでも気がついて先のわかる人なのです。結局、いろいろな人と接触するけれど、どこにも行かないわけです。

「鳴海仙吉」と「小説の方法」

奥野　昭和十六年に「得能五郎の生活と意見」をまとめて出版されていますが、当時の情勢の中で自分を客観化しようという要素があったのじゃないかと考えるわけですが、小林秀雄の「社会化された私」というものの影響がありましたか。

伊藤　小林の「私小説論」は雑誌「経済往来」に連載されたのです。ぼくはどういうわけか昔から小林秀雄の文章が読めないのです。入ってこないのですよ。こちらが信者にならないと入って行けないという文章なんです。佐藤春夫にも中野重治にも三好達治にもそういう文章の格がありますね。ぼくは小林秀雄の影響は直接にはうけなかったけれど、間接にはうけているかもしれませんね。「幽鬼の街」を書いて以後、恋愛というか浮気というか、ちょっとした事件がおこって、ものの見方が変ってしまったのです。支那事変がはじまるし、ヨーロッパでも戦争がはじまるし、これはたいへんな時代になったなという気持があって、生きている今の時そのものを書くべきじゃないか、とおもったのです。「得能五郎」にはぼくの体験もあるし、また周囲の友達のことをおりまぜてあるのです。小説というより随筆小説なんです。

奥野　一般の私小説作家は、周囲がどうなっているか書かず、いきなりアップで自己の身辺を書くのに、これはロングで作家のいる場所を浮き彫りしている。「得能五郎」では桜谷多助という副主人公を出して人間の内面を取り出しているのが、おもしろいですね。

伊藤　あのころの生活は、どういうわけかなにもかもが内面的には新しい事柄だったのです。私にはあのとき、はじめて世の中が見えて来たのだったと思っています。

奥野　この集では「鳴海仙吉」の中の一章「出家遁世の志」しか収録できなかったのですが、ぼくは「鳴海仙吉」を読んで評論とも小説ともつかない、なにか客観性をもった小説が日本に生まれたという感じがするのです。それからもう一つ、戦前から戦後にかけての知識人のだらしなさを戯画化した最大の作品という気もします。デュアメルの「サラヴァンの生涯と冒険」に似た印象をうけました。

伊藤　あれは「得能五郎」の延長みたいなものですが。

奥野　でも質的にはちょっと違うと思うのです。

伊藤　それは戦争による疎開問題とか、戦後のパージ問題、新しい革命運動などがあったりして、狡猾に立ちまわらなければならない自分への抵抗があってのことです。それが僕にはこたえたのですが、誰もが身に覚えのあることなのではありませんか。

奥野　「鳴海仙吉は僕ですか、僕じゃない、あなたです」というのが、そのままピッタリですね。もしぼくが小説を書くとすると「鳴海仙吉」から入らざるを得ない、という感じもうけました。「鳴海仙吉」と平行して「小説の方法」という画期的な文学論を書かれている。

伊藤　「小説の方法」のことはどうもうまく言えないのですが、それを整理している途中に、太宰君が死んだのです。いまのあなたくらいの歳ですよ。男の四十前後というのは辛いものです。正直に全部言うこともできない辛さがあるでしょう。それに戦後の混乱期でしょう。太宰君とは深い交際はしていなかったけれど、彼は実に才気煥発な男だった。彼が自殺したことは、ぼくにはショックというよりも当り前のことにおもわれた。自分も彼とあまり違わないところに追いつめられているんじゃないかとおもいましたね。そんな時に「小説の方法」がまとまったのです。

奥野　ぼくは日本文学史上、たいへんな傑作だとおもいます。「鳴海仙吉」と「小説の方法」、この二つによって伊藤整文学は成立したとおもいます。「小説の方法」によって日本文学の見方が決定されたとおもうのです。平野謙さんも近いところにいたわけでしょうけれど。

伊藤　平野君とぼくとの間というものは、政治的立場が違うのですが、おもしろいことに考え方が似てしまうんです。あの人に言われて気のついたところがたくさんあります。

奥野　伊藤理論と平野公式……。

伊藤　平野君はぼくのものを気をつけていてくれて、「小説の方法」はゲラ刷りで読んでくれたのです。たいへんありがたいことだとおもいました。ぼくが最初に言い出したとおもっていると、じつは彼が先に言っていたり、彼が最初に言ったとおもっていることを、その前にぼくがちょっと書いている、そんなことがよくありました。平野君も時々腹を立てることもあったようだが、実はこちらにもあるんだ（笑）。相互影響もあるでしょうね。

奥野　東京工大で伊藤さんの講義をうけたのは、ちょうどチャタレイ裁判がはじまったころでしたが、人間が秩序の犠牲になるという話や、芸による生命の認識という理論などは、たいへん印象にのこる講義でした。

伊藤　芸の問題を持ち出したのは、ぼくが最初じゃないかもしれないけれど、それによって文学を考えてみようということなんです。

奥野　「本質移転論」を小説に使ったものは「火の鳥」ですね。そのころの伊藤さんには、人間はみないやらしいエゴイストばかりだぞという、坐り直した姿勢があって、そういうものが「氾濫」にはっきり出ています。

伊藤　そういう観点で居直りすぎたというところがあります。

奥野　それだけに「氾濫」は非常におもしろいですね。学校や研究所や会社におけるいろいろないやなことを、家庭に持ちこんで、家庭のいやなことが、パブリックなサラリーマンの生活に持ちこまれる。それを総合的に書かれたのはたいへんおもしろいとおもうのです。

伊藤　どうもお世話さまでした。今日は奥野君にいろいろ気を使ってもらったような気がします。

（昭和四十年六月二日　虎の門　福田家にて）

石川淳の人と文学

石川　淳
安部公房

素材のアンテナ

安部　石川さんに初めてお会いしたのは、確か品川のお宅でしたね。

石川　品川じゃない、下北沢だ、品川の前だよ。つまり君の「終りし道の標べに」が出たときだ。このあいだ、君の芝居（「友達」）のプログラムにも、そのことは書いたけど。

安部　「人間」にいた河辺君といっしょにうかがったんじゃなかったですかね。

石川　ちがう。君は一人できたよ。それははっきり覚えている。下北沢の家で、いちおう西洋ふうのうちで、だから玄関を入ってくるとちょっと階段があがって、ドアがあって、そこでドアのベルが鳴ったから僕が出て行って、あけたらそこに知らないひとがいた。それが安部君だったんだ。

安部　僕はどうもだめだな、これは……（笑）。そうするとあれからまもなく品川のほうに。

石川　引っ越した。

安部　僕はなんか品川のときの印象がひじょうに濃厚なものですから、あそこだったような気がしていたんですがね。品川の家へうかがうようになった最初のほうだと思うんですが、玄関のわきに部屋がありましたね。あそこにいたら、あとからまた新聞社の人ですか、やってきましてね、そうしたら石川さんが応対に出て、向うがまだなにも言っていないのに、いきなり、「うるさい、帰れっ」って言ったでしょう。

石川　僕が……？

安部　あれはちょっとショックでしたね。

石川　そうだったかな。そんなことは言いそうだけれども、だれにそう言ったのかははっきり覚えてない。

安部　びっくりしましたね、もう。あのときのことは今でも忘れないんですよ。

石川　君に言ったわけじゃないだろう。

安部　僕は安全だったんですよ。

石川　君に言ったんじゃないとすれば、君とはすでに知合いだったということだな。下北沢のうちですでに知っていたんだよ。

安部　あのころから石川さんはよく散歩してましたけど、今でも散歩はなさっていますか。

石川　今の東京には充分に散歩できるだけの仕掛けがないね。散歩できるところに行くのに、車で二時間ぐらいはかかる。したがって歩けなくなっているね。

安部　石川さんの小説のなかで、ときどきずいぶん新しい風俗を描いてらっしゃいますね。あの最新風俗は、どういうアンテナでキャッチしてるんですか。僕は石川さんの散歩なんていうのも、そのアンテナじゃないかと思ったんですが。

石川　それほど意識はしてない。小説だとそのなかで風俗をつくることもできるしね。もしも、僕の小説のなかでそういう風俗ということで成功しているとすれば、それはマグレあたりだ。

文体とイメージと伝達と

安部　石川さんの文体というのは、ひじょうに強烈なものだと思いますけど、その文体とそこから出てくるイメージとの関係――。文体の面で言えば、石川さんの文章にはひじょうな伝染性があると思う、なにか発想までが移ってくるような、そんな伝染性があると思うんですが。

石川　害毒をながしちゃうね（笑）。

安部　文体の一つの呼吸とそれから出てくるイメージとを、意識してお書きになっているのですか。

石川　意識したら、とても書けないと思う。文体といっても、そのとき書くものによって、たとえば中国の本の話を書くときとか、街の風俗の話を書くときとか、おのずから文体が違ってくるし、出てくるイメージも違う。イメージの使いわけといってはおかしいけどね、それは他人の言うことだ。自分としては固いもやわらかいもない。ただ、固いときとやわらかいときとは、スタイルが違ってくるということだな。

安部　ものを他人に伝達しようということは、文体のほうにかかるのですか、それともイメージのほうですか。

石川　伝達するということになれば、それは文体のほうにかかる。

安部　芝居をお書きになるときは、その関係はどうなりますか。

石川　芝居は、僕はしろうとだよ。「おまえの敵はおまえだ」と「一目見て憎め」の二つしか書いていない。

安部　石川さんの芝居を見てると、そのまま批評になっているところと、批評を拒否しているところとありますね。その割りきれないところが、観客によく呑み込めないということがあるのではないでしょうか。割りきれない面白さというものが伝わらないという点……。

石川　小説は活字にして読む、口で読むものじゃない。芝居の台詞だとか、白楽天の詩なんかは朗誦して、声に出して読みますね。それを耳に受け取って読む。そういう点から言って、小説の会話は芝居の会話たりえない。しいて芝居のことについて言うとすれば、今度この集に入れた「芝居ぎらい」というのを十何年か前に書いた。そのときと心境としてはほとんど変っていない。だけど芝居がきらいだから書かない、好きだから書くということではない。小説だって書くのが好きというわけじゃない。自然にそういうことになっちゃって、やっている。書かないですむなら、なにも書かなくてもよい。人生、それでもいいじゃないか。

安部　作品と作者との関係といいますか、作品があれば作者は消えてもいいということですか。

石川　書いたものが全然読まれないということは、これは伝達ですからね、少なくともあまり望ましいことじゃない。しかし、それが将来のこるということは、僕はそんなに希望しない。死んだあとに、作品が、本がのこるということはむしろいやだ。後世になにものこらなくてよいという気がする。中国の隠者みたいにね。希望ということから言えば、そのほうがいい。

散文意識と小説構造

安部　石川さんの小説の構造といいますか、たとえば「普賢」のテクニックはきわめて日本的な状況、あるいは日本語というものが実に生き生きしていて、その面白さというものがずいぶんあるんですが、同時に外国の文学をも含めて、あの構造にはかなり僕なんかショックを受けたんです。

石川　僕には小説を書くとき構造というものはないんだ、あるとすればそれはあとからあるんだな。

安部　まあそうでしょうけれども、ああいう文体の衝突みたいなもの、あれは意識的にお書きになったわけですか。

石川　それはあったかもしれない。つまり、あの小説には会話というものはいらないという考えはあったね。だから会話は自然と出てくるんだよ、出てくるけれども、行をずっとつめて書く。会話のときに、いちいちカギをしたり行をあらためたりせずに続けて書く。地の文だけあればいいし、そこへ出てくる人物が浮かびあがってくればいい。人物がなにもかってに会話することはないという気持があった。

安部　純粋の散文ですね。

石川　散文になにも会話はいらない。会話が入るんなら詩が入ったっていいってことになる。

安部　初めから散文に入っていくというタイプは、日本ではひじょうに珍しいんじゃないですか。詩から入ってあとで小説を書くとか、私小説のばあいのように散文よりさきに体験というか、生活があるというのはごくふつうに見られるタイプですけど、初めから散文に入ってゆくというのは、日本では伝統的にきわめて珍しいですね。

石川　伝統的にあるかどうかはっきりしないけれども、僕はそういう気持ちだったな。

安部　そのころ生活のほうはどうだったのですか。

石川　とても楽じゃなかった。完全に食うに困った。それは今でも続いているんだ。

安部　石川さんの一種の、わりにいろいろある贅沢癖みたいなものは、昔からおありですか。

石川　それは贅沢とはいえないだろうね、しかし浪費癖はいまでも古今あるね。

安部　今はそれがきわめて濃厚だと思いますけど（笑）。それで僕は散文だと思ったんだけれども、そういうものが作品のなかに微塵もないですね。

石川　そうかね。恥ずかしいもんね。だからそれは虚栄心なんだよ、僕から言うと。虚栄心だからそういうものを出さないようにはする。

安部　出す虚栄心というのもありますからね。

石川　それは私小説だ。

批評と批評の拒否

安部　僕は、石川さんは、日本でも最高の教養をもつ一人だと思うのです。実際には、その教養の世界をはねのけるところで仕事をしていらっしゃるようにお見受けしてますが……。

石川　教養というと、なにか学校で習ったこととか、本を読むこととかいうように思われがちだけど、僕は、そういうことだけが教養だとは思わない。日本語でいうとシツケだと思う。学校だけに教養があるわけじゃない。たとえば、むかしの芸者は学校なんかには行かないけれど、いろいろ芸をしこまれてそれでえらくなった。それがつまり身についた教養なので、そういうものも教養のうちに入れて考えている。

安部　石川さんの作品では、そういった意味の教養が、なまの形で出てこないというか、作品のなかで自己否定する要素をもっているのではありませんか。

石川　人前で教養なんて言われると、恥ずかしくなるくらい教養はない。謙遜でもなんでもなくそれはないんだ。そうかといって全然ないわけでもない。わずかばかりの教養みたいなものはあるのだと思う。それで、自己否定するということは、これはなにも教養とは限らない。自己否定がなければ書けないものだと思う。だいたい、なにか否定しながらやっているような仕事じゃないですか、われわれのやっている仕事は。

安部　芝居のことでもちょっとふれましたが、石川さんの作品を拝見していて、いちばん戸惑うのは、たとえば批評だと思って読んでいると、実際には批評ではないというか、批評で読むことを拒否する姿勢がでてくる。それで批評じゃないと思って読んでいると、やはり批評だという、そういうところがいちばんおもしろいし、また大いに惹きつけられる要素だと思うんです。

石川　つまり自分の実生活の次元という問題がありますね。作品の高低ではなく、作品の世界の次元との違いという問題があるはずだ。

安部　その違いの本質というか、作品の自立性をささえている基本というのはなんですか。

石川　たとえば「真実」というものを考えるとすれば、真実は固定しているとは考えられない。僕には蓋然的にしか考えられないのだ。仮りに真実というものは一つしかないとしても、あるいは一つしかないものが真実だとしても、それではっきりはしない。固定したものと仮定しても、真実を追求する方法はいくらでもありうるし、従って表現の方法もいろいろにありうると思う。

安部　そういう複合的なものが、一つの作品のなかで同時におこなわれているということ、これが石川さんのばあいとくに考えられるように思うのです。

石川　表現の方法については意識しないけど、それは同じ人間が書いているのだから、同じような手法が使われるということは当然ありうる。どこか共通したものがおそらくある。固苦しいものを書いても、おとしばなしみたいなものを書いてもね。

安部　石川さんは地方性というか、土着性という問題はどうですか。

文学の土着性と自然

石川　僕は東京生まれだが、東京に土着性はありませんよ。最近、町名なんかもずいぶん変っちゃったけど、東京の部分を変えるのなら、もう全体が東京という名前じゃなくたっていいんじゃないかね。

安部　石川さん個人として、東京人という感じはありますか。

石川　全然ない。東京のほうで変ってきたからね、僕とは無関係に。

安部　文学論としての土着性はどうですか。共同体的なものを強要する傾向が最近出てきてるようですが……。

石川　基本的には、僕は拒否する。

安部　これは印象なんですけれども、石川さんは昔は自然とか風景というものに、あまり関心がなかったようでしたね。

石川　自然というのは解釈のしかたじゃないかね。つまり天地山川というふうに、花が咲いたり、鳥が飛んだりという自然とはあまり交渉がない。

安部　逆にいえば、田舎といいますか、ローカルなものに対する興味はあまりない。

石川　だいたいね、東京に育つとなにか気持ちはあっても、すぐにつきあえないんだね。

安部　反感はありませんか。

石川　ローカルなものへの反感はないな。むしろ好奇心がある。抵抗があるとすれば、たとえば富士山みたいなものはいやだ。

安部　たとえば地方性、一般的な意味じゃなくて、日本的な意味での農本主義的な文化観がありますね。

石川　それがいやなんだ。富士山に抵抗するというのは、もっと抽象的に言えば、日本的なものがいやだということだな。

安部　そうすると、石川さんのなかにあるたとえば江戸文化的なものというのは、それに対するアンチテーゼとして出てくるわけですか。

石川　そういうこともあるかもしれない。しかし、そこと富士山との関係なんだな。

安部　江戸文化というような言葉が正しいかどうかわかりませんけれども、そういうものと農本主義的な文化観というものが意外とまざりあってきているんじゃないですか。日本的なものへの一種の回帰というか、そこらへんのむずかしさが、石川さんの文学のつかみにくい理由じゃないでしょうか。

石川　回帰っていうけど、僕はいま富士山を例に出したから言うんだが、富士山にかえる気は完全にない。かえるって初めから富士山に立ってないんだから、かえりようがない。

石川文学のオートマチズム

安部　石川さんの発想としては、癖というかかなりオートマチックなものがあると思うのですが……。

石川　みたいなものはあるね。それはしかし根本においては、アンチ富士山に通ずるもんだと思う。

安部　シュール・レアリスムの考えかたに「自動記述法」というのがありますが、オートマチックなテクニック、ああいうものへの共感みたいなものはどうですか。

石川　あるね。

安部　ある意味からいくと、完全に純粋なオートマチックなものというのは、ひとつの理想かもしれないけれども。

石川　理想だろうよ。「だよ」と断言的には言えない。僕はなんでも「そうだろうと思う」なんだ。

安部　お酒を飲んで書くということはありますか。

石川　ない。酒を飲んだら書けない。

安部　その根拠は……。

石川　酒飲んだら酒でいいじゃないか。そのときは歌俳諧、そっちのほうでいいわけだよ、それでまにあっちゃうね。

安部　よく酔っぱらって書く人がいますけど。

石川　ひじょうに酔っぱらって書くというのは、僕にはちょっと考えられないことだね。

安部　それは文学の論理としてですか。

石川　他人のことは知らない。僕の生理がですよ。酔っぱらったら僕は書けない。

安部　麻薬を飲んで書くというのは、どうですか。

石川　麻薬を飲んだら、それは現実とは違うね。それがなんの自慢になるんだろう、麻薬を飲んだら違うのがあたりまえじゃないかという気がするんだな。それなら麻薬飲まないで現実にいて、現実のことを書く。現実のことを書くということは、たとえば私小説を書くということと、麻薬を飲んで反私小説的なことを書くのと、ただ薬が間に入ったということだけで、どうってことがないように僕は思うんだ。ただ、僕はまだ麻薬を飲んだことがないから、そういうふうに言うので、もし飲んでいたら、言うことが違うかもしれない。

安部　麻薬を書いた小説はありますけど、それは書いているとき飲んでいたかどうかわかりませんね。

石川　フランスにアンリ・ミショーなんてのがいるだろう。あれは麻薬じゃなくて、なんとかいう薬だね。

安部　ＬＳＤです。飲むといろんな幻想がでてくる……。

石川　だから書いたものは、ふつうの常識では全然わけのわからないようなことを書いている。しかし、先方にはその世界の感覚と論理があるだろう。おもしろいものだね。

安部　石川さんはああいうものを飲んでみたいと思いませんか。

石川　そういう気持ちはあっても、生理的には飲めないだろうね。おそらく、阿片なんか飲んだらまいっちゃうんじゃないかな。君は飲んだことあるか。

安部　飲んだことはないんですけれども、胃痙攣をやったとき注射を打ったことはあります。

石川　ボードレールなんかも飲んだというけれども、あの人はおそらく要求があったんだろうと思う。

安部　好奇心じゃないですか。

石川　はじめはね。しかし僕も好奇心旺盛なほうだが、好奇心の限界と、そういう生理的の条件とあるね。好奇心だけじゃかたづけられないと思う。

安部　アルコールにしても阿片にしても、一種の麻酔状態ですね。これとオートマチックなものとの関係、本質的な違い……。

石川　オートマチックと麻酔とは違う。

安部　しかし一種の精神分裂の症状というのがありますね。これは外界の刺激が仮りに一発あると、ノーマルな状態のときは外界の刺激に函数的に反応していくわけですが、精神分裂になると、いっぺん刺激があると、あとは球がころがるみたいにかってにいっちゃうわけです、外界との関係なしに。それは、ひじょうにオートマチックなものですけれどもね。方法としてのオートマチックを創造されるばあいには、つまり外界と完全に函数関係になってしまうことの拒否だと思うんですよ。

石川　それは理屈をつけるとおかしいんだな。もしオートマチックという言葉を僕が借りるとすると、それは薬とか酒とか、そういうものを借りないときにおこるオートマチック……。

安部　意識的能動的なものなんですね。

石川　仕掛けはだ。こっちの極の構成からいって、それは意識的だろうね。極の配置に薬とかアルコールとかを持ちこまないということは言えるね。現に酒を飲んで書いたことはないし、薬も知らない。そうでないとオートマチックという意味はなくなるんじゃないかな。

安部　これはいずれこの集の解説で書こうと思っていることなので、一応この辺で……。

石川　解説で僕のことを精神分裂症にするんじゃないか？（笑）それだって別にどうってことはないけど……（笑）。

（昭和四十二年四月二十五日　京橋プルニエにて）

作家の誕生

中山義秀
平野　謙

生きている楽しさ

平野　御無沙汰していて申しわけございません。一度お見舞いに上らなければとおもいながら、そのままになって……。

中山　いや変な話ですけど、僕は病気してから、そういう義理堅いことがいやになりました。見舞われたりすると、肉体も神経も疲れてしまうんですよ。人嫌いになったわけではないが、実に一人でいるときが一番楽しい。昭和四十年の秋、医者から癌だと言われ、夜分女房と一緒に東京から鎌倉へ帰ってくる車中、女房がひとりで泣いている。僕はそれでさすがに憮然としてしまったが、おかしいことには車外に眺められる人々の姿が、まるで遠くはなれた別世界の人という感じがしましたね。

平野　そうかもしれませんね。

中山　世の中を見る目が変ってきて、性とか恋愛とかに、ぜんぜん興味がなくなった。

平野　しかし、小説家がそういうふうになるのは、困ったことじゃありませんか。

中山　そうかな。

平野　人間くさい世界に自分もいて、別世界とおもえないところに、小説家が存在するのじゃございませんか。

中山　小説はあながちそうとばかり限らないとおもいます。

平野　今日は、中山さんのお話を伺うのに参考になるかとおもって、「義秀花暦」などを読んできたのですが、いまの御境地とずいぶん違っていますね。

中山　あれは病気になる前に出した本ですがね。

平野　お酒は召し上っても平気ですか。

中山　欲しくはないのだが、人と会うと神経が疲れるから飲むのです。酒を飲まなくなって後悔することはなくなったかわり、飲んだくれていたころのことを思いだして、後悔していますよ（笑）。このごろは、今日生きていることよりも、明日も生きられるということが楽しい。それが実感として湧いてきます。

平野　私も近く還暦になりますが、そういう境地に立てなくてお恥ずかしい次第です。

中山　そんなふうになったのも、病気のせいですよ。僕の癌は食道と胃に二つ出来たんですけどもね、癌は高見順さんの方がずっと小さかった。癌をザクッと二つに割ると、うで卵を切ったようにザラザラしたものが中につまっているんです。また癌の種類によって、進行の早いのと遅いのとがある。

平野　そうらしいですね。高見さんのは非常に早かったらしい。

中山　亀井勝一郎さんもね。これには抵抗のしようがないですよ。

同人誌「塔」の周辺

平野　中山さんの文学上のお仕事は、「厚物咲」をお書きになるまでとそれ以後とにわけられるとおもいます。文壇登場までのことは「台上の月」などに書いていらっしゃるとおりですが、一人の作家がいかにして誕生したかという点は私には興味があるわけです。横光利一、小島勖《つとむ》、富ノ沢麟太郎らとはじめられた同人雑誌「塔」のなかでは、中山さんはいちばん年下の方でございますか。

中山　待ってください。……小島勖は僕と同年です。明治三十三年の生まれです。

平野　小島勖さんは中山さんの書かれたものによると、横光に傾倒していたけれど、妹さんのことで仲が悪くなり、ライバル的になったということですが、妹をやりたくないという小島勖の気持もわからないことはないのですが、ほんとうはどういうわけだったのですか。

中山　横光とは思想上の理由でわかれたと、小島は僕に言っていましたがね。小島は文学に野心をもっていたから横光の力をかりて文壇に出たと言われたくない。おれは同業者に妹をやるのはいやだという気持だったのじゃないですか。小島の父は土木技師、横光の父は測量師で、境遇に似通ったところがある。学生時代、僕は横光と一緒に早稲田の松葉館という下宿にいたが、横光の六畳の部屋に小島の姿を見ない日はなかったくらいでしたね。小島は学校に行かずに横光の部屋に来ていた。泊って行くこともあった。小島は本郷の菊坂に住んでいて、文学に熱心で無口で、おとなしいし、つまり愛すべき人物でしたよ。ところが彼は在学中、軍隊にとられた。あのころは中学校を出ていないと一年志願ができなかった。小島は中学校を出ていなかったのですね、どうしてかわかりませんが。早稲田の哲学科にいたのですが、大変なトルストイアンで、勉強もしたらしいですが、軍隊を一年で帰ってこなければ早稲田を卒業することができないのです。一年志願でないのに一年で帰ってくるために、彼は軍隊で実によくつとめた。温室育ちの彼がきびしい軍隊生活をするわけですから、自分を殺さなければやっていけない。そこで彼の性格が一変してしまって、不自然に可愛げのない人間になっちまった。……おわかりになりますか。

平野　わかります。それは関東大震災以前のことですか。

中山　もちろん震災前のことです。われわれが大学を出たのが大正十二年だもの。横光は文学の先輩として、自分に心服する人間を愛する。しかし小島はこれまでと違って、横光に対する態度が一変してしまった。軍隊組織の中で自分を殺して、ひたすら服役に励み、目的通り一年で兵役から解放されてくると、そこに妙な自信というか自覚というか、そんなものをしっかりと身につけてしまったらしく、以前のように忠実な横光の信徒でなくなった。

平野　小島勗さんの代表作「地平に現れるもの」（「早稲田文学」大正十四年九月）は震災時の暴動のようなものを主とした反ミリタリズムの作品でしたね。

中山　はじめ小島はアナーキズム。われわれの時代は、コミュニズムにいく前はみんなアナーキストだった。文学や芸術の方でも。コミュニズムの理論や組織が提唱され、一世を風靡するようになったのは、その後です。小島の「地平に現れるもの」が一躍評判になると改造社の山本社長がすぐ第二作を書けと言ってきた。そこで僕などと一緒に吉原見物に行った話を八十枚ほど書いたが、そんな半時間か一時間の見聞などを書いたって、読めやしないですよ。書き直せと言われたんだ。そうしたら妙な自信があるものですから彼はけったんですね。わしの書いたものは書き直すことはできないと。彼は横光みたいに生活の苦労をしていないから、それで階段を踏みはずしてしまった。

平野　それから「文芸戦線」グループに入ったわけですね。

中山　「戦旗」一派の脱けた後のね。

平野　小島さんはたしか一度「中央公論」に小説を発表されたことがあると思います。

「地平に現れるもの」以後、ちゃんとした舞台に発表した作品だったようにおもいますが、それから間もなく亡くなったような気がいたします。

中山　違うでしょう。「中央公論」にのせたことはなかったと思う。横光は「日輪」を書いてはなばなしく文壇に登場してくる。その時に彼は発表する場所がないわけです。そこで仕方なく彼は「地平に現れるもの」を、本間久雄の「早稲田文学」へ持ちこんだ。「早稲田文学」はその時分はもう、文壇の主流から遠く離れてしまっていた。

横光利一のこと

平野　小島さんとか富ノ沢麟太郎とか、みんなすぐれた才能をもっていたのにもかかわらず若死にして、結局文学史的にはあまり作品も残っていないわけですが、「塔」の同人からは中山さんと横光さんが作家として大成された。横光さんに対する中山さんの想いというものは、実に複雑らしくて、はたから軽々しくくちばしをはさむのがはばかられるようなところがございますが、「少年坑夫の離れ業」などには、横光さんの影響があるかな、という気がしました。私の一人合点かもしれませんが……。「栄耀」「厚物咲」などの中山さんの作風とはぜんぜん違っていて……。

中山　それは違いますね。横光氏に文学の眼を開かせてもらったことは事実だし、小説の手法を身をもって教えてくれた。読んでもらったこともあります。十八、九のころからですね。文学でははるかに先輩だし、玄人でしたが。僕がその当時、短篇の手本にしたのは、シャルル・ルイ・フィリップです。

平野　「文芸時代」が創刊されたとき、私は中学四年生でした。横光利一が一番輝かしい存在として映ったのですが、すぐ次のゼネレーション、たとえば武田麟太郎とか藤沢桓夫などに与えた影響はたいへん大きかったのではないかという気がするんですが。

中山　そんなに深いものはなかったんじゃないかな。文壇の市場に自分の原稿を売りさばくには、彼のスタイルや方法をまねたことがあるかもしれませんが……。

平野　私なんか青年時代にプロレタリア文学の影響をうけたのですが、その当時の空気を直接知っていると、プロ文学について知らない奴がなんだかんだ言うと、なんとなく気に入らないことがあります。横光の影響云々を言うと中山さんは違うとおっしゃる、また私が反対のことを言うと、やはりいやそうじゃないとおっしゃるのじゃないかという気がするのです。つまり同時代に接した雰囲気というものは、知らないものが後からどういうふうに言ってもそれは一面的であって、そうではないんだという気がするのじゃございませんか。

中山　時の厚みというものは、そこに生きてみないとほんとうにはわかりませんからね。僕は横光の影響がないとは言わないですよ。文壇に出ようとして、時の流行に敏感になり、流行作家を目標とするのは、誰にもありがちなこと。けれども一生を支配するような大きな力は横光文学にはないんじゃないかと……。

平野　よくわかります。昭和の作家、横光利一だけじゃなくてみんなそう言えるんではないですか。当時、横光利一が兄貴分で、川端康成は弟分という感じでしたが、現在になってみますと、川端は横光よりもずいぶん大きな作家のように言われている。私は青年時代、横光が好きだったせいもあって、ちょっと不当な評価ではないかという気もいたします。

中山　はっきり言って、文章のきめの細かさ、思考の緻密さでは川端さんの方が上でしょうね。横光は晩年になってリアリズムに帰っていったでしょう。やはり追究するのはリアルなものから追究しなければね、若いころから七夕祭りのような作品ばかり書いていても。川端さんの横光批評というと、たとえば「紋章」をみても、横光の書く湯ヶ島はどこだかわからない。ロンドンにもっていってもいいくらいのものだ。実際のことはちっとも書いていない、というのですね。ところがそれが横光の一種のエスプリなんですよ。写実などということよりも、文学のイリュージョンを大事にした。見解がちがうのですね。結局、横光はその意味では自分の文学に敗れた。しかし微妙な心理文学の開拓者として、日本ではリュージョンを考えると、彼の個性や境遇が考えられる。一人の作家が生まれるのに、単調なものはありませんね。高見がなぜ自分の不幸な生まれを武器として逆用しなかったか。

そこまで強靭になれなかったところに、かえって彼の文学の特色があるのかもしれませんか。

「碑」の茂次郎

平野　中山さんの年譜を拝見しますと、大正十一年ごろから、「社会科学の勉強に没入」という一項目があるのですが、具体的にはどういう勉強をなさったのでしょうか。

中山　河上肇さんが好きだったから、河上さんの本はほとんど全部。それから思想関係のものは手当り次第ロシアのヴァルガ「世界経済年報」のようなものまで。僕はレーニンのものを翻訳しているのですよ、英文からですが。またアメリカの「ニューマッシーズ」という左翼系の雑誌とか、イギリスの「コーンヒル」などを取り寄せて読んでました。

平野　ほほう……。

中山　うまいですよ（笑）。成田中学へ行ったのもマルクスの勉強です。高畠訳の「資本論」を読むのに社会科学の勉強から始めて、七年かかった。

平野　社会科学の勉強というのは、つまりマルクス主義を勉強したということでございますか。

中山　そう、それほど当時は激しかった。時の流行におくれたくなかったし、また人に負けたくもなかったですね。文壇に野心があったから。プロレタリア文学が勃興してきたので、「芥川龍之介全集」だけ残して、他の文学書は全部売っ払っちゃって、社会思想に熱中したんですよ。だからレーニンの唯物史観は英文で読んでいます。忘れちまったけれども、マルクスはいまだに生産工程とか余剰価値論とか覚えている。これでいいと思って東京へ出てきたら、伊藤整の「ユリシーズ」や新心理主義文学でやられて、状勢はまた変っちゃった。途方に暮れたら、こんどはフランスの知性主義でしょう。それからまた転向しましてね（笑）。しかしそれ以後、もう転向はしないですよ。はじめはトルストイ、それからマルクス、それからフランスの個人主義。それが終着駅です。くたびれちゃったのかな（笑）。書斎の中での勉強というものは、実生活に裏打ちされてほんものになってくる。実生活では思いきったことをやったとしても、わずかなものだとおもいました。マルクスを勉強して所詮なにをしたかと言えば、成田中学で自分の首を賭して四人の同僚を救おうとしたことぐらいでした。主任として四年間教えた生徒のうち十人ばかり優秀なものを選んで、方策をさずけ、敵の弱点を暴露する。馬鹿なものを使ったら駄目です。すると池に石を投げこんだみたいに波紋がひろがって大騒ぎになり、町の有志や新聞記者が援護してくれます。憲兵が毎日毎日、僕の家を見張っていたけれどわからないんだ。最後までわからなかった。運動をやるには、必ず相手の弱点をつかむこと。そうしたら強いですよ。授業をしながら指導をしているんですが、校長派の連中は大騒ぎで、おおっぴらに外は通れないです。石を投げられたり、家には糞尿をまかれたり、子供まで悪口を言うんだから。

平野　講師になったというのは、そのことと関係があるのですか。

中山　そうではありません。東京に行きたくてね。そのころ教師は官公吏と同じく、勤務地の一里以外に住めないんです。それで校長にたのみ、月給を下げてもらって東京から通うことを許可してもらった。騒動は折悪しくそのやさきに起ったわけです。そんなにしても、文学の勉強は本物になりませんでしたね。本物になったのは学校を馘《くびき》られてからでした。

平野　中山さんのおいくつのころですか。

中山　二十九の時。

平野　そんなに勉強したことが身につかぬはずはないとおもいますがね。

中山　さっきも申したように、それほど身につきませんね。多読しただけです。一番ためになったのは、知識の空疎さをある友人から意地悪く突かれたことですね。作品もそのとおり、つめたく真実を言ってくれました。これが大変役に立ちました。また「バイブル」を真剣に読んだこと。苦しい時にはほかのものは読めなかったですよ。ですから僕にもし価値があるとすれば、ある程度人間の悲苦に耐えてきたということだけですね。まだ俺は生きているんだぞというその自信、あなた方に対して失礼なことを言うのもそれだ。

平野　いえいえ、失礼だなんて、とんでもない。

中山　頭ごなしに物を言ったりするけれども、僕は自分をごまかさずに生きてきました。それだけだな。僕にとって「碑《いしぶみ》」の茂次郎を書いておけばそれでいいんです。はっきり言うと。

平野　「碑」は中山さんの作品のいわば原型みたいなものとおもいますが……。

中山　茂次郎は僕ですからね。何事も正面からぶつかって……。だからお前は愚直だとかなんとか言われるけれど、これも生まれつきでしょうね。

平野　あの三人兄弟は、実に個性的ですね。

中山　向坂逸郎さんが「碑」を認めてくれましてね。あの人も士族です。お生まれは九州ですか、先祖は明治維新のときに磐城の平で戦死したらしいですよ。それで僕のものを読んで、ああいう変転の時代に生きていく人間の姿が実におもしろいと書いてくれた。そこで新聞社の人が本郷前のなんとかというところで、向坂さんと会わせてくれた。向坂さんはニコニコして一見旧知のよう、まるで自分の兄みたいな感じがしました。それは血ですよ。理屈もなんにもないんだ。それっきり会っていません。初対面が最後でね。向坂さんがテレビで、便乗主義者をむきになっておこっているのをみると、いかにも向坂さんらしいとおもいますね。

平野　そういうところが向坂逸郎さんのいいところですね。

作家は生まれるもの

中山　僕がいまでも夢にみるのは、電車賃をごまかす夢。成田中学の教師時代、百三十円の月給を百円に下げてもらって、三十円の家賃で本所小梅町に住んだ。そして、京成電車に半年七十円の電車賃を払って、残るところ何がありますか。子供は二人あるんだし。だから電車賃でもごまかそうとするでしょう。ごまかしたことないけれどもやはりそういう夢をみる。それと家。こんな家に住みたいなとおもって、いまでも夢にみます。試験の夢なんて見たことない（笑）。実に悲しい夢をみますね。骨身にこたえたんだなあ、あのころのことが。

平野　奥さんがお亡くなりになる前後から……。

中山　それから居直っちゃったな。僕は、横光が頼みにならないから菊池寛のところに行ったことがある。羊羹など持ってね。そしたら、有名になったら来いといわれた。有名になったらお前のところなんぞに行くものかとおもったな（笑）。僕が文壇のことを知らないで傲慢だからね、初印象とすれば感じがわるかったんでしょう。僕は実にまいったですよ。女房は死にかけているし、金は欲しいし。新潮社に何回行っても、いつも面会謝絶さ。道端の電信柱によりかかって、どうしようかなと考えたな。横光が僕にいくら友情をもっていても、作家はやはり自分の力で立つしかないということを知っているから傍観している。しかし、彼はいくらか僕を買っていてくれたようでしたから、僕を深く励ましてくれましたよ。本間久雄や和田伝の編集していた「早稲田文学」に原稿を出したこともあったが、シャルル・ルイ・フィリップを読んで小説が書けるようになったといったのは、市役所の小役人で、屋根裏にこもって書いたという彼の不幸にめげぬ愛すべき作品が、僕の心をとらえたからでしょう。

平野　それで非常によくわかりました。

中山　「少年坑夫の離れ業」もそれでね……。

平野　なるほど、そう言われると横光さんとは違う。武者小路実篤さんが「新潮」の文芸時評であの小説をほめたということですが、やはり新人としては忘れられないでしょうね。

中山　一週間くらいは昂奮しますよ。みんなそうですよ。あのころの文壇はきびしかった。作家は誇りをもって生きていたから、われわれのあこがれも強かったですよ。作家は作るものじゃなくて、生まれるものです。素質の問題です。

（昭和四十二年七月八日　原宿　皇家飯店にて）

野間宏と戦後文学

野間 宏
篠田一士

三高、京大のころ

篠田　井上靖さんが、この間書いていらっしゃるものを見たら、野間さん古いお知り合いなんですね。

野間　ええ、ずいぶん援助を受けました。

篠田　井上さんが毎日新聞の学芸部にいらっしゃったころですね。

野間　ええ、僕はときどき毎日にブックレビューを書いていたわけです。つまり井上靖さんが僕に書かせて、僕はその原稿料で本を買って……。

篠田　なるほど。

野間　そういうような気づかいをしてくれましたね。戦争末期ですから、軍隊の例の問題があったときで、なかなかみんな近寄らなかったのですが、井上さんはそういうことは平気で僕を援助してくれましたね。そのほか、京大の先輩で知っていたのは伊吹武彦さんや桑原武夫さんで、桑原さんのところへは、文学の話を聞きにいったりしました。しかし話しに行くと僕はあまりしゃべらないほうで、煙にまかれたりしましたが、一度だけ「暗い絵」冒頭のブリューゲルの画集を持って行ったことがあります。

篠田　あれは日本で出た画集ですか。

野間　フランスのものです。

篠田　そうでしょうね。あれだけ精密にできる画集は日本では、戦前出ているはずないのに、これはどういう版だろうと思って。

野間　あれは、下村正夫という演出家がいますが、彼が美学科にいまして、丸善に出るとすぐ買ってきたのですね。それを僕が独占していたのです。「暗い絵」の冒頭の部分、四、五枚は、昭和十五年くらいに、まがりなりに形になっていました。

篠田　ずいぶん詩的というか、散文詩のようなものですね。

野間　あれは戦後その冒頭の部分が焼けずに残っていましてね。それをかなり強引に引き出して拡大していったわけです。

篠田　冒頭のところだけ切り離して題をつけて散文詩にされても、結構それで独立して読めるわけですから。

野間　あのフランスから出た画集の解説がいいものなんですね。その解説でかなり助かりました。フランドルとスペインとの政治的関係などをたどりながら、それに終らずに、ブリューゲルの線の使い方、縦の線を対照的に使ったり、地平線がそれ以前のものにない一つの線だという、そういう細かいところも両方やれる解説でしたね。

篠田　大学時代の前が同人雑誌時代ですね。

野間　「三人」というので、詩人竹内勝太郎を中心にして、富士正晴、竹之内静雄（当時桑原）、井口浩、尼崎安四、吉田行範、瓜生忠夫などがいました。

篠田　そのころは野間さんは、詩ばかりお書きになったのですか。

野間　小説も一方で書いていたわけで「三人」にも載せている「車輪」という小説があります。

篠田　そのころから大長篇……。

野間　ちょっと長いです（笑）。

篠田　あのころは、「詩と詩論」とか「文学」とか前衛派のものがどんどん紹介された時期ですが、そういうものから、そうとう刺激を受けられたわけですか。

野間　井口浩というのは、三好達治の「測量船」とか、梶井基次郎とかを持ち込んできました。僕なんかボーッとしていて、そういう潮流はわからなかったのですけれども、井口君というのは非常に鋭い人で、実に芸術的気迫というか、天才的というか、富士正晴君もそうですけれども、ひらめきをもって同人を切りまくるわけですね。それにいかに対抗するかということで、こっちはおそまきながら……（笑）。

篠田　野間さんが学生時代にとくに影響を受けたものとしてジードとドストエフスキーの小説、それから西田哲学、この三つに夢中になったということを書いておられますが、僕はそれを伺ってなるほどと思い当るところがあるのです。つまり西田哲学のなかにあった、ものを考える姿勢ですね。しかもそれは一つの日本的な心性というか、心の性質というものがかなり素直に出てきている。そういうものを野間さんが小説のなかで文学的にとらえていこうとされるものがあって、西田哲学に熱中されたということが、小説の構造になにか直接つながっているような感じがするのですがね。

野間　そうですね、つまり人間というものを実体的に見るのじゃなくて、無というような、実体ではないものとして見る、そういうような見方を学びました。ただ途中から現実とそれをどうつながせるかという問題ですね、それが西田哲学では出てこないので、かなりあせりましたね。

篠田　「資本論」なんかをお読みになったのは、いつごろですか。

野間　「資本論」は、第一巻は学生時代に終りまでぜんぶ読みましたね。読書会がありまして、河上肇さんの「資本論入門」や、ローゼンベルグの「資本論註解」などを照らしあわせながらやりました。

篠田　「資本論」というのは、野間さんにとっては、僕の言いすぎかもしれないけれども、文学的な実体をもった本だと思うのですが。

野間　そうですね。

篠田　そういうことを野間さん自身がはっきり自覚されて、自分のお仕事のなかに持ち込もうと思うようになったのはいつごろからですか。

野間　やはり西田哲学の次に出てくる、梯明秀という人の哲学ですね。これが仲立ちになってくるのです。それが大学二年ごろですね。

篠田　そうすると、かなり早い時期から「資本論」というものが野間さんにとって文学的な意味をもってきたわけですか。

野間　「資本論」は、ゆっくりだけれども読まなければいかんというので読んでいました。最初は面倒でしたが、だんだんわかりやすくなってきましたね。

長篇小説と文体のうねり

篠田　ところで、野間さんが二十年前に書かれた「青年の環」をまた書き直されて、いよいよ今年中に完成されるそうで、たいへんすばらしいことだと思っているのですが。

野間　あの作品は最初、評価がまちまちで、自分でも完結しがたいというふうに思っていたのですが、あなたが評価してくださったので、非常に力を得たという感じをもっています。

篠田　その前の「暗い絵」「崩解感覚」などの一連の作品は、いわば戦後文学の基本的な情緒を決定した作品だということで、評価が安定しているのですが、そのあと、結局「暗い絵」を一つのスプリングボードみたいにして出てきたようなところが「青年の環」にはあると思いますが。

野間　そうですね。僕自身は、最初から長篇を書くのが作家であるという考え方をもっていて、長篇を書く方法を探していましてね。人間というものを、生理的に心理的に社会的に、全体としてとらえるという考えがあったのです。それを長篇で実現しようと思ったのですが、ただ単に人間を生理的に心理的に社会的にとらえるという方法だけじゃできないわけですね。その方法はもちろん有効であるわけですけれども、それだけではなしに、人物の対応がただちに真中をつらぬいて動いていく脈絡、そしてそこに走る事件というものがあって、そこに長篇世界を成立させるという、そういうものが、能力として欠けていたという面がありますね。

篠田　生の神秘というようなものですね。

野間　そこに生気が立ち上っているような、そういう人間個人、あるいは社会を含めて全宇宙的な……。

篠田　野間さんのよく言われる、好きな言葉だと思いますけれども、うねりということをよく言われますね。文体がうねっているというふうに言われますけれども、たしかに野間さんの文体はうねっていて、小説を読んでいても上層部から下層部へ、下層部から上層部へとうねっていく、あるいは社会的なものが単に社会的な領域にとどまらないで人間の内面へとうねっていく。それから現象から実在へ、実在から現象へと波動のようにうねっていく。そういうものの表現として実にこのうねりという言葉が好きなんですが、そういうことをはっきり強調されるようになったのは、昭和三十年以後になって、今まで野間さんの扱われなかったような題材――新興宗教の人物とか、民衆の底辺部に属するようなものが加わるようになってからですね。つまり、社会を一つの全体というか、宇宙の一つとして総体としてとらえるような仕事がはっきりしてきたように僕は思うのですが。

野間　ようやくなにか全体というものが出てきた。最初から全体とはいいながら、どうもすきまがあくという感じでしたね。うねりを目指しながらもそうもいかないという形で止まっていたのが、相呼応しあうというか、ボードレールのコレスポンダンス（照応）ですね。ずっとやっているうちに対応がすっと見つかる瞬間がありましてね。

篠田　野間さんの小説をゾラみたいだという人がいますが、野間さん自身はバルザックをよくおあげになりますし、バルザックの文体のうねりということをおっしゃいますが、バルザックはいままで日本の批評家の意見だと、戸籍簿と競争した作家といいますが、それは古いバルザック像なので、戸籍簿と片方で競争しながら、片方では生の神秘というか、戸籍簿なんかではとらえられないものですね。

野間　つまりある人間の涙が天までとどいて戻ってくるというような、そういううねりですかね。

篠田　そこまでバルザックの文体というものはうねっていくわけですね。そういうふうに宇宙論的な高まりまでもっていっているわけで、ゾラにはそういうところがないわけですね。だがバルザックにはある。僕は野間さんがバルザックということを言われるのは、そういう意味でよくわかるような気がします。

野間　そうですね。バルザックというのは非常に好きだったですね。

篠田　最近はバルザックについても宇宙論的な解釈というものが圧倒的に強いのです。野間さんのお考えなりお仕事というものは、結局バルザックの二十世紀的解釈というものと並行しているということが言えると思うのですが。

野間　つまりバルザックなんかを横に切るというか、そういう姿勢を持ちたいという気持が出てきましたね。「資本論」とかダンテなんかも、僕は宇宙的なものが背後にあるというふうに思っておりますね。

篠田　日本でそういう種類の本はなにかというと、「わが塔はそこに立つ」の中で野間さんが強く扱われている「往生要集」ですね。あれは単に仏教思想のためだけではなくて、仏教のところからうねりだしていろいろなところへ広がっていくわれわれの古典ですね。

野間　危機の時期には、宇宙をつくれる力、創造力ですね、そういう文学が出てくるのじゃないかと思うのですが。

篠田　恵心僧都にしてもダンテにしても、乱世の人ですから、自分で自分の家をつくらなければ生きていけないという切実な気持があったのでしょうね。現代は、やはり叙事詩よりも仏教論文よりも、小説という形がいちばんそういうものをつくりやすいというわけですね。

野間　長さにおいてもみんなに伝わるという点でも、しかもそのなかへ、詩的なものも対話的なものも入りうるしというようなことになると思いますね。

篠田　そういう意味では、野間さんのお仕事というものは、二十世紀のヨーロッパ文学のいちばん正統的な考え方に近いのではないでしょうか。

野間　ヨーロッパ文学の媒介は、ほんとうに徹底的にやらなければならないというふうに考えていました。しかし僕は非常にのろくて……。

篠田　それは日本の文学のテンポが早すぎるのですよ。野間さんがのろいというのは、いまや定評になっていますけれども、あちらのことを考えればちっとものろいほうじゃないと思うのですね。イギリスなどでは、三十年以上かかって何巻かの大長篇を完成させるというようなことがよくありますが、それはやはり小説のつくり方が違うので、私小説的な末梢神経だけつまんできてそれをひねくりまわしているのとは違うのだから、それは当然だと思うのですね。僕は野間さんがのろいということは昔から思わないのですが、もっとのろくなっていただいてもいいくらいだと思っています。

野間　これからは、もっとのろくなりますよ（笑）。

時間感覚と空間感覚

篠田　どうですか、野間さん自身いわゆる戦争体験を経られて、戦争体験というようなものは、ヨーロッパの文学のようじゃないと、とてもつかめないという気持をもたれたですか。

野間　もってますね。つまりその方法といいますか、それを媒介にしなければ、とても描き得ない。しかし、トルストイの「戦争と平和」にしてもスタンダールの「パルムの僧院」にしても、じつに大きい作品ですが、なにか戦争の一部という感じなんですね。これをこれから作品として、どうしても出したいと思っています。

篠田　戦後から今にいたるまでの日本の社会というものも、やはりああいう戦争を経験しますと、昔には戻りませんからね。

野間　そう。戻りそうで、しかも戻そうとする操作はあるのですけれども。

篠田　いや戻るはずはないのです。一度そういう変革というものを経験しますと戻るはずがないので、日本の社会構造は根底から変わったのですから、そういう点ではどうしようもないですね。

野間　と思いますね。だからあくまでも、そこのところに根底をおいて進んでいるということになるわけです。ただ僕が即している面というのは、歴史ですね、つまり唯物史観というものが日本のマルクス主義の人たちのなかで、どこまで成立しているのかというと、はたしてというような面があると思うのですが、これからできれば、そういう歴史とか伝統の脈絡をつかみたいと思うのです。

篠田　僕なんか外側から見ておりまして、日本の唯物史観を信奉される方、あるいは精通されている方を見ますと、文学者の場合、空間感覚のほうは非常に発達しているのですが、時間感覚のほうがなにか乏しい。唯物史観というものは、根底には時間というものを基礎において成立している史観ですね。

野間　そうですね。

篠田　過去にも現代にも通じて変わらないなにものかをつかまえるためには、根底において作者のほうで、時間感覚というものが、鋭くとぎすまされてこないとできないんじゃないかという気がするのですけれども。

野間　時間感覚というと……。

篠田　つまり、低次の時間感覚から出発して、だんだん高次の段階へ進みまして、変動を見ながらも、長い時間を通じて変わらない不動なものをつかむということですね。

野間　ただどうですか、日本の場合には、非常に大変動がありながら、根底から変わるということは、じつに長い時間がかかるという、一つの特色があると思うのですが。

篠田　これだけ激しく変わりながら、しかも日本人の生活様式なんかでも非常にこわれやすい変化しやすいものですね。そこで無常迅速というような哲学も出てくるわけですが、実際には日本人の内面においてはちっとも無常迅速じゃないわけですね。

野間　そうですね。そういう点で現代の変革というものもそれに通じる面があって、かなり日本的特色があるように思うのです。そういうものを歴史のなかを通して、もう一度戦前戦後をつらぬいたものを書いてみたいと思っているのですけれども。

篠田　僕が時間感覚ということを言うのは、小説のいちばん基礎的なロマンというものは、時間を基礎にして成り立っている文学だと思うからなのです。

野間　その点、日本の近代小説は、時間のなかにあるある瞬間に対する感覚は鋭いけれど、時間の流れというものをつかむことに関してはじつに弱いと思うのです。

篠田　日本の近代小説のなかでも社会の全体像を内外ともにとらえて、そうして宇宙をつくり出す作品ということになりますと、これはなかなかないですね。

野間　そうですね。それをなんとかやりたいという気持なわけです。「私」だけでもつまらないし、社会だけでもつまりませんし、そういうものでは現代に生きている人をゆり動かし得ない時期にきているので、当然、若い作家たちはみんなそこを目指しているのではないかと思うのです。

篠田　高橋和巳君とか大江健三郎君とか……。

野間　そうです。井上光晴君なども。それが、どのあたりまでいくかというのは、時間がかかることになるでしょうね。

「真空地帯」が生まれるまで

篠田　この辺で、「真空地帯」が生まれるまでのお話をうかがいたいのですが……。

野間　「真空地帯」は昭和二十五年くらいから書きはじめたのですが、再軍備の問題がでてきまして、どうしても軍隊がどういうものかを書きたかったのです。最初「人間」に「真空ゾーン」という題で書いていたのですが、雑誌がつぶれ一挙に書く以外ないという気持になったのです。それで東京の家を釘づけにして、大阪へ行き、卵屋さんの家の離れを借りて、そこで書きあげたのです。

篠田　どのくらいで完成されたのですか。

野間　春すぎに出かけまして、帰ってきたのが秋、書きあがったのが年末です。

篠田　あの小説は、野間さんの小説のなかではめずらしいくらい、事件が次々と展開し、起承転結がはっきりしていますね。

野間　書いていて次々と浮かんでくるんですね。それからなるべくやさしい言葉を使おうという試みで、アメリカの小説などを媒介にしようとしている面もあるのです。

篠田　たしかにアメリカとおっしゃると僕も思いあたるのですが、アーウィン・ショーとかジョン・ハーシーとか、ああいう話術の非常にうまい人のものですね。

野間　おもしろいのは、卵屋さんが、あのなかに出てくるいろいろな軍隊の歌を知っていたのです。それがまた幸運なので。

篠田　軍隊の経験があるんですか。

野間　そうそう。もちろん僕は書くのに、経理部の将校とか下士官だった人にも会いに行きましたが、歌は人が歌っているのを聞いていたけれども、文句までは覚えていなかったのですね。それを卵屋さんが、全部手帳に書いてくれたのです。そういった創造的幸運もあり、書いていて筋や展開が次々と浮かび、自分にも成功したという手応えがありましたね。

篠田　とにかく「暗い絵」などの初期の作品を読むのも野間さんの文学に入る一つの手立てですが、野間さんは長篇作家だから、いきなり長篇から入るということになれば、「真空地帯」がいちばんいいですね。

野間　だいだいあの作品はよく読まれているし、僕の作品のなかでは非常に大衆性があるものなんでしょうね。まあ、完成までには危機的なつらい時期でもありました。

（昭和四十一年四月五日　虎の門　福田家にて）

武田文学と仏教

武田泰淳
寺田　透

唐代の仏教民間文学

寺田　武田さんが中国文学を始められた最初の動機みたいなものはなんなんですか。

武田　大学では、現代中国文学というのをほとんどやっていなかったの。つまり、とび抜けて昔のことをやっていた。それはフランス文学や英文学とだいぶ違うわけです。大学ではともかく勉強できないので、留学生と勉強した。そのころ中国文学なんて、新聞ではほとんど問題にしてなかった。だからどうしても自分で本を漁って、作家を選び出さなければならない。中国現代文学の作家はだれであるかということは、だれもわかってないんだから。そのなかで、どういう作家がいて、どういう傾向で、どういうことをやっているか、自分たちでやった。それがはじめね。

寺田　じゃ、やっぱり批評家的というか学者的興味ですか。

武田　そう。もちろん僕は創作なんて夢にも思わないもの。書く才能なんてぜんぜんないと思っているし。だからせめて勉強でね。僕はその前は、唐代の仏教民間文学というのを専門にやったんだ。なぜというと、敦煌《とんこう》の資料がたくさん発掘されたでしょ。どんな分野でも、新しくみんながガーッと集まる分野があるじゃない、自然科学でもなんでも。そのころ敦煌学というのが最尖端だった。そこへ行けば、才能さえあれば新しく発見できる。

寺田　そうか。トゥルファン出土の「樹下人物図」が持ち帰られたころ。

武田　そう。イギリスが最初で、大谷探検隊があとを漁って歩いた。それがどんどんくるわけ。仏教のほうでも、いままで発見されなかった土俗化した仏典がどんどん発掘されてくる。イギリスでは資料はたくさん集めたけれども読めないわけだ。読めても、それが断片で出てきているから、どの仏典に属するかわからない。日本の学者を呼ぶと、非常に頭のいい学者がたくさんいたから、一目見て、これは何部の何々経とあてるからびっくりしちゃった。だから日本の学者はよけい自信満々になってきて、敦煌学というのが盛んになった。

寺田　そういう仏教学者というのは、たとえばどんな人ですか。

武田　矢吹慶輝なんていう人は、「三階教之研究」という、いままでわからなかった経部のものを発表したし、それから「大正新脩大蔵経」というのが出たでしょ。大蔵経といってもだんだんふえてきているんだから、発見されて。そのなかに敦煌本の新しい経典を入れたわけです。それともう一つは南伝大蔵経というのがあって、つまり漢訳というのは北方経典で、南伝大蔵経はパーリ語の仏典でしょ、北伝はサンスクリットで。その南伝のほうもまた日本で始まったわけ。敦煌と南伝と両方。そのころ寺院経済が盛んで、裕福だったから、寺院が全集を買うわけよ。

寺田　それは宗旨によらず。

武田　そう。つまり地代が上がったでしょ。土地をもっているから、経済が豊かになって、子どもに本を買ってやるくらいなんでもない。だから僕は大学を途中でやめてもなんの心配もないわけです。本はいくらでも買ってもらえるし、おとなしくしていれば暮らせるわけです。

寺田　唐の土俗化した仏教信仰というのは、僕たちが考えている仏教の考え方と、ずいぶん違うの。

武田　うん。それがおもしろいのは、中国の詩はいちばん古いところは四言、五言、七言絶句とかといままでは言われていた。ところが中国の民衆のうたっていたのは三・三・六とか、いままでの中国文学でいわれているのとぜんぜん形が違うわけですよ。つまり歌の調子が。そこらが非常におもしろかった。

寺田　中身はどうなんですか。

武田　中身は非常に土俗的なもので、極楽へ行くとか、罰にあうとか、人間は牛に生まれかわるとか、豚に生まれかわるとか、そういうわかりやすいものです。それから物語、たとえば目連尊者がおかあさんを助ける話は有名だけれども、聞いていればうっとりするようにわかる。その当時の仏教というのは違うわけだ。それがわかる。僕は退屈していたから、ふつうの仏教史というのをやりたくなかった。民衆がどういう仏教を受けとめたかということをやりたいわけです。

寺田　日本でも「今昔物語」の最初の仏教説話のところはそういうものですね。

武田　あれはもちろんそうなんだ。

寺田　あのときの種本になったもののなかに、武田さんが言った種類のものがあるわけですか。

武田　たくさんあるんだ。「太平広記」とか「法苑珠林《ほうおんじゅりん》」というのがあって、そういう本は全部民話ばかりですよ。牛の部は牛に生まれかわった人の話、竜なら竜、猿なら猿とたくさんある。それよりももっと前に、本生説というのが南伝大蔵経にあるわけだ。日本ではよく悪いことをすると、人間は牛になってひどい目にあうということばかりでしょ。インドはそうじゃなくて、仏様だった人は今度獅子王に生まれかわって、獅子王でなければ孔雀王に生まれかわって、今度仏陀になったというんだから。なかなか秩序が破れないわけだ。インドではカースト制があるでしょ。だから説話でも……。それはむしろおもしろいと思うんだ。自由に生まれかわれるよりも。

寺田　武田さんて、生まれかわりに対してひかれるのは、どういうんでしょうね。

武田　どういうのかな。……一つはね、つまり絶対制というのはいやだという気持があるでしょ、だれでも。たとえば僕の大学やめたころは双葉山というのが、相撲でいちばん強かった。こっちは、革命運動もできないし、就職もできないし、そうかといって坊さんのほうもうまくいかないでしょ。惨憺たる心理状態にいた時、双葉山は勝ち続けているわけ。そういうことがありうるということは……あったら僕はだめだと思ったんですよ。そういう絶対者が破れるという定理を、その時とっても好きになった。それはスターリンの時も、ルーズベルトの時もそうです。いやなんですよ。絶対に正しくて、強くて、永久に勝ち続けるという定理があったら、われわれはいつになったら発言権があるのか。なにも世の中をひっくり返すというんじゃなくて、いやな気持してたな。だから生まれかわりというのは、とっても僕好きなんだ。つまり現在の状態というのは、いくら変わったってたかが知れていますよね。だけど次に生まれかわったら、なにに生まれかわるかわからない。これだけはだれも予言できないわけでしょ。そういうのは、とても助かったな。

寺田　武田さんのことを論ずるというのは、なにもきょうの話題にすることはないんだけれども、とかく論じにくいのは、そういうことだね。生まれかわっちゃっていく、そういうものばかりが好きだという（笑）。

武田　論じにくいね。それはちょっと話にならないわ。それから、やはり禁欲ということが大きいんじゃないかと思うな、僕は。あきらめていたから。つまり女性はものすごく好きだけれども、もし寺で食わせてもらっていて幸福な家庭を……幸福な家庭はできないにしても、ふつうに女の人を愛して、いわゆるふつうの人になっちゃいけないという気持ありますよ。それじゃなかったら、寺にお布施をもらっているのに、あまりにもずるいというか、悪いでしょ。だからそれはやっぱりいやだった。だから隠れて玉ノ井へ行ったり、新宿へ行ったりすることは、それは許されないけれども、許されると僕は思っていた。だけれども、ともかく寺にいて、家庭というものをつくることには、僕は絶対反対だったな。それはいまでもそうですけれどもね。というのは、坊さんはなにも偉くなくともいいけれども、なにかほかと違ったところがなくちゃいけないと思うんですよ。だって、お布施もらうんだから。ほかの人はお布施もらえないのに、坊さんだけお布施もらえるのなら、なにかどこか、先生とも違うし、サラリーマンとも違うし、労働者とも違うものがなくちゃいけないはずですよね。それがなかったらいけないんですよ。

寺田　そうだね。だけど、妻帯が普通というのは日本だけでしょ。韓国だって、妻帯しないのはまだ大ぜいいるでしょ。

武田　たくさんいますよ。ことに南方仏教では絶対にいけない。南方仏教のほうが強いわけです、小乗仏教ですから。日本だって、真宗以外は、明治七年まではいけなかった。明治七年に政府が法律で許したんです。許したらウヮーッと結婚しちゃった（笑）。そんなばかな話があるかっていうんだ（笑）。許されたからウヮーッとやるのは、僕は少し変だと思うな、いくらなんでも。だけど僕は、お父さんお母さんに対しては、けっして反感もったことありませんよ。それも理論としては不思議なんだけれども。寺のなかで夫婦生活をやっていることに関しては、一回も疑いを抱いたこともないし、悪いと思ったこともない。そのくらい僕はお父さんお母さんを尊敬していたからね。ただ、お父さんとお母さんがいる。男女関係であるとか、肉欲ということは絶対わからなかったね。

聖職者と焼身自殺について

武田　僕は今でも、精神的な職業ぐらい難しいものはないと思うんですよ。だから僕は坊さんの悪口は絶対に言わない。牧師でも、神父さんでも無理なことしてるんですね。僕は無理なことをやるのはばかばかしいとは思わないんだ。だって精神的なものの判定者はだれであるかわからないわけです。しかも肉体をもってる同じ人間で、違った人間として導かなければならないわけでしょ。聖職者というのは、とってもつらいと思うんです。

寺田　そうだろうね。そこが禅坊主が宗教者というのとはちょっと違うところなんだね。

武田　うん。あれは仏になれるから。修行すればいろんな悩みをさっと切断できるというわけでしょ。

寺田　僕は「正法眼蔵」なんて読み返していると、あれはその当時真理というような言葉がなかったから仏と言っているだけじゃないかという気がするんですよ。

武田　それはそう。真理という言葉はないからね。

寺田　最上智と言う代りに、仏と言ってるだけでね。

武田　そうそう、智だろうな。

寺田　明治の初期に、岐阜のほうの有名な禅寺の住職で潭海玄昌という人は、大いに女色を喜んだというのが伝記に伝わって、だれもそれを疑いもしないし不思議がりもしない。それでむしろ偉いと思われているような変なところがあるね。

武田　そうなんだ。

寺田　聞いた話なんだけれども、大灯国師以外とは考えられないある坊さんがね、大堰川の渡し舟の船頭の娘に惚れられて、どうしても一緒になってくれなければ、ここで舟を沈めると言われて、しょうがなくしばらく一緒にいるんだよね。それで子供ができてから、もう一回坊主になろうとして、子供を囲炉裏の上にかざして、どうしてもいろというのならあぶり殺すと言って脅迫して禅僧になった、という話を妙心寺の人から聞いたことあるけれども。

武田　そうなんだ。ふつうの人にできないことをやらなくちゃいけないという要素があるわけだ。それは浄土宗でもそうなんだ。僕の目黒の長泉院の三代の人は大元和尚というんだが、この人は男根を焼き切っちゃった。それはそうなんだ、要らないわけだから。それは非常に美男子でね、その話のように慕われちゃって困るわけだ。そういう人がいたわけです。だから浄土宗でも、やるとなればなかなか大変なわけだ。禅宗と変わらない。

寺田　あのベトナムの焼身供養というのはどう思う。

武田　あれは小乗仏教でいえば正しい。自殺はカトリックと同じで許されないが、相手に腕力を振るうとか、暴力を加えるのは絶対いけないわけだから、自分を焼いて抵抗するわけだ。それは効果があるかどうかわからないけれども、人を殺すよりは罪としては軽いわけですね。自分を殺してもいけないけれども、人を殺すことと比べればいくらかいいでしょ。自分を焼いて、もしなにかの影響が与えられるなら、いちばん正しい方法なんじゃないの。だってほかにやっちゃいけないわけだから。ほんとうはデモとかなんとかもいけないわけでしょ。

寺田　そうね、だいたい大ぜい集まってやるのは、会議なんかでもお釈迦さんの教えに反するからね。兎だけが、お釈迦さんに供養するものがないから、自分を焼いて差し上げるという話があるが、やはりそういう精神が生きているのかしら。ああいう焼身自殺のなかには。

武田　僕はそう思いますがね。だれにも害は与えないんだから、あれはいい方法だと思うんですよ。もし目的を達するなら。

寺田　でも、まわりで見ている人たちに非常に残酷だという感じを与えるとしたら、そういう効果については仏教はどう考えるんだろう。

武田　残酷という感覚を与えてはいけないだろうね。だけども、つまり死ぬということは生まれるということと同じわけでしょ、残酷さにおいては。そういうふうに考えれば、まあ許されるかもしれない。つまり死ぬことが残酷なら、生まれることも残酷なわけだからね。

寺田　そのときに仏教というのは、仏祖との関係ではいろいろなことを考えるけれども、横の衆生が自分をどう見ているかということは考えないんじゃない。

武田　その点はだめだね。

寺田　そのモメントが抜けているところが、仏教を弱いといえば弱いものにしてるね。

武田　そう、国際性がない。国際性というより、社会性がないんだな。社会性がないのはあたりまえだけれども（笑）。社会はつまり仮の集まりだからね。偽りなんだから。

武田　僕の経験で言うと、若い時坊さんになるあの恥かしさにもし耐えられれば、現在のあらゆる職業は耐えられると思うな。あれはほんとうに、ほんとうに恥かしいぞ。なぜお経を読んでお金が貰えるかという理屈はなんにもない。どんな商売でも、ともかく品物を渡してお金を取るでしょ。しかしお釈迦さまはそれはいけないというわけですよ。お金というものは絶対悪なわけです。それで食っているんだから。僕は途中で大学をやめたが、檀家のところへ行くと、高等学校の生徒とか大学生がいて、僕の顔を見て「あの年でお経を読んで、いったいこの男はどんな心理状態なんだろう」なんて隣の部屋で話している。僕はそれは賛成なわけよ。学校教育とぜんぜん反対なわけでしょ。学校教育は自然科学とか社会科学をやって、国のために働くというのであるのに、なにがなんだかわからないのに死人のそばにまことしやかに坐ってさ、若いやつが白足袋はいて……。それを我慢できたら、僕はどんな恥かしいことでもやれるような人間になっちゃったかもしれないよ。

寺田　でも本当に剃髪していたの。

武田　行をうける時は、剃刀で剃らなくちゃいけないんだ。剃っちゃった時は、ほんとうにもう世の中というものは、自分とは別物であって、タコよりも変な――タコは毛は生えていないからいいんだけれども、タコでもないのにタコみたいになって、なんじゃろうと思う。なっちゃったら〝泥棒にも三分の理あり〟で、クソッというわけで、もうお前たちのほうが間違っているんだというふうになっちゃうわけなんだよ。理屈をくっつけるようになっちゃうんだね。

寺田　「異形の者」のつまりエネルギーというわけだね。

武田　そう。口惜しいのと恥かしいのとね。ともかくそれで銀座なんかへ行ってごらんなさいよ。僕は夜中に飛び出して行ったんだ。帽子をかぶって行ったのだけれども、帽子脱いだらレストランの女の子なんて変な顔で見るから。病人とかいうんじゃなくて、丈夫なくせに変なふうになってるだろう。こっちはエイッと思って銀色のフォークでビフテキなんか食べて帰ってくるわけだ。それができるかできないかですよ。

寺田　やはりそういうことをやってみたくなるの。

武田　やってみたくなるね。なんとかして増上寺の権威を失墜させてやろうと思うわけです。大僧正とはいったいなんであるか。そういう宗教教団の地位というものを冷笑することによって、わずかに自分を慰めるという気持になるんだな。

寺田　でも金色の阿弥陀さんの前じゃ、武田さんもちょっと……。

武田　ぜんぜんだめ、圧倒される。装置がよくできているからね。真暗闇でしょ。それはやっぱり、その前へ行ったら、なにかほんとうの一言を言いたい。

寺田　僕は阿弥陀仏がおもしろいのは、「もし衆生を救えないならば、自分は正覚をとらない」と言ったというあのディアレクティックだね。だから阿弥陀さんは、どんどんスケールが大きくなるばかりで、そうでなきゃ、阿弥陀さんじゃないということになる。それで、その前で泰淳さんがバタつくということも起るわけだ（笑）。

武田　バタつくどころじゃない。もうぜんぜんだめだよ。

寺田　禅宗じゃ「仏祖の往昔はわれらなり、われらが当来は仏祖ならん」というでしょ。あれはすうっと入ってくるね。それがまた「仏祖を仰観すれば一仏祖なり」というわけだから、みんなお釈迦さんになれるわけだ。釈迦牟尼像はもともとそう大きいのはないね。

武田　そうね。お釈迦さんは神の子ではない、だから神がないわけなんだ。無神論なんだ。だから仏教が宗教であるかどうか、いつも困るんだ。

寺田　ことに釈迦の直弟子だと思ってる禅宗の本を読んでみると、ちっとも宗教じゃないね。ただなんていうのか、信仰心に支えられている思惟だということがあるんだ。それが近代的な哲学というのと違うだけの話でね。

武田　そう。それに絶対否定というのはそうとう強いものね。それは阿弥陀経関係の宗教だって絶対否定なんだけれども。つまり戦乱時代で身に寸鉄も帯びないで生きていくためには、絶対否定の精神的武器みたいなものが必要であったことは疑いようがないね。そうしなければ生きていけないでしょ。そうしたらやはりあれは正しい方法だったかもしれないな。

寺田　そうですね。

武田　だから僕、禅宗嫌いじゃないよ。あの「語録」というのは好きだな。

寺田　あれは文芸的なことだけで考えても、文章規範のとても大事なものの一つだね。

武田　そんなこと言ってるから、僕なんか……（笑）。

寺田　それは文学と両方やってるんだからね（笑）。ほんとうはヴァレリーと禅宗がうまく解決されて、それが文芸評論家がふつうのことと考えてくれるような状態でないと困るわけだ。だから寺田君の考えがふつうの考えであって、ちっとも奇矯でないということぐらいわかってくれなければ困るだろう。——なんだか寺田全集の解説みたいだけども（笑）。

武田　聞き手が同情されてるか（笑）。

寺田　ベルグソンとポアンカレーと一緒に論ずることは外国だってあたりまえのことなんだね。

（昭和四十二年一月二十七日　虎の門　福田家にて）

「美しい女」と「幻化」

椎名麟三
本多秋五

思い出の梅崎文学

本多　はじめに梅崎さんのことをうかがいましょう。

椎名　ぼくは梅崎さんの亡霊になりまして……。

本多　戦後、椎名さんと梅崎さんは一対になって動いているような感じでしたけれども、それは世田谷の松原で近所に住んでおられたという居住関係だと思いますが、もちろん先住者は椎名さんで、あとから梅崎さんが来たわけですね。

椎名　そういうことです。ある日、梅崎さんがひょっこり来たんです。それがきっかけです。

本多　作風からいうと、非常に違うような気がするんだけれども、案外、ウマの合うところもあったんですね。

椎名　それは、おたがい小説書きだというところで、ウマが合ったんでしょう。だけど、彼と長いあいだのつきあいで、文学論なんか一回もやったことがない。他人の作品を、これはいいとか、悪いとかいうことはあっても、文学の話はしたことはないんです。梅崎さんは文壇の消息に非常にくわしい人で、いろいろぼくに教えてくれたり、忠告してくれたり、そういうことが多かったですね。

本多　梅崎春生という人は、自分のペースでずっと歩いたので、戦後派作家のなかでは、観念的な性質が非常に少ない人といわれているけれども、いまになって見ると、やっぱり戦後派だな、と思わせる作品がありますね。

椎名　ええ。ぼくは梅崎春生という人に非常に感心しました。小説がうまいということ以外に、梅崎さんがいちばん戦後的なニヒリズムを、深く体得していたのではないかという気がするのです。ことに「蜆《しじみ》」なんていう短篇は、すごいですからね。ぼくらはニヒリズムを観念的に処理してしまうけれども、梅崎さんはちゃんと……。

本多　梅崎さんは、はじめ戦争小説で有名になったけれども、戦争小説と並行的に市井事ものを書いているわけですね。戦争小説は方向性のはっきりしたもので、論理的な文体で書いているのですが、市井事ものは、その方向性を失ったところで書くわけですね。それでニヒリズムが出てくるわけだな。しかしこれは梅崎春生にとっては、むしろ本質的なもので、戦前からもずっとあり、晩年にいたるまで、そのニヒリズムを作品の上でどのようにしてあらわすか、長い間苦しんだと思うんだ。

椎名　おっしゃるとおりです。彼がニヒリズムの処理ができなくなって行き詰まっていたことがあるのです。書けなくなって困った困ったとぼくに言っていたのですが、ある夜、突然うれしそうな顔をしてぼくのところへ来て、切り抜けたというわけですね。それは梶井基次郎さんの影響が強い。「ボロ家の春秋」のあたりから、非常に立体的な、ニヒリズムを突きはなしていく場所を見つけたんじゃないかと思いますね。それから、梅崎春生らしいユーモア、あるいはときによってはこわいようなものが出てきたんじゃないでしょうかね。

本多　彼はディテールを非常に重んずるから、骨格がかくれるわけですよ。しかし、根本のところにいくと、現実に対する違和感、あるいは人間に対する違和感というものね、なんとなくこれではない、違う、というような感じね、そういうものがずっとあったんじゃないでしょうか。

椎名　あったんです。それは最初からあったんじゃないんでしょうか。だけど彼は本来やさしい人間だから、現実の対人関係ではそういうことを見せない人ですけれど、作品のなかでは、はっきり出ている。彼と飲みにいくと、こう話すんですよ。こんど書く小説はこういうものを書こうと思っていると。それは本多さんのいわれたディテールのおもしろさが、先にくるらしいですね。ぼくとえらい違うんだな。彼はやはり本質的に芸術家だったと思うな。

本多　彼に人生の目的なんていうものを聞いても、もちろん返事をしないだろうな。それでなにを生きがいに感じていたかということなんだけどもね。

椎名　生きがいはやはり小説を書くことでしょう。

本多　そうだと思うんだ。結局むだのない、気に入った小説ができるということ、これが最大の生きがいだったと思う。しかし、人生のクサリは、目的や方向がなくなると、偶然の環で結ばれているという感じが、彼にはだんだん強くなってきたのではないだろうか。

椎名　そうでしょうね。それは梅崎さんの発想に関係しているんじゃないでしょうか。彼の作品には偶然が多いですよ、「狂い凧」など、いちばん典型的ですね。

本多　そうだな。しかし「狂い凧」のあたりからは、非常に軽い文体ながら、手ごたえがたしかなものとしてつながってくるようになりますね。芸の冴えというか、あそこで小説家としては、進境いちじるしいものがあると思う。

「幻化」について

椎名　ぼくは「幻化」に関しては、多くの人の批評とちょっと違うんですけれども……、あの小説には非常に肯定的な要素が出てきたような気がしたんですがね。

本多　それはどういう意味で……。

椎名　つまり社会や自然と和解したという、そういう姿勢がある。いままではむしろ突っぱなしてきたわけですね。それと和解しようとする。それは過去とも、あるいは社会、あるいは人間とも、そういう姿勢が出てきたように思ったわけです。死んでからは梅崎さんの死顔があの作品の裏側に見えてしかたがなくて、もう読めなくなったんですが、最初発表された時の感じでは、これからさき、どこへいくのかなと思うような要素が感じられたわけです。

本多　人間は死に近づくと和解したがるんですよ。本当ですよ。あの作品を書く時に、健康状態がどんなで、死というものをどれだけ意識したか、それは知りませんけれども、一般的にいって、いままではそうとう骨っぽい、意地っぽい男だった人でも、死ぬときは人および世界と和解して死にたいという気持になりますね。

椎名　いや、梅崎さんには死の意識というのは、なかったんじゃないかと思うんですね。どういうわけかというと、彼が倒れて入院するその二日前に、安岡章太郎さんだか、遠藤周作さんだか、二、三に電話をかけて、ゆうべ椎名さんの死んだ夢を見たって、うれしそうに話したという（笑）。

本多　彼には自覚症状はあまりなかったのかもしれないけれども、死を意識したか、しないかということとは別に、あの小説の中に肯定的なものがあらわれているということも、あるかもしれない。一般には、「幻化」は自分の肉体も精神もまだ弾力を持って、みずみずしい力を持っていた時代に対する郷愁のように読まれているわけだけれども、和解の気持があそこに働いているということも、そういえばたしかにあると思うな。

椎名　だから、「幻化」の多くの批判ですけれども、梅崎春生は「幻化」で円環をとじたという、あれぼくは嫌いでね。そうじゃないと思うんだね。

本多　題材からいえば、高等学校のところまでさかのぼっているし、円環をとじたような格好になっている。だけど、それでわかったような気持になられちゃかなわんね。

椎名　かなわん。ぼくはいま言ったようなことを感じたんですがね、これからどうするんだろうと思ってね。ところが死んじゃったんで、どうもしようがない。「幻化」のことを円環をとじたというのは困るな。死を予感して円環をとじようという、それほどあの人は計画的ではないですよ。

本多　人生なり、世界なりに対して、和解の心持があそこにあらわれているということは、ひとつの読み方であって、それが死の予感と結びついたとしてもいいし、結びつかないとしてもいい、それはどっちでもいいと思いますね。

椎名　それはそうですね。

終戦にいたるまで

本多　そろそろ椎名さんのほうにいきましょう。椎名さんが昭和八年に上京されてから、終戦にいたるまでの話をきかせて下さい。

椎名　東京に来て転々としたのです。まず田町の運送店で配達の仕事をやっていました。ところが高輪警察署だったか、品川警察署だったか……。

本多　やっぱり特高がつけてきたの……。

椎名　来たわけですよ、わかっちゃったんですね。どうしてわかったか、ぼくはいまだにわからないんですがね。とにかく、来るんですよ。

本多　ぼくにも経験があるけれど、あれはぐあい悪いですね。

椎名　ぐあい悪いですよ。それで、今度はコックになって銀座に住み込んで、宿を確保しました。それはだいぶ続いたんじゃないかな。しかしやっぱり特高が来るんだな。それからの生活は謄写版で救われたわけです。

本多　謄写版は、山陽電鉄の組合運動の時分に、ガリ版を切っていて得た技術ですね。

椎名　技術とまではいかないけど……謄写版の仕事を斡旋する同心社というところにいたわけです。そこから出張校正で新潟鉄工所へ行ったのです。ところがぼくは事務能力に優れていまして……（笑）、どうしても新潟鉄工所に入ってくれというわけですよ。それで入ったんです。入るとなると履歴書なんかいるので全部うそついて、そこにだいぶいました。たしかぼくは関西大学かなんかの出身になっている（笑）。

本多　あなたの字はわかりやすいから、評判よかったでしょう。

椎名　弱ったな、妙なほめ方だな……（笑）。とにかくかなり高給なんです。大学を卒業しているんですもの（笑）。

本多　それじゃ、生活的には楽だったわけですね。

椎名　楽でした。しかし戦争がはじまって、だんだん鉄工所で働いていることがいやになっちゃった。それをいちばん決定的にしたのは、戦車を作りはじめた。ぼくは営業にいたので、その戦車を発注しなければならないハメになるわけです。それでやめちゃったんです。それは高尚な観念ではなくて、生理的にいやだった。生理的にいやなのは徴兵忌避のときもそうですが、反戦とか、りっぱな考えかたではなくて、生理的にいやでやめちゃったんです。そうしたら鉄工所から、最後には徴用にかけるといってきたんだけど、ついに行かなかったんですよ。

本多　それはなんで……。

椎名　ただ、行かなかったんですよ。どういわれても行かなかったわけです。それからどうしていたかというと、そのころ「新創作」という雑誌が出ていましてね。ぼくは船山馨といっしょにその雑誌の編集をしていました。

本多　そのころのことを書いた自伝小説というのは「運河」で終りですか。

椎名　どうも怠けものなんですが、書きたいと思うことが、あそこでは実現できないような気持になっているのです。

本多　それじゃ、自伝小説としては「運河」以後には続きがないのですね。

椎名　ええ。もう自伝小説なんかやーめたっていうもので……。

本多　いや、それは是非また捲土重来で、あの続きを書いてもらいたいな。とても複雑な時代だから、いまでは、いろいろなことを説明してかからなければ、読者にはなかなかわからないような時代ですけれどね。椎名さんには、戦争中にいろいろな作品があるけれども、現にわれわれの読んでいるのは「帰郷」「流れの上に」、それから「或る生の記録」などですね。

椎名　「流れの上に」は、「新創作」の同人諸君と競争したわけですよ。つまり、小説は真の主人公はいないでも書けるかということで。

本多　「流れの上に」というのは椎名的観念が出なくていい小説だと思う。小さいけれどもいい作品ですね。

椎名　だんだん辛辣になってきたな（笑）。

本多　それから「或る生の記録」というのは、とてもおもしろい小説で、最近ぼくは読んだが、発明家の出てくる話ね。あなたはそうとう発明の才があるらしいからね。

椎名　ええ、あります。あります、なんておかしいな……（笑）。

本多　あれにはかなり自分が入っているかもしれないけれども、偉大な発明をせずんばやまずという人間が出てきて、それを批評的に見ているわけなんですね。あれはもう一歩で「美しい女」に達するところへ行っていますね。

椎名　やっと何十年かたったのち……。

本多　そこのところがおもしろいと思う。

椎名　とにかくそのころぼくは本所の二階にいて、そのときの夢は小説でめしが食えるようになったら、化学の実験室を買うことでした。だから部屋中、薬品だらけですよ。そういうことをやりながら、哲学の本をさかんに読んでいました。だからぼくの化学というのは、非常に観念的なんです。そういう観念性は、自分では自己反省したことがあるが、牢獄で培われたと思うんですね。だから別に哲学と化学とは矛盾しなかったのです。

本多　化学をやったり、発明をしたりしながら、哲学書を読んでいたわけですね。

椎名　そうそう。逆にいえば、哲学的に化学を考えようとしたところがあったのです。いや、そんなりっぱなことではなくて、哲学的な発想から、なにか大もうけをしようと思ったほうが正しいでしょう（笑）。

本多　ともかくぼく流の読み方でいくと、「或る生の記録」から「美しい女」へは、すぐにはつながらないと思うけれども、非常に近いという感じがするんだな。しかし、そこにある壁というものは、あとから見れば近いけれども、人生はみんなグルグル迷って歩くものだからね。ところで、河出に預けておいて戦災で焼けてしまった「胎動」というのは、どういう作品ですか。

椎名　「胎動」はいまだに惜しくってね。あれには戦争中のぼくの態度が非常によく出ているのではないかと思うのですがね。

本多　反戦的なものだから……。

椎名　反戦という理由で出版されなかったのですが、反戦ではないのです。ただ、戦争のなかに入れない一人の男の物語です。

本多　その時代でなければ書けないディテールがあるわけですからね。

椎名　主人公は肺病患者になっているわけですが……、出版してくれるといっていながら、とうとううまくいきませんでした。

「美しい女」をめぐって

本多　ところで、「美しい女」にはモデルがあるということは前に知らなかったが、このモデルの人は山陽電鉄で親しくしていた人ですか。

椎名　ええ、同期生だから。とてもまじめな人で、そのころは焼酎は飲んでいなかったけれども、戦後に行ったら飲んでばかりいてね。同期生は偉くなっていて、みんなで集まったのですが、そのときの彼らの訴えというのは、おれたちの一生は平凡でつまらなかったというのが非常に多かったですね。それは、ぼくが小説家だから特殊だと考えてそう言ったのかどうかは知りませんけれども、酒飲みながら愚痴になっちゃってね。定年退職したらおれたちはいったいどうしたらいいんだろう、そういう愚痴ばかりですよ。そういう人々の訴えに、ぼくはそれは違うと言ったんですが、そういうものが平均的労働者だと、ぼくは見たわけです。だから平凡さの価値転換をしようと考えたわけですね。ところが平凡さの価値転換というのは、異常に対抗しなければならない。異常さに対抗するためには異常しかないんです。異常になっちゃったら、小説としてはもう根本的に失敗だと思い、異常にならないような抵抗の仕方というものがあるだろうということで、書きはじめたのです。

本多　それでは、モデルといってもぜんぜん作ったというわけですか。

椎名　ええ。しかし彼に聞いたところが全部入っているわけです。しかし、その意味は、彼のやった意味とは違う。

本多　そういうことですね。あの小説の苦労はどんなところにあったのですか。

椎名　異常に対して抵抗するというのは、すでに異常なのだから、それをどういうふうに小説化すればいいか、実際、文体そのものにそれが出なければいけないし、えらい苦労しました。取材には何回も通いました。ところが、ぼくをクビにした課長が、そのころ専務になっていて、その人が非常に歓待してくれるんだな。おかしくってね。どうもおかしいことだと思う。それから組合にも行ったけれども大したことはなくてね、ぼくたちの非合法組合のほうが活発だったな。

本多　あのころは、みんなほんとうに激しい生活をしていましたからね。ぼくはぼんくらだからそれほどでもなかったが……。

椎名　いや、本多さんだって終戦直前の動きを埴谷雄高さんの記録など読んでみると、たいへんな生活だったなと思う。

本多　まあ、ぼくらは運がよくて戦争で死なずにすんだけれども、ぼくの近しい友達で、戦争にひっぱられたために死んだという人がいっぱいいるわけですからね。

椎名　しかし、明治は遠くなりにけりというが、戦争は遠くなったですね。

本多　ほんとですね。

椎名　それはいかんことだと思うけれどもね。

本多　あなたは生一本というか、ムキになるほうだからね。ぼくは臆病だから、勇敢な人にはとっても感心してしまうわけですよ。野間宏君などは想像力があるから臆病な方で、それが彼の文学的財産ですよ。

椎名　どうもぼくには財産がなくて……。

本多　いや、あなたは実生活のなかでは、あらゆる作家が垂涎おくあたわず、というほどの豊富な経験を持っているから……。

椎名　経験というのはつまらないものですよ。ほんとうになんの役にも立たない。けっきょく経験を小説にするときには、意味を発見しなければならない。自己の正当化になるでしょうが。

本多　経験というものが財産になるのは、経験を経験にする力がなければならないわけだからね。では今日は、この辺で。どうもありがとうございました。

（昭和四十二年十月十六日　虎の門　福田家にて）

三島文学と国際性

三島由紀夫
ドナルド・キーン

海外における三島文学

キーン　一九六四年度「国際文学賞」の銓衡のとき、三島さんの「宴のあと」が入賞する大勢にあったのですが、最後の一瞬で残念ながら二位となりました。いままで「国際文学賞」というと、ヨーロッパの文学にかぎられていて、例外があったとすれば英国かアメリカでした。日本文学に国際的な賞をあげるということは、絶対にあり得なかったのです。いま三島さんの文学の時代になって、はじめて大きな可能性が出てきました。びっくりなさるでしょうが、ヨーロッパの小さな国、フィンランドとかデンマークとかノルウェーでも、三島さんの名声はたいしたものです。三島さんの小説の題名をよく知っています、まだ翻訳されていないものまでも。

三島　日本語のできる人が大勢いるのですか。

キーン　いや、ほとんどいないでしょう。翻訳された作品や、英語で書かれた日本現代文学論を読んで知っているわけですが、三島文学の出現で世界のあらゆる評論家が真面目に日本文学を考えなければならなくなったと言っていいとおもうのです。

三島　ぼくが言うと嘘みたいに聞こえて、かえっておかしいけれど、それは翻訳のおかげだとおもっているのです。翻訳がよくなければ、日本文学は永久に謎の文学、謎の言葉にすぎなくて、一文の価値もない。まったくキーンさんのおかげだとおもいます。

キーン　それはたいへんありがたいことですけれど、翻訳をのりこえて伝わってくる良さがあるのです。

三島　いやいや、そのへんはぼくのひがみ根性ですが、下手な翻訳をのりこえる力がわれわれにあるかどうか、疑問におもいます。ロシア文学にある民族的な、ダイナミックな力は、ある程度、悪い翻訳でも理解することができますが、日本文学にはデモニッシュなものがないわけです。言葉の微妙なニュアンスで書いているので、翻訳のむずかしさをいつも感じます。はっきり言えることは、まずい翻訳であったら日本文学はひろまらないと言っていいくらいだとおもうのです。もう一つは、思想とか観念とかならば、あるいはまずい翻訳でも伝わるかもしれない。しかしヨーロッパとは異質の伝統文化の、言葉のニュアンスに重きを置いた文学を紹介するとなると、翻訳が実に重大な問題になる。私は謙遜して言うのでもなんでもない。これまでに何度か苦い経験がありますから、悪訳ではどうにもならないということがわかります。ただキーンさんに伺いたいのは、日本の文学がどの程度風土性を超えて生きられるだろうかという、その可能性についてなのです。つまり異国趣味を超えてどの程度迎えられるだろうか。

キーン　その点で三島さんの文学をもっともよく評価できるのではないかとおもうのです。それは小説そのもの、つまり小説の構造や人物の描写や、その時代のさまざまな情景がよく描かれているという理由で感心したのではないかとおもうのです。異国趣味で日本の小説を読む人は、まだかなりいるでしょうが、だんだん少なくなってきています。芸者や切腹がなければ日本の小説ではない、という見方は過ぎ去ったのじゃありませんか。むしろ日本には谷崎文学や三島文学があると理解する人が多くなったのではないかとおもいます。

「宴のあと」を異国趣味たっぷりの小説として読んだものはいないでしょう。

三島　それは非常にうれしいですね。

原作者と翻訳者

キーン　日本文学の英訳者たちは、みな自分の好きな作品を選んで訳すでしょう。その点、フランス文学、ドイツ文学、ロシア文学の英訳者とは立場が違います。彼らの場合は職業です。選択はひとつもないわけです。しかし私たちは好きな作品でなければ、日本文学の翻訳をやることはないでしょう。三島さんがおっしゃって下さったのですが、たいへんむずかしい仕事です。そして翻訳者自身、経済的には引きあう仕事ではありません。ですから作品に感動して、どうしても人にその良さを伝えたいという気持がなければ、絶対にやれないものだとおもうのです。

三島　自分が好きなものを、ほんとうに愛情をもって訳して下さる。けれど愛情の段階で訳されたものはいい翻訳になり、選ばれたものであるけれども、しかしそれ以外のものと比較ができないでしょう。それがぼくにはちょっとさびしいところなんです、ある意味では。

キーン　しかしそれは仕方がないことでしょう。例えば日本では西洋の歌劇が好かれているでしょう。しかし、三流のものはあまり紹介されていないのです。ドイツやイタリアの歌劇団が日本に来るとすれば、一流のものしか見せたくないでしょう。日本人が三流のものは知らないとすれば、あるいはヨーロッパの歌劇のほんとうの姿は知らないかもしれません。しかしこういうパースペクティヴを出すために、ヨーロッパからわざわざ三流のものを紹介する必要があるでしょうか。

三島　それはキーンさんの審美眼とか芸術観に結びついたお考えで、うれしいお話ですが、選ばれなかった文学作品のなかに知られざる傑作がいっぱいあるのではないかということです。あるいは翻訳不可能のもののなかに傑作があるとおもっています。自分の作品がたまたま評判になるのはうれしいけれども、同時に日本人として、つまり自分の作品がそうなっているのはほんとうだろうかという心配もあるわけです。全日本文学のパースペクティヴの上で評価されるのならば、安心が得られるのですがね。ぼくが言いたいのは、このことなのです。

キーン よくわかりますけれど、いまのアメリカやヨーロッパの出版社では、三島、谷崎、川端の作品を出すのが精一杯です。

三島 泉鏡花は天才だとおもいますが、ちょうどフランスでいえばジャン・ジロドウみたいなもので、翻訳しにくいものでしょうね。また志賀直哉の文学もあり、水みたいなものもあり、葡萄酒みたいなもののもあり、そのなかに三島のような三級酒もある……。

キーン 御謙遜を……(笑)。

三島 比較できるというものです。

キーン ある作家は文体が優れていても、構成とか描写などが面白くないということがあるでしょう。その点、三島さんとは意見が違うのですが、森鷗外の文学がそうじゃないかとおもうのです。現在形を使った面白さとか漢文体の簡潔さとかは、翻訳してみるとその面白さはまったく消えてしまうのです。「花子」を訳したのですが、どこも発表してくれないのです。

三島 そうですかね。「花子」は日夏耿之介の批評を借りると、ヨーロッパの光りに照らして古代支那の簡浄というか、簡潔で清らかなものを領略した作品だといって、たいへんな褒め方をしている。西洋のそれぞれの国でもそういう作家はいるのでしょうね。

キーン　アメリカでいえばヘンリー・ジェイムズ。尊敬されている作家ですが、日本ではそれほど知られていないでしょう。

三島　フランスではジロドウとかポール・クローデル。日本ではどうしてもポピュラーにならないですね。ぼくがいちばんきらいなのはブラスコ・イバーニェスみたいな作家です。闘牛ありフラメンコあり、人がスペインとおもうようなスペインを書いている。あれは、帝国ホテルで売っている金ピカの半纏みたいな気がして、悲しくなるのですよ。日本にそんな作家は出てほしくないとおもうし、われわれがそうおもわれるのもいやだし……。

キーン　しかし日本の場合は、まずそういう心配はいらないとおもいます。なぜなら日本には多くの文学愛好者がいるからです。スペインとかノルウェーとかオランダでは、自国語で作品を発表しても、翻訳が出ないと、その小説は失敗したという意味です。

三島　それは面白いですね。でもキーンさん、翻訳者と作者との関係というものは夫婦みたいなもので、実に不思議だとおもうのは、自分の女房ないし亭主をほめると、人はフフンと言うし、けなすとまたフンと言う。ぼくがあまり謙遜しすぎると、キーンさんの審美眼を低く評価することになるし、その点の心理的むずかしさというものはないですよ。

キーン　たしかにそうですね。

三島　あまり謙遜もできませんよね（笑）。

キーン　どうぞ御自分の作品を十分にほめて下さい（笑）。

三島　ただ僕が残念なのは、サガンと、谷崎さん、川端さんや僕たちと、そんなに差はないとおもうのですがね。サガンはどんな田舎に行っても知られている。僕は知られていない。つまりフランスのような文化的伝統のある国と辺地にいるものとのハンディキャップは大きいですね。いちばん身にしみて感じたことです。

キーン　それは翻訳者たちの責任かもしれないけれど。三島さんは不公平のようにおっしゃいますが、アメリカではサガンより三島さんの方がよく知られています。もしも私たちが「金閣寺」とか「宴のあと」を訳さないで「美徳のよろめき」を訳したとすれば、あるいは「悲しみよ今日は」よりもよく売れたかもしれない。これは私たちの責任です。

小説は妻、芝居は妾

三島　「近代能楽集」はキーンさんの翻訳のおかげで、世界各国で上演されて、とくにドイツでは評判がよくて、二十四の都市でやったのです。

キーン　御謙遜ですか、あるいは鋭い批評ですか（笑）。

三島　戯曲の翻訳上演はもっともむずかしい分野だとおもうのですが、あれが広く迎えられたのは、第一に翻訳がよかったのと、第二に抽象的なテーマであったことですね。能のおかげです。非常に人類普遍的な、メタフィジカルなテーマを扱っているからでしょうね。芝居で翻訳して成功したのは「近代能楽集」だけなんです。

キーン　すこし前にヘルシンキで「卒塔婆小町」が上演されましたが、たいへん好評だったそうです。

三島　海外上演のときのスチール写真をみると、役者の顔のいいことといったら、ただ立派なだけではなくて、役にあっている。日本のオリジナル・キャストよりもすばらしい。不思議ですね。これは西洋の劇団の方が役者の選択の余地がひろいからでしょうかね。日本じゃだいたい同じ顔をしているでしょう。同じところに眼がついて、同じところに鼻がついている。

キーン　ニューヨークはどうですか。

三島　ニューヨークの役者は、眼がどこについているかわからないような、実にバラエティがある。可能性豊かだとおもいましたね。芝居のことになると謙遜なしにしゃべれるのは、人がなかば作るものだから、というわけだけれど、戦後のドイツで一幕ものがはじめて成功したのは、「近代能楽集」とイオネスコがはじめてだそうですね。

キーン　そうすると三島さんの芝居は、ドイツの文学史にも残りますね。

三島　いいえ（笑）。

キーン　「ニューヨーク・タイムズ」の記者が三島さんにインタビューして、彼は三島さんが小説と戯曲を同時に書くと言って、たいへん驚いていました。三島さんはそれを当然のことのように言われましたが……。

三島　アメリカは一夫一婦制の国ですから、わざと小説は私の妻で、芝居は私の妾だと言ったのです。するとそれが受けちゃって、ほうぼうに出ました。

キーン　芝居と小説のなかの会話とは同じものだとおもいますか。

三島　本質の違うものですね。日本の作家でも非常に小説の会話がうまくて、芝居の会話の下手な人がいる。いつも「先代萩」の「飯炊き」の場面を例にとって説明するのですが、御飯を食べるという日常のことも芝居では重大な意味をもつことがある。小説のなかで「そろそろ御飯にしましょうか」という会話が出てきてもかまわない。しかし芝居では必ず意味をもたなければならないのです。御飯に毒が入っているとか、それを食べることによって二人は結ばれるだろうとか、なにかがなければその会話は不必要だとおもうのです。小説の場合は、不必要なものが小説の会話の美しさだとおもうのです。

キーン　歌舞伎台本「芙蓉露大内実記」はぼくの大好きな作品の一つですが……。

三島　あれは中央公論社の七十周年記念式典が歌舞伎座で行なわれたとき、初演されたものです。

キーン　ラシーヌの「フェードル」に基づいたのは、なにか特別の動機があったのですか。

三島　ぼくはシェクスピアよりもラシーヌが好きなのです。余計なものを全部とってしまって骨と皮だけにしてしまうという、あの芸術観が好きなんですよ。「合邦」が「フェードル」に似ているでしょう。継母との恋愛はかなり民間伝説的な古い主題だから「フェードル」がいちばん歌舞伎にしやすいとおもって、そうしたのです。そこで大内義隆をもってきた。しかしラシーヌと違うところは、ギリシャ古典劇にもどして、イポリットの許婚者を作らなかったことです。イポリットは処女神アルテミスの申し子でしょう、恋人があっちゃいけないですよ、恋されるだけでひどい目にあう男ですからね。

キーン　フランス人の趣味からいうと、恋人がいないと承知できなかったのでしょう。ラシーヌを原典にして書いたときと、能を原典にしたときとでは、どう違っていましたか。

三島　結局、一つも変わりません。方向としては反対だけれども。能のように形式的に完成されたものを無形式の現代劇にするということが「近代能楽集」のやり方でしょう。「芙蓉露大内実記」はその反対で、西洋のものを日本の舞台上の約束事にはめるということです。しかし考え方は少しも変わらない。ただ日本のお客は「フェードル」を知らないから、みなびっくりして何もわからなかったでしょう。

キーン　「近代能楽集」の場合は、どうでしたか。

三島　新劇の批評家は、ほとんど能を知らないでしょうね。

キーン　三島さんは外国を場面にするような作品をたくさんお書きになっていますが、日本の作家のなかでは珍しい存在ですね。

三島　ほんとうは、とてもこわいんです。いつも自信がなくて書いています。なるべく書かないようにしていますがね。外国を書くときは、日本人の眼をとおしてみた外国なのです。

キーン　日本国内なら、どこでも同じくらいのむずかしさと言えますか。

三島　厳密に言えば、九州はよく知りませんから、九州を書くのはニューヨークを書くより冒険かもしれません。だけど九州でも日本語を使っているという、なにかその前提に安心感がある。たとえばフランソワ・モーリアックの小説には、自分の生まれた土地しか出てこない。ランド地方の、自分の手でさわり、自分が臭いをかぎ、自分がそこで生活したことしか小説に書かないという、厳密な考えがあるのです。そういうリゴリスム（厳格主義）は、ぼくにはあまりありませんね。背景がかなり面白いというときには、すぐ使いますね。というのは人間関係というものが、小説のなかではいちばん大事だとおもうからです。

キーン　もちろん賛成ですけれど、日本語のことでしたら、外国のことと日本とそれほど違わないはずです。

三島　違わないとおもいます。でも人間関係のニュアンスが違うんじゃないかな。

キーン　それはそうでしょう。しかし日本を舞台にするなら、金沢でも仙台でも京都でも、別に心配なさらないで書けるでしょう。

三島　ぜんぜん心配しないですね。

キーン　京都人に言わせると、京都人と東京人はぜんぜん違うとおもっているでしょう。それは表面的なことにすぎないとおもわれていますか。

三島　そこが小説を書く上で微妙なのです。行為と観察がいかに違うか、ということです。「剣」を書いて考えたことですが、昔、谷崎さんがお茶のことを書くには、若いときには本をちょっと読めば書けた、いまは四、五年お茶をやってみなければ心配で書けない、と書いているのです。ぼくもだんだんそういう心境になってきたのですよ。剣道の小説を書きたいとおもって習いはじめ、四、五年たちましたが、しかし、さあ書こうとおもったところが、何も書けない。それから今度は、つまり小説家の眼で剣道の稽古を見に行ったのです。自分でやらないで見ていると、ある程度、テクニックを覚えていますから、よくわかりますね。根本的には見るということが大事であって、行なうということとは違うのです。そうしてみると、小説家にとって一番重要なのは、見ることであって、行なうということは助けはするけれど、本質的なことではないという感じなんです。さきほどの外国と日本の例で考えてみると、行なうということは外国人として生活すること、見るということは、旅行者の眼であろうが、滞在であろうがただ見るということですね。見ることに徹すれば書けるのじゃないかという気もしますね。剣道のこともまたいずれ書くかもしれませんが、二つの間の本質的な、しかも微妙な差はこわいですね。

キーン　よく小説家が、自分の経験を発表するときに、ものを書くために戦争に行ったとかいうのですが、ぼくはばかばかしいことだとおもいますね。戦争に行かなくても戦争は書けるはずです。

三島　ところが、日本人の小説の読み方には、西洋人とは少し違うところがあるのです。たとえばバルザックが「彼女は薔薇色の頬をして、眼を輝やかせていた」と書けば、フランスの読者だったら安心するでしょう。ところが日本の読者はもの足りない。「彼女の口の息がくさかった」というところまで書いてないと、ほんとうの気がしない（笑）。見るだけでは足りない要素を要求する。日本に私小説が発達した一つの理由でもあるわけですが、そのへんに日本人独特の変なリアリズムの要求があるのです。批評家にもありますね。

キーン　歌舞伎や浄瑠璃にも同じことが言えますね。

三島　清元にもありますね。清元延寿太夫が三千歳《みちとせ》をやるときに灯影《ほかげ》のホと言ったときに、火のひらめきが感じられた、と言うのです。そういうことを大切にするでしょう、日本人は。小説にもそれを要求する。ところが五百枚の小説にそれを要求されたら、とてもたまりません。作者は死んでしまいますよ。日本に短篇小説が発達したのも、こんなところに原因がありますね。五十枚の小説にそのホという要素がなかったら落第ですよね。僕たちは、そういう批評家と読者をこっち側において、あちら側には西洋の読者もいるわけです。その間の苦しみはだんだん大きくなるでしょうね。

（昭和三十九年六月十八日　虎の門　福田家にて）

大岡昇平とその周辺

大岡昇平
福田恆存

復員のころ

大岡　あんたに初めて会ったのは、いつだったかな。

福田　あれは小林秀雄さんのところだったと思う。あんた、小林さんの家の裏に居候していた。

大岡　ああ、そうだ。離れを借りてね。だから、最初うわさは小林さんに聞いてた。あんたのことを、トリみたいなひとだと言っていたよ。そのとおりだったね、吹けば飛ぶような感じだった。

福田　トリっていうのは、吹かれなくても自分で飛ぶじゃないか。

大岡　そりゃまあそうだが、人間のトリは吹かないと……。あれは昭和二十三年だったな。よ（追憶の表情で）居候はよせよ。家賃は払わなかったが、納屋を改造しておいて来たよ。

っぽどあのころ、おれは落ちぶれてたと思ってたんだな。

福田　だって復員してきたばかりだったろう、あのとき。だから、そう思いこんでいたんだ、今の今まで。でも、そうとわかったからには、今後は考えなおすことにしよう。

大岡　あのころはもう金持ちだったぞ。二十三年ごろの新進作家は、いまより相対的に金持ちだった。きみだって……。

福田　きょうはお互いに金はいくらあるかという話をしにきたんじゃないだろう（笑）。

作品をめぐって

大岡　文学の話をしよう。

福田　なおいやだよ（笑）。……（気分を変えて）あんたの作品にはいろいろあるよね、種類が。そのなかでは、あなた自身どれがいちばん気に入ってるの。

大岡　それは「野火」だな。うまくいったものはごく少ないけど、それぞれの作品のなかで、うまくいってるとこは十行、二十行ぐらいしかないけど、それが多いのは、「野火」と「俘虜記」じゃないかしら。

福田　そりゃそうだけど……。

大岡　そりゃそうだとはなんだ。

福田　成功してるかどうかはこっちにまかせておいてくれよ。それより、自分ではどういうものが好き、書いてるときに。

大岡　楽に書けるのは「父」とかなんとかいう、私小説的な……、気楽に書けるね。持ち合せで書くんだし、人間は自分のことを書くのに妙な快感を感じるらしい。

福田　「来宮心中」とか……。

大岡　あれも楽だった。かくれんぼのおもしろさだった。

福田　「逆杉」は？

大岡　あれは大分苦労した。あの作品は昭和二十六年に百五十枚ぐらいできていたんだ。発表したのは（昭和三十五年）、はじめの三分の一ぐらいだけど。

福田　おれは「逆杉」は好きだ。

大岡　あんたは私小説が好きなんだよ、ひとのね。あんなばかなこと、やってやがるのか、ってのがおもしろいんだよ。

福田　そうでもないさ。「来宮心中」だって好きだよ。

大岡　「逆杉」については、弁解みたいでおかしいけど、このさい、福田さんに言っておきたいことがあるんだ。「逆杉」は、おしまいに、恋人の姿を醜いと思ったというところで結んであるわけだね。「武蔵野夫人」や「来宮心中」を書いたころは、恋人を美化していたが、やっと「逆杉」になって、醜いのがわかったというようなことをいうやつがいる。

だけど、「逆杉」はさっき言ったように、発表は昭和三十五年だけど、二十六年には書いてあったんだ。それは、この機会に記録にとどめておきたいね……。それから「黒髪」も二十三年に書いてあったんです。発表したのは、三十六年の十月だけどね。ほとんどあのままで出来上っていたんだ。それだけですわ、私の言い分は。あとはだいたい作品については、弁解しないことになってる……。ところでね、だんなが、あれは何年に書いたんだったかな、大岡昇平論は。あれで、おれの合理的な文体とか言ってさ、せっかく売り込んでるのを、合理的文体は実は詠嘆であるとかケチをつけた、あれからおれは落ち目だよ。みんながそう言い出したんだ。

福田　うそ言え、そんなこと書いた覚えは絶対ない。

大岡　断言法とか断定法なんて言ってね。それから、戦時中の言い回しと同じだとかね。

福田　軍隊用語と同じだと言ったんだ。

大岡　鉄カブトを「かぶれ」と言わないで、鉄カブトを「かぶる」と断言する、それは実は命令であるとかなんとか、いやなことを言いやがったんだ。あれ以来、おれはずっと落ち目なんだ。

福田　うそ言いなさい。

大岡　何年だったっけ。

福田　あんたと一緒に外国に行った前ですから、昭和二十六、七年のことですよ、大岡昇平論を書いたのは。ぼくが文芸時評を書いたのは、「野火」が最後だ。

大岡　文芸批評はあれが終りだったね。

福田　外国へ行ったあとも、全然しなくなっちゃったけど、その後でも大岡さんの作品は読んでる。

大岡　私もあなたの書いたものを読んでるよ。

福田　友だちだからではなくて、隣人だからだ。直接被害をこうむるからね。作品を読んでおかないと危いよ。それで大岡さんの私小説的なものは、とくに注意せざるを得ないんだな。

大岡　まず敵を知り、だね（笑）。

福田　ぼくは小説家大岡昇平とつきあってるのじゃなく、隣人大岡昇平とつきあっているとすれば、やっぱり私小説的なもの……。敵を知るのは闘いの要諦だろう。

大岡　おれの方はなんとなく内情を暴露しているけど、批評家は私小説を書かないから、おれのほうが不利なわけだ。どうもいかれてばかりいると思ってたよ（笑）。

人情作家・大岡昇平

福田　しかし、合理的文体っていうのは、合理的な文体だけど、やっぱり大岡さんていうのはひじょうに古い、日本的なものをもっているように思うんだがね。

大岡　古い人情です。

福田　人情話だよ。ぼくは大岡さんの書く人情話は好きなんだ。だから、ぼくは、このごろ「花影」がいちばんいいんじゃないかと思い始めた。「逆杉」でも……。

大岡　「花影」はおしまいのところだけだ。

福田　初めのほうもいいところがありますよ。結局、人情作家だと思うんだよ。

大岡　そのとおりです、さすがによくご存じですね。いろいろな点で、ごく古風な人情と正義感だけで動いています。

福田　正義感のほうはどうかな（笑）。古風な人情と古風な義理だろう。義理人情の世界で動いてる。正義感より義理といったほうがいいでしょう。大岡さんは、そういう作家だ。それはいいことじゃないですか。

大岡　むろんいいことですよ。そう言われるのは光栄だ、信用を増すと思う（笑）。

福田　だけど、このあいだ、酔っぱらってさ、おれはキリストだって言ったのは、興味ぶかく拝聴したね。

大岡　あれは口をすべらした。キリストの生まれかわりかも知れねえぞ、なんて言って笑われた。人情地に落ちた時勢だからな……。

福田　あれは、素直で正直だから、ああ言ったと思うんだ。日本のインテリの典型だと思ったな。

大岡　だんだんよくねェな（笑）。

福田　だれでもみんな、そう思ってるんじゃないかなっていう気がしてきた。日本の明治の中ごろからあとの、とくに明治末期の日本人の理想人物は、キリストだったんじゃないかな。プロテスタントの目から見たキリストだよ。おれはキリストだっていうのは、酔っぱらっての冗談にせよ、キリストを典型として生きてるってことは、ある程度まで言えるんじゃないか。

大岡　なにもそれは日本のインテリに限らないんじゃないの。あんたのお手のもののロレンスの「アポカリプス」論理から言うと、近代は世界中がそうなるはずだ。日本のインテリだけ爆撃するのに使おうと思っても、そうはいかないよ。

福田　西洋人がキリストを理想としてもあたりまえだよ。あんたは古風なくせに、神さまを持ちだしたりしてたな。

大岡　義理人情と矛盾しないさ。超越的なものを仮定しないで、あんな矛盾だらけの道徳は成り立たない。

文学の現代性

福田　大岡さんは小説家として、りっぱな、永遠に日本の文学史に残るような仕事をしたわけだけど、しかし批評家としてもいろいろ……。

大岡　批評は素人ですよ。批評の才能はない。

福田　そうじゃないよ、今の文学、文壇に対する不満を「常識的文学論」でさんざんぶちまけたじゃないか。

大岡　あの当時は、たった三年前だけど、なんか言えばよくなるんじゃないかという希望をもっていたけどね、今はなんて言ってもだめだっていうふうになったね。

福田　ぼくは芝居でも感ずるけど、何をやっても徒労でさ。どうにもならないというふうに、そういう気がしてるひともいると思う、少数の文士は。だけど、このままだとどうなるんだね。

大岡　古い言葉だけど、大衆社会状況っていうものは、循循乎《じゅんじゅんこ》としているからね。文学なんてものは、たしかに時代遅れと言えるんで……。

福田　芝居は、なお時代遅れだし……。

大岡　うちの息子が言ってたんだがね、生身《なまみ》の人間が舞台の上で動いているのを見てると、てれくさいそうだ。映画やテレビ劇は、写真だということで遮断された感じがあるけど、芝居はそれがない。機械で遮断されるのに平生慣らされているから、舞台の枠ではそう感じない。生身の人間が動いているのを見ると、てれくさいって言うんだ。

福田　ひじょうにおもしろいね、それは。

大岡　舞台の役者との交流ということになると、実演的な興味のほかにはないわけだよ。

福田　小説でもなんでも結局そうだろう。ある程度そういうふうになってくるんじゃないかな。

大岡　本格小説はめんどうくさいんだ。つまり言語による理解がめんどうくさくなる。映像の理解というものがあるからね。舞台の上で芝居されたって、セリフの意味、言葉の意味がわからなくなってるわけだ。映画だと分解して、モンタージュとか、カメラ・アングルとか、説明的に映像を与えてくれる、芝居にもむろん演出はあるけど、あんなものは制約が多くてだめなんだ。しかも生身のやつが動いてるから、変な実感がこもってるからね。小説の場合でも、そのうちてれくさいってことになるかも知れないよ。

福田　私小説はそういうふうになってくるかな。

私小説をめぐって

大岡　私小説は実演だよ、芝居のカテゴリーで言えば。日本的な特殊な形だけど、しかし、これも外国にないとは言えないね。最近必要があってド・クィンシーの「阿片中毒者の告白」を読んだところだけど、あれなんか日本の私小説に影響があったはずです。なぜ告白するかということを、最初くどくど説明しているな。十八世紀の告白っていうのは、たいてい淫売なんか、いかがわしい人間のおもしろ半分の告白だったと書いてある。日本の告白も、明治初期の毒婦ものの一系統でしょう。どうしてこんな因果なれの果てになったかって思い出話だ。そう幸福なものじゃなかった。何も自然主義になって、初めて出てきたというものじゃなくてね。

福田　それは古典にもあるけどね、私を述べるってことは。でも、昔の随筆なんかでは、もう少し私の感想を述べたりなんかすることはあっても、自分を醜くしたり、自分の暗面を出すっていうことは、やっていなかったろうね。

大岡　インテリの告白というものが、それだけで特別の興味をもちだしたんだな。ド・クィンシーのは阿片という禁断のものに興味がつながっているんだが、インテリの場合は色事でしょう。小林秀雄さんは、ルソーの「懺悔録」から私小説は始まったって言ってるけど、そんな高級なものじゃないでしょう。ド・クィンシーは何もルソーのことは言ってないね。

福田　言ってはいないけど、その影響はあるかも知れないね。

大岡　あなたはやったんでしょう、ド・クィンシーは。

福田　ド・クィンシーのことを書いたことはあるけど。「批評家の手帳」に引用したんだ。レトリック（修辞学）の見本にね。

大岡　あ、そうだった。興味があって本を借りたこともあったね。しかし、あの英語は、どこのとこにレトリックがあるか、おれの語学力じゃよくわからなかった。

福田　むずかしいんだね、ド・クィンシーっていうのは。イギリス人が読むと、あの文章はおもしろいらしい。ペダンティックだけど、それを意識的にあやつっててね。

大岡　翻訳で読んで、そのへんは察することはできるね。ああいう独特の語り口でなければ、イギリスでコンフェッション（告白）が成り立たないのだろう。

福田　その意味では、日本でも私小説の語り口ができてるかな。

大岡　できてる。ソフィスティケート（詭弁）されたものですよ。

福田　大岡さんの場合、私小説はどういうつもりで書いたんだね。

大岡　自分でもよくわからないね。ひとつは、おれは、あとからあとから話のタネが出てくるほど話上手じゃないし、注文をまかなうためにはね……。そもそも「俘虜記」だって、日本に私小説の伝統があるから、すぐ小説ということになったんでしょう。語り手の「私」について、身分も来歴も紹介しない。いきなりスタンダールの小説中の人物、モスカ伯爵が出てきたりしても、通用したんだよ。

創作のモチーフ

福田　大岡さんの小説は、たとえば描写ということをよく言われるんだけどね。描写はなかなかうまいと思うことはあるけど、実は説明が相当多いな。

大岡　ぼくは描写したことはないですよ。

福田　ふつう描写と言われるけどさ。

大岡　割合に目で見たもののことを書くからね。目に対する執着があるような気がした。「歩哨の眼について」なんて、それがモチーフだけど、おれも自分のこれまでのことをふり返ってみると、絵に対する関心がそんなにない。ほんとうのところ、絵が好きじゃないんだよ。色はよくわからない。つまり視覚型ではないんで、景色の描写でも、これはスタンダールでも同じですが、近くになにがあるとか、遠くになんかあるとか、山とか林の配置ね。そういうものに興味がゆくわけだ。どうしてそう配置されたかというような興味、武蔵野なら武蔵野が、どういうふうにできたかということで、ずいぶんペダンティックな地形的な描写をやるわけだけど、あれは描写じゃない。なんか執念があるんだね。

福田　それはいったいなんだい。

大岡　わからない。ちょうど子どもが玩具をこわしたりするような執念かね。これにはフロイトのほうには解釈があるんだが、とにかく分解してみないと、納得がゆかない。

福田　分析といえばいいんだけど、分解、破壊……。

大岡　破壊じゃないよ。こわしてしまって、あとかたもなくしちゃおうというんじゃない。

福田　分解でもいいよ。分解して、こっちの断片とあっちの断片を結びつける説明が、いつも強引でね、おれとしては納得できないというか、無理押しをしてるという。

大岡　論理じゃないからだ、それを結びつけるのは。それがね、おれはやっぱり批評家ではないからね。そもそもものを考える質《たち》ではないんだ、あるものをいったんこわす、しかしそこにあるものは、やっぱりもとのままあることは動かないでしょう。だから無理しても結びつけなければならない。才能のある人はそこが自然にうまく行くんですよ。そう説明する必要はないんだが、おれはきっと不安なんだろうね。要するに気が小さいんだよ。

福田　大岡さんは詩人だと思う、根本は。おれはそこが好きなんだ。だから、たとえば、「野火」のなかの数行とか、「花影」のなかの数行とかね、それがとてもいいですよ。

大岡　どうもありがとう、――作者は黙っていましょう。

福田　生まれながらの詩人である。それでいいじゃない。

大岡　詩人と言われて喜ぶ小説家もいるかも知れないけど、おれは違うな。われわれの世代は、ジャンルの独立という理想の下に考えていたんでね。それぞれのジャンルですぐれたものが書けなければいけないと思ってますよ。

福田　おれは芝居を書くと批評家だと言われるし、批評を書くと芝居じみてると言われる。

大岡　たしかにそうだね。あらゆる点で芝居じみてるよ、おまえさんは。批評だけじゃないよ。

福田　芝居だけが芝居じみてないんだ。

大岡　そう、そうだよ。ほかは全部、芝居なんだ。よくわかった。

福田　きょうのも お芝居かな、それにしても一体どっちがどっちに演出されたんだろうね（笑）。

（昭和四十年四月十六日　虎の門　福田家にて）

井上靖文学について

井上　靖
河上徹太郎

中国旅行

河上　井上さんね、このあいだ雑誌に揚州紀行をお書きになったでしょう。あれを読んで、うらやましいんだな、僕も昭和十九年に揚州へ行ったんですよ。

井上　十九年ですか、大変な時ですね。

河上　向うへたどり着いたら、守備隊長から、お前よく命があったなと言われましたよ。草野心平と、小林秀雄と、今仙台市長をしている島野武と四人でした。鎮江《ちんこう》で汽車を降りて、フェリーで渡るでしょう。何とかいう船着場があるのですよ。そこから朝歩き出して、夕方揚州に着きました。

井上　その船着場の部落というのは、――おそらく同じ部落だと思いますが――私も印象的なんです。ちょっと暗い感じの寂しい部落ですが。それから私たちは自動車で行ったのですけれども、三、四時間かかりました。あれを歩いたらたいへんでしたね。大平原ですから。

河上　あの大運河というものは、すごい眺めですね。神田川ぐらいの幅ですがね。あっ、これが大運河だ！　という感じがしましてね、河に苔がむしたという感じですね。水に苔むした、という、何とも言えないな。

井上　ああいう川は日本にないですね。たしかに人工的な川なんですけれども、作った川の持っている独特なものがありますね。

河上　二千年もたてば苔が生えますよ、水に。揚州というのは実に印象深い町だな。

井上　僕は旅行では、中国の旅行がいちばん好きなんです。戦後三回向うに招かれて行ったわけですが、中国の旅行が、ヨーロッパよりも、アメリカよりも楽しいですね。その中国の中で、揚州が、今まで行ったいろいろな都市を思い出しても、いちばんいいですね。いまだに古い町で、蘇州よりもきっと昔のままの姿だと思います。

河上　外は戦火に荒らされていても、町は平気なんです。ヤンチョ（人力車）が二台すれちがうのがやっとくらいの道幅で、石畳でね。……瘦西湖《そうせいこ》にいらっしゃったでしょう。

井上　行きました。

河上　瘦西湖で船に乗って、船頭にもう少し行けと言ったら、これから先に行くと命があぶないと言われました。こわい時代でしたよ。水が浅くて、棹《さお》でしょう。カツッ、カツッ、と音がするんですよ。何とも言えないいい音だったな。

井上　宋の欧陽修《おうようしゅう》の「平山堂図志《へいざんどうずし》」に、痩西湖および運河のスケッチがあります。そのスケッチが、現在と比べてみて、ほとんど変わっていないのです。早稲田の安藤更生さんも感心していました。中国でいい町というのは、やはり運河がある町ですね。蘇州もそうですし。

河上　東京は運河を埋めている町です。

井上　運河を埋めてる町ですね。

河上　鑒真《がんじん》さんのお寺というのは揚州の中にあるのですか。

井上　宋時代の揚州の街は、半分は平らで半分が丘です。丘の方は漢の時代の城があったりして、それから唐の時代は官庁街だったのです。子城《しじょう》といいまして。そうして、低い、現在の町が羅城《らじょう》といって商店街でした。丘の方を蜀岡《しょっこう》といいますけれども、いまは畑になっています。その蜀岡の一番端に、鑒真の住んでいた大明寺があります。名前は鑒真の時代とは変って、現在は法浄寺になっていますが。建物は何回も焼けています。「平山堂図志」の平山堂というのは、そのお寺の一部にあった欧陽修の別荘の名前で、そこからとったのです。揚州は、戦後、私たちが行ったのがほとんどはじめてと言っていいのです。私たちの一ヵ月前に、一人だれかがはいっていました。あるいは河上さんが最後に行かれて、私たちが行くまで、そのあいだ、だれも行っていないかもしれません。

河上　料理もうまかったな。

井上　杭州に生れ、揚州に食し、羅州の衣を着、柳州に死すべしという言葉があるくらいだから、食べ物はいいし、景色はいい。だが、地理的には不便なところですね。黄河と揚子江とにはさまれた平原の真ん中の町で、あれが栄えたのは全く運河のためです。南の荷物を北に運び、北から南に運ぶ、その中間にある町ですからね。こういうところから、鑑真みたいな坊さんが出ることは頷けますね。ああいうところにいたら、勉強する以外しかたがない。蘇州になるともう近過ぎます。

河上　大街道に近過ぎます。

井上　しかし、鑑真に関して今度中国に行って、非常に驚いたことがあります。前に二回行ったときには、鑑真の名前はだれも知らなかったのです。日本だけが鑑真という中国のお坊さんを大切にしているという気がしていましたが、一昨年の秋ごろから、急に中国でも鑑真に関心を持ち始めました。日中文化交流の大恩人として、大きい評価を与えたのだと思うのです。そんなことから「天平の甍」の翻訳や、安藤更生氏の「鑑真大和上伝之研究」の翻訳も出ることになり、鑑真の静寂千二百年祭の法要も揚州と北京で営まれることになり、また、中国で死んだ日本僧の栄叡の碑も、端州に建てられることになったんです。あらゆることが、全部、半年くらいで決まったと思うんです。去年中国に行きましたら、私たちに会う人は全部鑑真を知っていました。それから、唐招提寺と同じ形の鑑真記念館が揚州に建てられることになっており、いまはその仮の記念館に、研究資料は全部そろえられてあります。栄叡の大きな碑も端州にできています。それはもう、アッという間にそうなってしまいました。政治の力ですね。

河上　「天平の甍」の中国語訳というのは、だれが訳したんですか。

井上　楼《ろう》适《てき》夷《い》という詩人が訳しましたが、これは非常に立派な詩人で、日本の文学を訳すのには、いちばん適している人ではないかということです。ちょうど日本語版の「天平の甍」のテニヲハ、あの仮名の部分を全部抜いて、漢字だけぎゅっと集めたような感じです。ことばの使い方、たとえば、日本では、前漢、後漢というところを、中国では、東漢、西漢というらしいのですが、そういう呼び方の違いや、私たちの気がつかないような疑問を、たくさん出して、問い合わせて来ました。

河上　中国では漢字の字体をずいぶん変えたようですが、新漢字で出たんですか。

井上　ええ。日本でも新字体を作っているので、素人考えで、両方で相談して同じ新字体を作れば、将来お互いに読んでゆけると考えられたそうなんですが、それは違うのですね。中国では、一つの漢字を新しい字体に変える時に、その漢字の音《おん》の一番大切なところを残しているのです。日本の音《おん》は、同じ漢字でも、中国とはまるで違うようですし、使い方も全然違うので、合わせることはできないわけです。

河上　それから玉門関へもいらした？

井上　玉門関までは行きませんが、去年西安《せいあん》へ行きました。昔の長安ですね。戦争の時に日本の軍隊がはいらなかったところですから、全然荒れていません。長いあいだ都だったところですから、小説ではどうしても書かなければならないことが起るのですけれども、調べたり、想像したりして書くということができません。どうしても、どういうところか、目に浮かんで来ない。揚州はまだ目に浮かびました。揚州は調べて書いたんですが、実際に行ってみて、そう違ってはいませんでしたね。

河上　あの町を見る前に、あなたあれだけ小説にお書きになったの？　驚いた人だな。

井上　西安は揚州と同じような小さい家がびっしり詰まった都市ですが、近くに巴陵《はりょう》とか、終南山《しゅうなんざん》とか、山があります。揚州の方は山も海もなくて、運河だけの町で、想像が多少容易なんですが、長安という大きな都になると、見当がつかない。行ってみたら、想像していたとはまるで違った町でした。巴陵とか、終南山とかは、ずっと遠い。ほんとうに遠くに、低い、丘のつながりとして見えています。あの、唐時代の詩などを見ると、終南山など、何となく京都の東山くらいの距離にあるかと思ってしまうのですがね。とんでもない違いです。

「洪水」をめぐって

河上 西域の方は？

井上 全然知りません。

河上 行ってみたいでしょうね。ヘディンだって歩いて来たのだから。

井上 そうですね。いちばん行きたいのはサマルカンドです。

河上 サマルカンドは今、近代的な大都市なんでしょう？

井上 昔から大都市です。焼かれて、また大都市になり、また焼かれ、そういうことをたびたび繰り返した町ですね。あれほどたびたび焼かれた町はなかったと思います。大都市ができるくらいのオアシス地帯ですけれども、非常にきれいなところだそうですよ。堀田善衛君が行ってますね。サマルカンドに行ったら、ほんとにいいだろうと思いますね。それにサマルカンドという名前もいい。書物によっていろいろな漢字が並べられていますが、どれもおもしろい。

河上 「洪水」は、ああいう史実があったり、地理的にも見当がついたりしているのですか。

井上 あれは、玉門関を出て一週間ぐらいの行程の砂漠の中に、小さいオアシスを想定して、こしらえた小説です。

河上　あれは後漢ですね。

井上　そうです。「水経注《すいけいちゅう》」という中国の古代地理書に、洪水についての説話がのっています。

河上　小説家はフィクションするから、うっかりはできない（笑）。

井上　洪水と戦った武将の話が載っているということを聞いて、東大から借り出してみたら、ほんの二、三行載っていました。古代の武将が、植民地のようなものを作るために、国境を出て行く。砂漠地帯で洪水に遭う。そこで、陣鼓を鳴らして突撃し、矢を洪水の中に射込むと、洪水がおさまってしまった、と、そんな話が出ていました。その時代も、場所も、わかっていない。もともと説話ですから、時代と場所を設定し、小説に書きかえたわけです。

河上　でも、あのあたりはどうなんですか、どんどん開けて行くのですかね。

井上　行かないから見当がつきませんけれども、非常に広いところだから、——もっとも、部分的には開けるでしょうけれども。

河上　あなたの小説からいえば、フルシチョフとは敵ですね（笑）。

井上　そう、砂漠にしておいてくれぬと困りますよ。大体砂漠というものは、砂漠でおく以外しかたがないところだということを、この夏アメリカで感じました。ロッキーを越え、シエラネヴァダを越えて、二日二晩の汽車の旅をしましたが、それが大部分砂漠です。アメリカは、どんなところでも、わけなく開発してしまいますが、その砂漠だけは、いかんともしがたいらしい。それこそ運河でもこしらえて、水を引いて、しかし、大変でしょうね。西域の方も、大部分はそのままじゃないでしょうか。中共やソ連でも、手が出ないのじゃないのかな。

河上 ヒューマニティーの最後の味方は砂漠ですね。あとはみんな人類に荒らされちゃって、ヒューマニティーは砂漠へ逃げちゃったんですね。

「補陀落《ふだらく》渡海記」

河上 坊さんといえば、「補陀落渡海記」の主人公も坊さんですが、ああいう者はいたんですか。

井上 いました。

河上 あの坊さん、六十になると死ぬのがこわくて、僕みたいなやつだと思って、おもしろくてしょうがないんだ……（笑）。

井上 補陀落渡海があったということは、いろんな本に出て来ます。たしか「平家物語」にも出て来ます。私は山岳信仰か何かの本で、那智に渡海寺があったということを読んで、紀州に行った時、一応調べてみたんです。今の那智駅のそばにお寺があります——昔の補陀落の渡海寺ですね——そこへ行きますと、渡海曼陀羅というものがある。その渡海曼陀羅に、船出をするところの絵が描かれてある。それから、補陀落渡海者に関した記述は、那智の本社に残っています。何年何月に、だれが渡海した、というような。——最近、何かの本で読んだのですけれども、ああいう死に方というのは、多少形が違うのですけれども、いろいろなものがあったようですね。

河上　山形の湯殿山のミイラのことを書かれた「考える人」という短篇がおありでしょう。あれも同じような死に方ですね。

井上　ええ、あの時代というものは、書いたらおもしろいと思います。ミイラになる人があったり、補陀落渡海する人があったり。日本の中世の暗さですね。

河上　僕の故郷は山口県の岩国ですが、変った経歴の坊さんがいたんですよ。独立《どくりゅう》という人ですがね、明末の官吏だったのです。清に攻められて、赤壁《せきへき》あたりで戦って、負けて日本へ亡命して来ているのです。その坊さんに関する中国の記録を見ますと、「独立東に海を渡り、行くえを知らず」と、それで終っているわけです。ところが、それが岩国に来ているのですね。たいへんなインテリ官吏だったらしいんですが、その一年あとに、隠元《いんげん》が亡命して来ていまして、その隠元に従って、黄檗《おうばく》で頭を剃っています。

井上　日本へ来てから坊さんになったのですか。

河上　そうです。その当時の岩国の殿様は、吉川広嘉といって、これは錦帯橋を作った人ですが、僕はこの錦帯橋も、中国の西湖にある石の橋のことを知っている独立の知恵だと思うんです。五十六歳ぐらいで、長崎で死んでいます。お書きになるとおもしろいと思いますよ。

「黯《くら》い潮」のこと

河上　話は変わりますが、下山事件の起った時には、新聞社においでになったわけですね。

井上　おりました。下山事件は、いまでも解決しませんし、新しい事実が発見されない限り、他殺か自殺かわからないわけです。あの当時、私は毎日新聞社にいましたが、社会部の取材陣は真剣に自殺説をとって、その線で報道していました。しかし、そのころの時代の空気としては、自殺だという記事を書かれることは望んでいなかったと思うのです。「黯い潮」を書いているころ、私は、割合に進歩的な陣営にいると思われる人たちから応援されましたし、新聞社にもたくさん投書が来ました。それから今日までに、一つも新しい事実は加わっていず、全くそのままなのに、いまは時代の見方が少し変わって来ました。地方で、下山事件は自殺だという、「黯い潮」に書いた話をしたことがあるんですが、そしたら、どなられました、二、三人から。

河上　それはどなられるでしょう。

井上　しかし、あのころは、あんなに応援していた同じ陣営の人たちが、今度は反対になっている。まあ、どんな事件でも、その時代の見方というものが、いつでも取り巻いている、そしてそれがまた、変わって行くのですね。

ふるさと

河上　よく伊豆へはお帰りになりますか、まだお家がおありになる？

井上　あります。

河上　それはいいですね。僕も家があるので、よく岩国へ帰りますけれども、国というのはいいな。

井上　いいですね。結局、国がいいですね。僕のところは田舎で、別に古い家じゃありませんけれども、代々医者でした。明治の中ごろ、火事にあって建て直した、明治二十年ごろに建てた家が、まだ、いまもあるわけです。

河上　狩野川台風で、大分思い出の場所がこわれたのですか。

井上　狩野川は、石がごろごろしている川です。狩野川台風でたいへんな石がころがって来ましたが、その前にも石がたくさんありました。あんな台風は何回もあったのでしょうね。

河上　沼津では泳がれたのですか。

井上　昔は泳ぎました、千本浜で、毎日のように。いまは海水浴場がたいへんな人だから、泳げないと思います。昔は、ほんの算《かぞ》えるほどの人がちらちらしている程度の、いい海水浴場でしたよ。

最近作について

河上　「玉碗記」のようなものはもう書かれませんか。

井上　横光利一さんが「日輪」に書いた時代、あるいは、それより少し下った、三世紀から五世紀のころのことを、書きたいとは思います。まだ仏教はなかったわけですが、信仰の対象はありましたし、巫女《みこ》もいました。あのころの、神や、死や、男女の愛情というものに対する考え方など、興味がありますね。あのころについて書かれたもので、すばらしいと思うのは、折口信夫さんの「死者の書」で用いられた方法です。死んだ人の魂を呼び起させて、それに語らせる、あの方法は実にいい方法ですね。

河上　あれはみごとな傑作ですね。今度「展望」にお書きになった「後白河院」は？

井上　まだ書き出したところですから、見当がつきませんけれども、後白河院という人は、前から面白いと思っていたんです、人間が。あの一生のあいだに、後白河院と関係を持った人物が、全部、義仲も、義経も、信西入道も、信頼も、みんな非業《ひごう》の死をとげているんです、病死をしたのは清盛ぐらいで。たいへんなやりてだったと思いますね。けれども、戦前は、天皇のことですから、だれもあまり、それに触れていないのです。公家《くげ》の日記類の中に、寸評は加えているのがありますが、大部分ノータッチです。あの時代のことがわかるのは、結局は日記しかありません。兵範記《へいはんき》、百錬抄《ひゃくれんしょう》、玉葉《ぎょくよう》、吉記《きっき》、台記《たいき》、明月記《めいげつき》といったようなもの。あのころの日記というものは、人に見せるための日記じゃなくて、子孫に伝えるための日記です。大体、二十二、三歳から、生きているあいだ、実に詳細な記録をつけています。何日に何が行なわれて、その儀式にどういう人が出て、その時の服装はどういうのだとか、朝儀報告の日記です。そのところどころに愚痴をこぼしたり、人の寸評を書きつけたりしている。

河上　それが、うっかり、井上さんの目に触れちゃったんだな（笑）。

井上　今度の戦争でも、完全な日記を書いている人は、たくさんいるでしょうね。

河上　いるでしょうね。永井荷風や高見順が立派な日記を書いていますけれども、現代の庶民の中に、おもしろいものがたくさんあると思いますね。

井上　それが出て来ますね、何十年かしたら。

河上　あなた生れ方が早かった。

井上　僕も書くべきでした。小説など書かないで、日記を書いた方が……（笑）。

（昭和三十九年九月十八日　虎の門　福田家にて）

*

文学的出発のころ

中村真一郎
福永武彦
遠藤周作

「四季」について

遠藤　中村さんや福永さんは、一高の時にもう文芸雑誌をやっていらしたんでしょう。

福永　校友会雑誌だけれども、あれはそんなものじゃないですよ。

中村　同人雑誌じゃないね。

遠藤　いわゆる「四季」の人たちとの間で、何かご自分たちの「方舟」みたいな雑誌をもっていたんですか。

中村　その時は同人雑誌の出ない時で、何もないです。

福永　君は「山の樹」に入ったでしょう。

中村　三田の連中の雑誌ね、あれには入った。福永は、「冬夏」というのをちょっとやってたろう。

福永　「冬夏」では僕は翻訳だけだから。

遠藤　「マチネ・ポエティク」の人たちが、一番活躍したのは戦後すぐでしたけれど、あの前にもう「四季」なんかに、福永さんも中村さんも書いていらしたでしょう。

福永　僕はマラルメの翻訳が一回載っただけだな。僕は「四季」派ではないんだよ。堀辰雄さんが編集していた時に喧嘩したんだから。

中村　僕も喧嘩したんだけれども、堀さんが編集していた時代にとにかく原稿が載ったりしたということだな。

遠藤　中村さんは詩を載せたんですか。

中村　僕は短い散文を載せました。

福永　遠藤君が書いた最初の雑誌は何なの。

遠藤　「四季」です。小さいエッセイですがね。それから「高原」に堀辰雄論を載せたんです。

福永　君が「四季」派とは驚いたね（笑）。

遠藤　いや、ぼくは「四季」派じゃないが、福永さん、中村さんは「四季」派から出発したみたいに、みんな思ってるでしょう。

福永　それだから困るんだよ。僕は「四季」という雑誌は嫌いでね。なんとも言えない雰囲気をもっててね。

中村　「四季」派の人たちは「胡桃」という雑誌を作ったんだよ、野村君とかが。

福永　「四季」派はつまり野村英夫だよ。僕は野村と絶交したんだから、ちょっと違うんだよ。

中村　僕が一番初めに喧嘩したんだよね。その時は君はまだ仲裁役を買っていたんだ。

遠藤　お二人ともそのころは「四季」の同人だったわけですか。

中村　いや、「四季」には関係ないんですよ。つまり堀さんは、同人の「四季」から違う「四季」にしたかったわけですよ。もともと堀さんがフランスの文芸季刊誌「コメルス」の真似をして作ったわけでしょう。それがいつのまにか詩人の雑誌になったんで、堀さんはもう一度変えようと思って若い連中の空気を導入しようとしたんだよ。それで僕とかにいろいろ考えを出せみたいなことを言ったわけだ。そうしたらなんかそれが変なふうになっちゃったのね。

福永　僕は堀辰雄と喧嘩したわけではなくて、野村英夫と喧嘩したわけだからな。だから戦後の「高原」に原稿が載ったのは堀さんの紹介なんだ。

中村　僕もそうだよ。君はいつごろから堀さんのところに行ってましたか。

遠藤　大学三年生ですから、戦争が終る一年前ぐらいです。

中村　僕は戦争中にどっかで君と会っているよ。

遠藤　森（達郎）君に連れて行かれたんです。森君が吉田と友達で、吉田と僕が友達だったんです。

福永　そういえばあのころ聞いたよ、堀さんのところで、遠藤さんという……。

中村　堀さんの遠藤論というのは実におもしろかったね（笑）。

遠藤　いやらしい。やめましょうよ、それは（笑）。

中村　君は野村君とは、いつどこでどうなったっけ。

遠藤　僕は堀さんのところで紹介されたんです。それから終戦後に堀さんのところに行ったら、堀さんはよくお使いを頼む人で、そこでメッセンジャーボーイのようなもので、ゲラを野村さんのところに届けたりしたんです。

中村　森達郎が病気になっちゃったから、君が代役になったわけですね。

福永　だから君は有名なんだよ。僕でも知ってるんだから。

遠藤　僕はしかし、「四季」の中のいろんなことは知らんわけですよ。僕のものを実際「四季」に発表させてくれたのは、堀さんじゃなくて神西清さんですからね。

中村　戦争直後の神西時代の「四季」だね。

遠藤　だから本当の意味でお世話になったのは神西さんなんです。

中村　遠藤さんはしかし、野村君の晩年にはずいぶん世話したでしょう。

遠藤　世話したということではないんですよ。あれは彼がお母さんと二人病気で住んでいて、あまり訪ねて行く人もなかったんですね。それで僕が行くと自分の詩を見せてくれて、喜んでくれましてね。そのうちまた行ったらお母さんが買物かなんかに行っている間に、息を引き取ったんです。僕は中村さんと一緒に野村さんの家に行ったことを憶えていますがね。

中村 そんなことあったかい。

遠藤 ええ。野村さんが死んだ時あの坂道を行ったですよ。でもずっと戦後は、福永さん、中村さんは……。

中村 僕は戦後会っているんです。つまり、野村君と仲直りしたんだ、彼が小説を書きだして、原稿を読めといって持ってくるようになったものだから。あれは不思議だな。大体僕と絶交して、そのうちに立原道造と絶交して、そして君（福永）と喧嘩したということだろう。自分の方から絶交ばかりしているね。僕は絶交されちゃった方だけれどもね（笑）。

福永 僕はその後、絶交したことに対して後悔して、仲直りしたいと思っても、戦後仲直りできるべき位置にいなかったからね。大変心には残るけれども、結局仲直りしなくて、野村は死んじゃった。

戦後の文学活動

遠藤 実際にものをお書きになって発表されるようになったのは、やっぱり戦後ですか。

福永　僕はそうですね。

中村　そうかい、翻訳かなんか出しているでしょう。

福永　僕の翻訳は本にならなかった。

遠藤　トロワイヤの「蜘蛛」が出なかったですか。

福永　いや、「蜘蛛」は最初「実業之日本」の企画でフランス文学賞叢書というのに入るはずだったのが、検閲を通らないということで出なかった。戦後もこんどはＧＨＱの検閲があって駄目で、昭和二十六年ごろ新潮文庫で出たんです。

遠藤　白井浩司さんが思索社から「嘔吐」なんか出された叢書があったでしょう。あの中には入ってませんか。

福永　あれは予定として入ったのはジュリアン・グリーンの「幻を追う人」ではないかしら。しかし、それも出なかった。

中村　バルザックは出なかったかい。

福永　あれは本屋がつぶれて、それで出なかった。

中村　僕は戦前にネルヴァルの翻訳なんかを二冊くらい出してるんだ。

福永　君はそうとう活躍してる。僕は戦後「高原」に小説を載せたのが初めてだな。

遠藤　中村さんも「高原」にお書きになっていらっしゃるんですね。あの前に復刊「四季」に時々お書きになったでしょう。

中村　戦後は「高原」が一番早いだろう。

遠藤　僕の記憶では「四季」が二号か三号出た時に「高原」の第一号が出たと思うのですがね。

福永　僕は北海道にいたんだけれども、「高原」がなかなか出なくて、もうつぶれたのかしらと思っているころやっと出たね。

遠藤　あれは何号でつぶれましたかね、二号か三号……。

福永　たしか八号ぐらいは出ているよ。

中村　僕らは「高原」から途中でおりちゃったわけですよ。おりちゃったというか、堀さんが手を引いたの。

福永　そういえばその後頼まれなくなった。そのうちにみんな「人間」に肩代りしたんじゃないか。「人間」はかなりみんなを大事にしてくれたろう。

遠藤　遠藤麟一朗さんがやっていた「世代」に、加藤周一さんと三人でお書きになったでしょう。

中村　あれは、僕は静岡で、彼は北海道で、加藤は東京で書いていたんだが、何も打合わせないでやったんだな。「世代」には吉行淳之介も詩を書いていた。

遠藤　それは知らなかったな。

福永　「世代」の原稿料が二百円ぐらいで、もうそれがくるのが楽しみでね。あの「カメラ・アイズ」でお金貰えるとは思わなかったものな。

中村　僕はしばらくあの原稿料だけで生活していたんだ。

遠藤　前からお伺いしようと思っていたんですけれども、みなさんの考え方と「近代文学」とは、ある程度の開きがあったと思うのですが、どうしてお入りになったのですか。

中村　つまり、佐々木基一と福永は日伊協会というところで同僚だったんです。僕も戦争中軽井沢の追分で佐々木君を知っていた。

遠藤　じゃあ、佐々木さんを通してですね。

福永　だけれども、僕は喜んで入ったわけじゃないですよ。入ることに決めたから承知しろと言ってくるものだからなんだ。荒正人君と加藤周一と喧嘩したわけでしょう。僕はそんなところになぜ入るんだと言ったんだ。僕は北海道にいましたから切歯扼腕したわけだ、幾分血の気があったから（笑）。あんなこと言われて、おめおめ引き退ってどうするんだと考えていたんだな。バカなことをすると思っていたが、入っちゃったというものだから、しょうがないということになったんだよ。

遠藤　あの時、「近代文学」も同人拡大を非常にしようとしてたわけでしょう。

中村　だからむちゃくちゃに入ったんですよ。

遠藤　福田恆存氏も入っていたんでしょう。

中村　いや、福田さんは入らなかった。大西巨人なんかも入っていた。

遠藤　花田清輝もそうだし、三島さんまで入っていた。

福永　「綜合文化」がああいうふうにみんな入れたんなら僕はわかるけれども、「近代文学」はやっぱり毅然としてあのサムライだけでやるべきだったんだよ。それを第二次・第三次に拡張したから、弱体になったんだ。

中村　あれは荒君が、文学共和国ということを考えたわけだ。インテリの知的協力みたいなことを考えたんだな。

福永　だから寛容ではあるね。

遠藤　あのころ僕は大学生でしたけれども、毎月、中村さん、福永さん、加藤さんは一番書いてたでしょう。

福永　僕は書いてないんだよ。二十二年ぐらいから二十七、八年ぐらいまで沈黙ですからね。「冥府」「草の花」ぐらいから書き出したので、その間はブランクですよ。だからちょっと一緒じゃないな。

遠藤　あのころ一番協力された雑誌は何ですか。「人間」「近代文学」「世代」いろいろあったけれども。

中村　僕の印象では、あっちの庇を借り、こっちの庇を借りるという感じだったですね。あのころジャーナリズムがものすごく盛んだったでしょう。一番書いたのが、一ヵ月に二十いくつの雑誌に原稿が載ったという記憶があるんです。その時中野好夫先生が「君、あんなに書いたら駄目になっちゃうよ」と言われたことがある。ところが、それはほとんど戦争中に書いていたものを出していたわけですよ。

福永　二十二年か三年ごろに、「方舟」を出したでしょう。二冊でつぶれましたが。あれはなぜ二冊でつぶれたかと言うと原稿が集まらないわけですよ。また原稿が集まっても、雑誌の出るのが遅れると、それを引っこめてほかに売っちゃう。みんな原稿が売れるから売れるほうに回すわけね。

遠藤　でも「方舟」も原稿料出したんでしょう。

福永　「方舟」の原稿料は安いんだな。したがって、原稿が編集部に止まっていない。別のを書くから、これちょっと返してくれということでみんな持っていっちゃう。僕は「風土」を書いていましたから、雑誌を早く出してもらいたいのだな。続きものだから。

遠藤　しかし、当時はちゃんとした雑誌がずいぶんあったですね。

中村　文化雑誌みたいなのが非常に多かった。「饗宴」というのがあったな、辰野隆先生なんかの。

遠藤　それから「創元」という雑誌も出たでしょう。

中村　「創元」は偉い人が書いていたんですよ。僕らは書かないんです。

福永　宇野千代の「文体」とか、「批評」もあったでしょう。とにかく雑誌は多かった。

福永　さっき神西さんの話が出たけれど、神西さんというのはどうも懐かしいね。ああいう人がいなくちゃ具合悪いんじゃないかな。

遠藤　神西さんはよかったですね。

福永　よかったね。ちょっと最後に堕落したけれどね。

中村　そうかい。癌になってからかい。

遠藤　それはどういう意味でですか。

中村　つまり、子供のことやなんかでお金を作らなければいけなかったわけだな、自分が死ぬことに決ったから。しかしそのことを堕落と言うのかな。

福永　具合が悪くなる前だけれど、神西さんに僕はちょっと悪口言ったことがあるんだよ。ツルゲネーフか何かを訳したころだ。あんまり翻訳が多いから、少し差し出がましいけれど、未完成の小説が多いのだし、そっちをやらなければいけないんじゃないでしょうかと言ったんだよ。そうしたら、君は、子孫のために美田を買うということを知ってるか、と頭ごなしに言われたんだよ。

遠藤　でも彼の真意というのは……。

福永　そう、これだけやったら、ということですね。ここをすめば自分のことをやるけれども、今は子孫のために美田を買うということね。僕もそう言われれば、そうだなと思った。それからあと、悪くなりましたからね。子孫のために美田が大事か、それとも自分の仕事が大事か。神西さんの場合には、あんなに堀さんのために損した人はいないような気がするんですけれどもね。その損な役割に回ったり、あんまりいろんな才能がありましたからね……翻訳もうまいし、短い書評もうまいし、文芸時評もうまいでしょう。そういううまいところだけを使って、美田を買ったような気がするな。

遠藤　美田というほどの美田も残らなかったでしょう。

福永　でも、美田でしょう。ちゃんと家族は暮せたもの。それはやっぱり大きいですよ。結局今お金になっているのは翻訳でしょう。神西さんの全集は大変いいんですが、あんまり売れないんですね。それで、神西さんはどんどん忘れられていくでしょう。神西さんは文壇的なつもりでいて、そして結局文壇的でなかったということだな。

遠藤　しかし、ツルゲネーフの翻訳が多すぎたというのは、少し酷じゃないかな。どうでしょうね、それを堕落と言うのは。

中村　だから、それは妻子の生活費のために、子孫のために美田を買うと彼は言ったわけだから、そういうことだよ。そういうことはあるよね。僕なんか自分のために美田をしょっちゅう買っているから（笑）。

福永　それはもう一つ言えば、神西さんの仕事というのは大変綿密でしょう。一冊の本の書評を頼まれて、それが一週間かかるわけですね。大変良心的にいい仕事のように見えるけれども、結果は神西さんの力をもってする必要がないようなものですよ。そういうことによって自分の良心を慰めながら、あとは余った時間翻訳しているわけですね。翻訳はうまいから、やればできるにきまっているけれども、しかしやっぱり僕は未完成の小説にもう少し打ち込んだ方がよかったと思う。例えば、堀さんの「恢復期」と神西さんの「恢復期」と二つあるが、神西さんの「恢復期」が落ちるとは僕は思わないんですよ。むしろ神西さんの方が僕はいいような気がするんだな。

遠藤　あれはどっちが早いんですか。

福永　もちろん神西さんの方が早いんですよ。堀さんは違う題名で出して、それをあとから直したのですね。

中村　神西さんという人は、非常に綿密なんだけれども飽きっぽいんですよ。それからもう一つは、堀さんはできることしかしないという才能をもっていた。神西さんは、いつもできないことを考えていた。つまり、大長篇を三つぐらいいっぺんに考えている。これはできないわけですよ。堀さんはその点、小長篇を一つ考える。だから堀さんは仕事をやっていくわけ。そういう点があるんですよ。だから神西清の方がずっと大作家だけれど、ただ仕上らないからね。気が変わるんだよ。

福永　そんなに根気のない人とは思わないけれどもな。

遠藤　根気はあるんだけれども、かかりきりでやらないでしょう。

福永　つまり、彼は予備的段階で楽しむんだ。

中村　万葉小説なんか、断篇が三つぐらいあって、それがものすごくいいんだね。断篇といっても百枚ぐらいのがあるんだ。

福永　万葉集に関するものは雑文でもいいしね。

中村　見識はあるしね。しかし神西さんは百五十歳ぐらいまで生きなければ、彼のやろうと思ったことは絶対できないわけだよ。

福永　僕が美田とかなんとか言ったのは、失言だったかもしれないけど、彼は文壇に毒されたと思う。それに、彼の立場からは、子供のためだということで、もっと長生きするつもりでいたにちがいないですからね。

遠藤　そうそう。それで恒産を作っておいて、それから大長篇に悠々と取り組もうということだったんでしょうね。僕は大学出た時、出版社かなんかに勤めて、そして勉強しようと思っていると言ったら、すごく叱られましたよ。銀行かなにか、文学とまったく関係ないところに勤めろということですね。

福永　それは神西さんの純粋主義なんだな。

遠藤　作家になるなら出版社に絶対勤めるな、活字に対する尊敬がなくなる、と言われたのを、僕は身にしみて憶えています。

福永　文壇から神西さんみたいな人がいなくなったということは、僕なんか自分流に考えると損したと思うね。

遠藤　ほんとうにそうだな。

中村　非常に優秀なアドバイザーだからね。

遠藤　実にマメに手紙下さる方でしたね、書いたものを読んで下さって。

中村　だからあれだってエネルギーの使い過ぎですよ。

遠藤　今のこっちが同じことなんかできやせんですよ。

中村　われわれはできないですよ。しかしあれほど精細を極めた手紙を書くということは、結局なんにもならないですよ。

福永　いや、それは何かなってるんだよ。何かになると思ったから神西さんはやったんだよ。しかし、神西清とか片山敏彦とかいうふうな不思議な人物がいたんだね。人間的に研究すれば実に興味があると思いますよ。

（昭和四十四年六月十一日　赤坂　シドにて）

戦後と「近代文学」

堀田善衛
安部公房
島尾敏雄

知り合ったころ

安部 われわれがいちばん最初に知り合ったのは、やっぱり「近代文学」だろうか。

島尾 いや、「近代文学」には入っていたけれども、「現在の会」ではないだろうか。いや、そうではない。僕がときどきお金をいただきに東京に出たとき、誰かに君のところへ連れていってもらったんだ。

安部 「近代文学」で一緒になったことはなかったかね。

島尾 僕は「近代文学」にはあまり正式に出たことはないよ。

安部 善衛さんと会ったのはたしか「近代文学」だよね。

堀田 しかし、おれは「近代文学」の同人ではないからね。

島尾 僕が善衛さんと初めて会ったのは埴谷雄高さんのところだな。

安部　ああそうか、埴谷雄高のところで会ったかな。そうかもしれないね。

島尾　安部君が、一日を二十時間に割って仕事をしていたときだ。だからいつ行っていいかわからないんだよ。

堀田　時間割があるの……。

島尾　いや、そうじゃないけれど、一日を二十時間にして朝、昼、晩と決めているからふつうの正常な人間とちがうわけなんだ。

安部　ウーン、あれは怠けものだからなんだよ。いまも同じだよ（笑）。島尾君とは、月曜書房なんかでよく会ったね。あのころは君は、どこにも勤めていなかったんだろう。

島尾　なんにもしていなかった。夜学の非常勤講師を一つ持っていたけれどもね。どうにもならない時代だよ。

安部　最初知り合ったころ、いちばん食えていたのは、堀田善衛だろう。

堀田　そうかい、そんなことはないだろう。

島尾　それはそうだよ。安部君はときどき食事を抜いていたものな。

安部　おれはときどきじゃなかったぜ（笑）。だってさ、島尾君が僕の家に来るだろう。それで「何か食うか」と聞くわけだ。そうしたら、君は胃が悪くてパンしか食えないからと、いつもパンを持って歩いていたんだ。おれはそれを聞いてホッとして、ああよかったと思ったことがあるよ（笑）。こっちは、ほんとういうと、食わせるものがないんだもの。

堀田　僕は逗子に引っ込んじゃったからね。朝鮮戦争が始まったころで、横須賀のパンパンの手紙をずいぶん書いてわりに金になったよ（笑）。

安部　東京にいるときにはいつも酔っぱらっているときしか見たことなかったな。

堀田　そうでなければいなかったりしてね（笑）。

安部　島尾君というと、胃袋のことを連想するな。

島尾　いいかげん悪かったからな。

堀田　ほとんど黄疸《おうだん》みたいだったな。

安部　惨憺たる顔つきしていたな。

島尾　よく生きてこられたものだよ。

安部　ほんとうだな。でもああいう胃袋の悪さというのは、そう本質的なものではない。あれは神経性のものなんだろう。

島尾　だからこれから先、長生きするよ。みなさんのあとをすっかり見届けてからね……。

堀田　ずいぶん昔の話だけれども、しかしそのなかで死んだのは、梅崎春生一人か……。

島尾　うん、みんななかなか死なないんだよな。

堀田　そういえばそうだね。

島尾　片づいてくれるといいんだけれどもね（笑）。そのうちこっちのほうが片づいたりして……。

安部　そう昔話ばっかりするのはよそうよ。

堀田　ほんとうだよ。言い出したのは君じゃないか（笑）。

記憶と小説

堀田　ぼくは最近、回想録みたいな、小説みたいなものを一冊書いたけれども、（「若き日の詩人たちの肖像」）、あまりああいうものは書かないほうがいいな。ああおれもこれでおしまいかという気がしないでもないな（笑）。

島尾　それは書かないほうがいいよ。どうしてもしようがないときには、十分の一ぐらい書いて未完にしておくんだよ。

堀田　だから僕も、もっともっと書くつもりだったけれども、途中の召集令状が来たところで、ぱたっとやめちゃった。

安部　そんなのおぼえているの。

堀田　ぼくは記憶はぜんぜんだめなんだけれども、なんとなくずらずらと出てくるね。

安部　島尾君は記憶がいいの、それともウソついているの。

島尾　ウソついているんだ。ほんとうのような気がして書いているんだけれども、どうも正確ではないな。

安部　ものごとの順序なんかちゃんとおぼえているの。

島尾　おぼえているような気がするだけで、だいたい怪しいね。だから正確な記録があったらいいんだけれどもね。

安部　おれは記憶はぜんぜんだめだな。

島尾　だからいい小説書けるんだよ。

安部　そういうこと言うなよ。君、順序を狂わせるなよ（笑）。おれはデテールだけおぼえているんだよ。たとえば、あのときあいつは向こうをむいてニヤッと笑っていたとか、そんなことばかりだ。

堀田　やっぱりそれだけ戯曲に近いのだな。

島尾　だから組み立てやすくていいわけだ。

安部　ところが、女の人に会ったりしてどんな髪をしていたとか、どんな服を着ていたとかいうことは、一切忘れる。

島尾　それは僕もあるな。

安部　君もそうか。わりにこまかく書いているけれども、やっぱりウソを書いているんだな（笑）。

島尾　そう、こまかくウソついているわけだ。ほんとうはわからないのだよ（笑）。

安部　しかし善衛さんはわりに年月をこまかくおぼえているようだね。

堀田　いや、おぼえていないよ。

島尾　それでは、こんどの小説もウソなの……。

堀田　どんなものでしょうね（笑）。半分方……まあそういうこともわからないな。

安部　でもウソでも、自分ではほんとうだと思って出てくるわけだからいいけれども、おれはそれが全然出てこない。だからすごく困っちゃうのだ。

堀田　しかしそれはへんだな。僕はあなたのものを読んでいると、組立ての順序をうまくやるなといつも思うんだよ。

安部　それは勝手に作るから組み立てられるんでね、すべて事実無根なんだよ。このごろそれが少しひどくなってきてね。

島尾　ますますいい傾向だな（笑）。

堀田　そうだ。しかし記憶力という点では、大正時代の文学者、宇野浩二とか広津和郎、あのへんはすごいな。

安部　つまり、ほんとうかどうかは知らないけれども、形式としてはおぼえた形になっているね。

島尾　宇野浩二さんなんかほんとうかな。

安部　僕はあまり信じないな。しかしウソでも、あるつながりをもって思い出した形になるんだな。

島尾　思い込んじゃってるわけだな。

安部　記憶が逆行するんだな。

堀田　戦時中に、宇野浩二に会いに行ったことがある。広津和郎さんもいたんだけれど、宇野浩二が「堀田さん、あなたは何年何月生れですか」と聞くんだ。それでこれこれしかじかと言ったら、その年のその月は本所深川でおかみ殺しがあって、そのおかみは芥川龍之介と知り合いだった、などと、広津、宇野両人が言い始めるのだ。二人ともわーっと記憶がかえってくるんだな。僕はあきれちゃってね。こんなことまでおぼえていないと小説家になれないんだったら、これはたいへんだな、と思ったおぼえがあるよ。

島尾　僕も永井荷風が着物の柄について書いているのを読んでね、とても小説など書けないと思ったな（笑）。泉鏡花などもすごいね。僕は起ち上がりでガクンとやられているからね（笑）。

堀田　徳田秋声だって詳しいでしょう。そういえば島尾君はいくらか秋声に似ているんじゃないかな（笑）。

島尾　僕が……まあ、いいですよ、どうぞ言って下さい（笑）。フフフ……なんだか煮えきらないような……。

共産党・「新日本文学」をめぐって

堀田　安部君、あなた共産党員だったことあるの。

安部　あるよ。

堀田　それはいつごろ……。

安部　考えてみるとそれが非常に変なんだよ。僕が共産主義でなくてはいけないと決心したのは、分裂後なんだよ。

堀田　五〇年問題（昭和二十五年、コミンフォルムの日本共産党批判をめぐる共産党内部の混乱と分裂をいう）のころか……。

安部　おれが、共産党に接近したときは、もう分裂したあとだったんだな、その前から「新日本文学」に入っていないから、ちょっと経歴がちがうんだ。おれは長い間「新日文」に入れてもらえなかったんだよ。それで花田清輝なんかが、そろそろあいつも入れていいんじゃないかと言ったら、あんな反動的近代主義者を入れられるものか、と断わられたんだ。だから「新日文」に入ったのはずーっとあとになってからだな。

島尾　僕も「新日文」に入ってなかったんだ。ところが二十七年に上京したら、あなたは東京支部員になりましたからお引き受け下さいと言ってきたんだ。僕は会員でもないのにおかしいと思って断わりに行ったんだけれど、それからなんだかずるずるとしちゃってね。いつ入ったともわからないで入っちゃったわけだ。

堀田　しかし、いま、安部君が共産党員だったことがあるというようなことを考える若い読者は、おそらくいないと思うんだけれどもね。

安部　そんなことはないよ。

堀田　そうかね。しかし読者のなかには、僕が「近代文学」の同人であり、「新日本文学会」の会員であり、日本共産党の党員であると思っている人もずいぶんいるらしいよ。それで、君は共産党を自分でやめたの。

安部　それがね、おれも怠け者だから公表しないのが悪いんだけれども、実はチェコに行って「東欧紀行」というのを書いたんだ。ちょうどポーランドのポズナンの暴動（昭和31年6月）の前後だから、かなり昔だよ。

島尾　十何年前になるわけだろう。

堀田　ポズナンというのはハンガリー事件（昭和31年10月）の前だからね。日本で言えば砂川騒動のころだ。それでどういうことを書いたんだ。

安部　つまりおれは、暴動が起るにちがいない、と書いたんだよ（笑）。そうしたらほんとうに起きちゃったんだ。書いたころは、まだ半分しか起きてなかったんだけど、これは起る、起るのが当然だ、ほかでも起るにちがいないということを書いたわけだ。そうしたら共産党が怒っちゃってね。実は、おれはとても好意的なつもりで書いたんだよ（笑）。そうしたらその好意を信じてもらえなかったんだよ。いろいろあるんだけれど、まあそのうちに、もっと何人かが死んだら書くよ。生きている人をキズつけるのは悪いからな。自分はキズつけられているけれどもね、おれは少し親切なんだね。悪い性格だ（笑）。

福田　そうすると、結局自分でやめちゃったの。

安部　いや、自動的にずっとやめていたんだけれども、あらためてあとで除名になったわけだよ。

堀田　なるほど。島尾さんのあの事件はなんだったっけ。

島尾　僕はそのころ「新日文」の会員ではなかったんだけれど、編集部から何か小説を書かないかと言ってきたから一つ書いて出したんだ。そうしたらそれが載ったわけだけれども、僕の小説（「ちっぽけなアヴァンチュール」）が、プチブルのどうしようもないぐずぐずした生活を書いているので、それを載せる編集部が見識がないということで騒いだんじゃないの。

安部　あれは共産党の分裂以前かな。

島尾　そう、分裂以前だ。そのごたごたのあとで井上光晴が「書かれざる一章」を書いたのでよけい火がついたんだな。

安部　ああそうか、どうしておれはあのころのことをおぼえていないんだろう。そう言われてみると、なにかあった感じがするけれども、どうもはっきりしないのだな。

島尾　ある日突然、いろんなことがはっきりしてきたりして……。

安部　困るな。それで前のは全部ウソだったりして……（笑）。

戦後文学と「近代文学」

島尾　終戦記念日にテレビで今日は何の日ですかというインタビューに答えて、若者が花火大会の日ですか、なんていっていた。うちの息子は、あれはからかっているんだよと言っていたけれどもね。

安部　そうなんだろうな。試験に出るから知っているのだろう。ただ問題は、試験に出るからおぼえるという段階と切実に知っている段階とでは違うな。

島尾　違うだろうな。

安部　いまや、切実に知っているということは意味ないな。戦争はやっぱり試験に出る問題なんだ。そう思わなければだめだね。

島尾　文学の問題についていえば、結局、切実に戦争のことを知っているのはもうだめなんだな。

安部　そういうことになるな。

島尾　知らない世代でないと、いい戦争文学というものは書けない、出てこないのだよ。

安部　忘れよう、もう（笑）。たしかにあいまいに戦争のことをおぼえていて、あいまいに、戦争体験を発言するということは危険だね。

堀田　それはよくないな。

島尾　そのときいちばん先端のところ、たとえば戦線などを体験したというようなことに密着してしがみついたりして……。

安部　それは事実ならかまわないのだよ。たとえば南極探検に行くだろう。それはだれもが体験するわけではないよ。しかし南極探検に行った人が、体験として書く分にはいいけれど、南極探検論というものを書くときには危険なんだよ。

島尾　そうだろうと思うな。

安部　だから戦争のこともそうだ。戦争体験論は危険なんだよ。いまのやつは、戦争体験なんていずれ南極体験と同じように読むよ。

堀田　うん、それはそうだ。僕らは自分自身を客観化することはほとんど不可能だし、できないことだけれどもできないことをできたようなふりして書いているようなところもないではないが……（笑）。

安部　いや、それはだれだってそうだけれどもさ。どうも昔から知っているとついつい昔話になるな。やっぱり、同時代というのは語りにくいもんだね。

堀田　みんなコンデンスドされているからなかなか溶けないのだよ。もみほぐして溶け合うためには、これはたいへんだ。五年ぐらいかかるのだな。

安部　いろんなことがあり過ぎるからね。ほんとうにいろんなことがあったな。

堀田　ほんとうだな。僕が安部君に共産党体験の話を聞いたって、なかなか出てこないのと同じだよ。

安部　お互いにもうこれで書くのをやめたというのだったら、昔話に花も咲くだろうけれども、そうもいかないしね。しかしあの当時に、今みたいな時代を予想はしていなかったね。

堀田　そうそう。予想なんていうのはなにもなかったな。

安部　考えてみれば、ずいぶん驚くべきいろいろな変化だな。

堀田　けっきょく、変化があるから退屈しないでいるんだろうな。つまり、退屈という美徳ができなかったわけだ。

安部　貧しかったんだよ。

堀田　そう、それは実際そうだ。

安部　ただ、僕はここで一つだけ言っておきたいのは、意見は一致するだろうと思うけれども、戦後文学を言うときに、「近代文学」が主流になるだろう。あれは間違いだな。

島尾　ウーン、僕は「近代文学」というのはよくわからないな。

安部　おれもよくわからないよ。けれどもいわゆる戦後文学論を語るときに「近代文学」が軸になるのは、わからないというより、もっと非常に不愉快だよ。

島尾　やっぱり、ああいう呪縛みたいなものはなくなってもいいやな。

安部　おれは、あの手でやられるのは困るし迷惑なんだよ。つまり島尾君だって、おれだって、善衛さんでもこみになるだろう。

島尾　おれはいつでも鎧袖《がいしゅう》一触だから……（笑）。

安部　そうじゃないよ。いかにしてもち上げるか、もち下げるか知らないけれども「近代文学」の周辺のどこに位置するかみたいなこと言われるだろう。とんでもない話だと思うんだよ。

堀田　近代文学は「近代文学」であってということにしてしまって……。

安部　あたかも戦後文学の一つのいちばん大きな主流であったような解釈が強いだろう。

島尾　いままではそういう解釈が強かったわけだな。やっぱり、もっと自由に発言してもいいわけだよな。

安部　もちろんそれはいいけどさ、いくら自由に発言しても、固定観念があるじゃないか。

島尾　そうかな……。

堀田　「近代文学」は批評作品があっただけで別に小説作品はないからな。

安部　それがあればいいんだけれどもね。批評にもあまりないということを言いたかったわけよ。これがいちばん重要なことだ。ほかは言うことないから、これでやめておこう（笑）。

島尾　最後になんだかこわいことを言ったな。しらないよ（笑）。

堀田　弱ったなこれは。まあおれはどうでもいいや（笑）。

安部　ズルイねえ……。

島尾　逃げたな。

堀田　別に逃げもせんけれど、どうでもいいや。

島尾　うん、そうだ。どうでもいいわけだろうけれども……。やっぱり、安部の言うとおりだよな（笑）。

安部　なあ、そうだよな。

堀田　おれも同感だよ。同感でないはずがないじゃないか（笑）。

（昭和四十三年九月三日　紀尾井町　福田家にて）

青春と文学を語る

安岡章太郎
吉行淳之介
曽野綾子

作家的青春のころ

吉行　今日は固くるしくない話をということなので、作家的青春の話でもしたらどうか、と言ったんだけれどもね。

安岡　僕らの時は、多少ともそういう傾向はあるけれども、吉行は僕らより若いからね。吉行は最初に会った時、一種のダンディズムを用いまして慶應の経済を出たというようなことを言ったり……。

吉行　そんなことはないよ（笑）。

安岡　いや慶應ではないんだな、東大の経済中退だとか。

吉行　それは三浦朱門と混乱しているんじゃないか。ぼくはそういう虚言癖はもってないから。

安岡　いや、虚言癖というもんじゃない。文学青年ぶりたくないという文学青年気質から、そういうことを言ったわけさ。そこから先は、僕の単なる印象なんだけれども、今日は女房がいないなどと喜んでいるわけだ。女房と聞いただけで、吉行の顔は子どもっぽく見えたから、女房がいると本当は嬉しいのだなと思った。東大の経済ということは、嘘だとすぐわかったわけだ。それで女房のことも嘘だと思ったね。それから話を聞いていると、なんかギャマン・ド・パリという感じなんだな。

吉行　それはいったいなんだい。

安岡　でっかいビルがあって、おかあさんはいろいろと飾りたてた部屋に住んでいて、その上の屋根裏部屋に一人の青白き少年もしくは青年が住んでいるというような感じだよ、その時の話の感じなんだ。

吉行　三浦朱門は曽野綾子を隠して、見せようとしなかったね。

安岡　そのくせ、こちらが興味もないのに、こういう人がいます、いますと盛んに叫んでたな。

曽野　吉行は悪いヤツだと言ってましたよ。

吉行　それは、僕を恐れることはなはだしかったんだよ。冗談に「新思潮」の同人になろうかと言ったことがあったんだ。そうしたら、まじめな顔をして三浦がやって来て、君が「新思潮」に入る件については拒否されました（笑）、「新思潮」は紳士ばかりであるからとかなんとか言われちゃってね。

曽野　そうよ、あのころは女でなかったら入れなかったのだから（笑）。

安岡　拒否されましたと、三浦一人できめちゃったのではないか。

吉行　もちろん、そうに違いない（笑）。

曽野　私は吉行さんのお弟子になる可能性があったの。お友だちの人に、小説を書きたいなら、吉行というのがいるから連れていって弟子入りさせてやろうと言われて……女弟子になるところだった。

安岡　よかったなあ。いや、そうなっていればだよ（笑）。当時、梶山季之とか野島良治とかいっぱいいたじゃないか。拒否するはずがないね。

曽野　野島さんは先よ。私の先輩。梶山さんはね、あれでも後輩。

吉行　そうか、梶山は入れてもらえたわけだね。

曽野　梶山さんが入ってから、わが「新思潮」はぐっと金まわりがよくなって、最後には新橋で芸者をあげようというほどお金ができたの。それまでは広告をとることも、売ることも考えなかった。けっきょくは両国のちゃんこ鍋でしたけれどもね（笑）。

安岡　新橋っていうと、三浦の親戚が駅から入ったところで料亭をやっていたじゃないか。

吉行　あそこでラーメンかなんか食ったことあったな。

安岡　いや、日本のそばだよ。

曽野　いつもナサケない話になりますね（笑）。

安岡　痩せた、背の高い女中さんなんかいましたよ。で、島尾敏雄がシャツを広げて、ここに俺は自転車のチューブを巻いているんや、なんて……。

吉行　そうそう、島尾は胃下垂だったからね。あのころが第二の青春だね。商業雑誌に作品が載るか載らないかという時期には、そういう気分になるんじゃないか。

安岡　君にとってもそうかね。俺は、もう完全に第二の青春だな。

吉行　だから、小島信夫などは、実は俺よりも十も上なのに、少し歳をサバ読んでさ、やはり同級生みたいな感じだったね。

安岡　あの時はもう三十になって、一、二年くらいたった時だな。二十九から三十になる時が一番嫌だった。それを越したら、突如としてバラ色の人生が開けた感じだったよ。ラビアン・ローズというわけだ。

曽野　今もそうだけれども、あのころは小説というものが見えないわけですよ。だから、吉行さんと一緒に芥川賞の候補になって、吉行さんと並べられるということの恐ろしさなどというものは全然感じないですむわけですよ。「驟雨」を読んだってコワさがわからないから。だからとても幸せだった。

吉行　それはご謙遜ですね。とにかく曽野綾子がよくて、俺はだめと盛んに批評で言われて、大変でしたな。

安岡　あのころは、今と違って、新人が文壇に出るのは難かしかったようだな。しかも、俺も吉行も出来そこないのグレン隊上りみたいなものだから、そういう野郎が文壇に入るなんていうのはけしからんという……。

吉行　ただあの時は、そこまでじゃなくて、曽野さんの作品が非常にフレッシュな感じがしたのだと思うんだよ。丹羽文雄さんなんか、あのころはいくつぐらいだったのかな。今のわれわれくらいなのかしら。

安岡　そうでもないだろう。

吉行　いくらか上かな。昭和二十九年だから、五十くらいか……まあ安岡くらいかな（笑）。

安岡　それを言いたいばっかりに、しばらく思い入れをやったりしてね（笑）。しかし、吉行にしたって俺にしたって、小説にいつごろ取りつかれたか知らないけれども、こんなもんで飯が食えるようになるとは思ってもいなかったな。

吉行　それは実にもう奇々怪々。戦争中だったから、金になるどころか、活字になることさえ考えられなかった。

曽野　吉行さんが最初の創作集のなかで、小説を業としたくないみたいなところがある、と言っていらっしゃるでしょう。あれは、私は今でもそうなの。つまり、映画が好きだったら、映画評論家になったら終りだという気がするでしょう。だから、小説が好きだからこっそり小説を書くのはいいけれども……これはずるいのだけれども。

安岡　それは、やはり健全ですよ。小説に限らず、何か書いたものが金になって、それで暮らすというのは、どこがどうしたっておかしなところがあるよ。ただ、曽野さんの場合は女でしょう。だから無用の閑文字を弄することは、ある程度許されているのだ。俺たちは男だろう、だから、これは許されないんだよ。商売にならない限りね。そういうところはあった。

文学と身体

曽野　私、芥川賞に落ちた時は、ひどいつわりで正直言って、一貫目やせちゃったの。だから、子供の方も生きるか死ぬか、こっちも感覚的に生きるか死ぬかだったのですよ。だからどうでもいいようなわけね。そうして芥川賞候補作として出していただいたら、二つの雑誌から注文がきたの。私は身体の具合が悪くて書けないしするから、気を変えることに一生懸命で、映画を見ようとして、出がけに門のポストを見たらその注文の手紙なんですね。その瞬間から毒がカーッと身体のなかに回り出したような、何かほんとうに計画的に詐欺を始めたような気がして……。自由ヶ丘劇場というところで、ドンドンパチパチやっている映画を見ていたら、もう涙が出て涙が出てとまらないの。それを言うと、小説家になりたかったのだし、望みをとげられたみたいな状態だから、栄耀《えよう》の餅の皮みたいですけれど、本当は、何か詐欺をしたような感じだったんです。

吉行　涙が出たというのは、なさけなくて？

曽野　こわくてなさけなくて。

安岡　あるショックは受けるね。

曽野　約束して、小説が書けるなんてことは信じられないから。

吉行　二人同時に受賞でもよかったよね。しかし、もしあの時芥川賞になっていたら、つわりなんてのはどうなっていただろうな。

曽野　同じよ。つわりの方が強いと思うわ（笑）。

吉行　僕はちょうどあの時ひどい喘息で、それこそ大変だったが、いくらかよくなったよ。喘息というのは神経の影響があるから。

安岡　やっぱり身体というのはな。俺のは、それこそ華々しい話ではないけれども、カリエスになってずっと寝てたわけだよ。本当に文学青年であったのは、戦争中の話でね。太平洋戦争に入ってから、小説など書くことはやめていた。戦争が終ってから、一回だけ「三田文学」に二百枚くらいの「意匠と冒険」というのを持っていったことがありますけれども、それを原民喜さんに断られて、悲憤慷慨して帰ってきて、またドッと寝ついてね。カリエスは前からだったけれども、一年くらい寝ていたら、なんとなくまたムズムズしてきて、それで今度は趣きの変わった短篇を書き出した。もちろん、それを発表する気などは全然ないし、あてもなかった。それから「三田文学」しか出すところがないから持っていったんだが、「三田文学」に出しても別に文壇との結びつきのない雑誌だったから、それで世間に認められるという可能性は、まずない。ただ、書いているうちに原稿用紙が枕元に溜ってくるでしょう。そうすると身体の調子が確かによくなったな。ものを書くということと、身体の状況とは関係あるな。僕はカリエスがひとりでになおっちゃったよ。

吉行　僕が結核になった時に、君から仕事をしながらなおすのがいいということを聞かされて、僕もそう思ったよ。たしかにそういうところがあるね。

原稿について

吉行　原稿を返してこられるのはとても嫌だね。自分の原稿をすぐ焼いちゃう。

曽野　数年前までは、うちのお風呂はゴミが燃せたからよかったけれど。原稿風呂ね……やはり中毒になるわよ。

安岡　飯ぐらいならいいじゃないか。

曽野　飯もまずい（笑）。

吉行　原稿で燃した風呂じゃ、ちょっと毒が回るね。

安岡　俺はそんなことあまり考えないな。僕は原稿も嫌だけど、大部分のものは、心ならずも書いている場合が多いから、雑誌がきた時の方が本当は嫌だね。

吉行　しかし、できがいい場合もあるだろう。できがいい悪いにかかわらず、嫌か。
安岡　嫌だな、俺は。
吉行　それは個人の趣味だね。僕はわりに好きだよ。だから原稿が逆に嫌なんだな。
安岡　活字になっちゃうと、一応自分のものだと思わないわけだろう。
吉行　自分の書いた時の、文字にくっついている個性みたいなものが取り払われて活字で定着されているのは、気分がいい感じでね。
曽野　私も、書いたものはある意味でできがよくなかったなあと思うことはあるけれど、取り消さなければいけないと思うものはそんなにないのです。嫌なのは声ね、吹き込まれた自分の声よ。
吉行　曽野さんはテレビなんかに出るでしょう。
曽野　テレビは消えるから出るわけです。
安岡　ビデオテープというのがあるよ。
曽野　でも、私は見たことがないの。自分が出る時は、うちじゅうつけさせない。書いたものは、わりともうあきらめてます。
安岡　声も嫌だが、俺は書いたものも嫌だね。生原稿だと直せるという気持は、多少あるでしょう。それから僕は、非常に変な自尊心があるから、人にさわられるのは何だって嫌なんだよ。だから、僕はこう書いたつもりはない、なんて必ず思っちゃうんだ。

吉行　それはおもしろいね。ちょっと特徴的だな。

安岡　それから、人に読まれるというのは恥ずかしいよ。

吉行　ことに目の前で読まれたりするのは嫌だね。

安岡　このごろは、子供も読むようになったからね。あれは読むなというと、どこかでこっそり読んでいたりするからね。漫画の本なんか読んでる時に顔を合わせるのはかまわない、エロ本だってかまわないよ。だけども自分のものを子供に読まれるのは、何となく猥褻な感じがして嫌だね。

曽野　子供が私の書いた少女小説を繰り返し繰り返し読んだ時期があるんです。そのたびに、どうだ、うまいだろうって宣伝してるんですけど、向うは愛想をつかしてる（笑）。

吉行　僕は原稿にさわることを職業にしていたことがあって、さわりすぎて怒られたことがあるけれども、自分の筆でさわったことによって、サマにしてやったと思ったりしてね。若気のいたりといったところもあったな。

安岡　編集者と批評を加えたりして話し合うという意味では、さわられるのは好きなんだ。何も言われないのは一番嫌いでね。だけど活字になって出たものは嫌なんだ。生原稿というのは、どういう点で嫌なのかな。赤字をつけてあるから嫌なの。自分で書いたという記憶が……。

吉行　そう、ドロドロした固まりを……。

曽野　酔っぱらったものを吐いたような。

吉行　うん、それを見ている感じが嫌なんだな。

曽野　私もそれはあるわ。

安岡　オクラになったら嫌な感じだろうと思うけれども。

吉行　オクラは、これは別の意味だよ。

安岡　活字になって出るということが前提で、出たらもうゲロはそっちへ行っちゃっているからな、俺は。

吉行　君はそうらしいね。そういえば君はあまりオクラにならなかったけれども、僕はよくなったね。食い物に、オクラというつき出しがあるんだよ。飲み屋に行くと書いてあるわけだ、不愉快でさ（笑）。小島信夫もずいぶんやられたね。

安岡　昔は立派なものが、みんなオクラになっていたようですよ。僕の最大のオクラは「意匠と冒険」だ。あの時はショックだったな。

吉行　話に聞くとそんなに悪いとは思えないが……読みたいな。初期作品集のようなもので出してみたら。

安岡　いやいや、やっぱりあれは失敗作だから載せませんよ。しかしその時は張り切って書いたものだよ。俺は学校を卒業するのが遅れたけれど、もうこれを書いて卒論の代わりだと思って、卒業式の日にも行かないでせっせと書いたんだよ。それで卒論の方は、本当にいい加減なものを書いてね。

吉行　シンクレア・ルイスかアプトン・シンクレアか本人が覚えていないのだから（笑）。

曽野　それはきわめてナチュラルなことですよね。

吉行　曽野さんはオクラの経験はないでしょう。

曽野　ありますよ。オクラというか、半オクラというのもあるでしょう。直してくださいと言われても、私は不器用でその時には直せないの。半年くらいたてば、直るかなと思いますけれども。だから、それはやめということになる。

ジャーナリズムと文学

吉行　今はジャーナリズムが早くなってきて、忙しくなっているから、室生犀星さんが晩年に、今までを振り返ってみて、こうやって地面を透かしてみると、ところどころ刈り残した草が見える、そこをまた刈るということを言っていたけど、俺なんかは今そうだね。

安岡　また、六十を越したところに、アスパラガスのように太い草がいっぱいあちこちに生えているよ。角度が変わればいいんだろうから。円地文子さんなどは、草が突如として大きくなった例だね。

吉行　女の人は本質的にものを書くという作業が好きな人が多いな。曽野さんも書くこと自体は嫌いじゃないでしょう。

曽野　これは難かしいけれども、日と部分によるわ。アマチュアで書くのは楽しいと思いますね。

安岡　自分が書くものが売れるということでショックを受けたという話なんだが、「風と共に去りぬ」を書いたマーガレット・ミッチェルという人は、つまりジャーナリズムというもので死んだらしいね。

吉行　林芙美子か。

安岡　林芙美子は書いて書いて、書きまくっただろう。マーガレット・ミッチェルは一本しか書かなかった。一本しか書かなかったということは、一つの美徳というか、きれいな感じが出てるよね。だけど、僕がナッシュビルで聞いた話だと、あれだけ当ると当ったあとの圧迫感が猛烈らしいよ。

吉行　圧迫感というのは、外部からの書け書けということかい。

安岡　書け書けもあるが、成功の恐ろしさだよ。曽野さんの場合は、あの程度で済んだけれども、それを顕微鏡で伸ばしたような猛烈なものだからね。

曽野　あれ以上のものを、もし書かなければならないとなったら、それは大変でしょう。

安岡　だから何度も書いてもって行って、もって行くたびにオクラ（？）を重ねてついに死んだわけです。向うはきついからね。キャサリン・アン・ポーターは「愚者の船」を十何年かかって書いたけれども、たぶん、もう何も書けないだろうと女史の古い友達が言ってたよ。つまり、当れば大きいけれども、当らなかったらどうしようもないからね。だから曽野さんの泣いたというのは感激もあるよね、だけども……。

曽野　やはりそれは、感激のあとですよ。「遠来の客たち」を載せてくださった時の方が嬉しかった。それは本当に感激したわ。だけど、載せてもらったあとにお金がきた時は、二度目の驚きでした。吉行さんは賞をもらったから、これはお金が入るとお思いになったでしょうが、載っただけで原稿料がくるというのはどうもピンとこないのね。やはり、これから詐欺を始めようとしている感じが一番強かった。

安岡　自分自身の内にないものが、突然出てきたというような感じはするだろうな。しかし、俺たちは文士としては、大変乱作だよね。流行作家が乱作を強いられる苦しさは、僕らのあずかり知らないところだけれど、僕らは僕らで、なかなか大乱作を強いられている。

曽野　私は乱作で苦しんでないから……。

安岡　いやいや、曽野さんなども大乱作だよ。

吉行　それは基準の問題だな。

安岡　日本が文化国家なのか、非文化国家なのか知らないけれども、商業ジャーナリズムと純文学との区別がここのところ、ますますハッキリしなくなったね。

（昭和四十三年五月十三日　紀尾井町　福田家にて）

われらの時代と文学

阿川弘之
庄野潤三
有吉佐和子
奥野健男

文学的生い立ち

奥野 きょうは僕が話の引き出し役ですが、阿川さんと庄野さんとはだいたい同じ世代ですね。阿川さんの高等学校時代はマルキシズムは、もう退潮していた時代ですか。

阿川 僕が旧制の広島高等学校に入学したのは昭和十二年で、そのころはまだいわゆるマルクス・ボーイがチラホラ残っていた時代でした。本屋に行くと岩波文庫の白帯がまだあったころで、倉田百三とか西田幾多郎とかを読むのと同じで、わかりもしないのに「空想より科学へ」など買ってきて読んだりしたことはあります。そのうちに本屋の店頭から、白帯の本が消えた。そういう時代ですね。

奥野 武田泰淳とか野間宏とは、ちょっと世代がちがうわけね。富士正晴は、もう少し上だな。織田作之助も野間宏と一緒のころだけれど、織田作はもう思想への不信みたいなことを言っていたし、野間宏は「暗い絵」の題材となったような状況を知っているわけですね。阿川さんは人民戦線などがあったということは知っていましたか。

阿川　多少はね。それは僕たちの一、二年上のクラスのもので東大に入ってから運動をやって留置場に入れられたりしたのがいたからね。僕たち自身の中では、もう留置場へ放り込まれるほど、深入りもしなかったし、できもしないようになっていた時代ですね。あのへんは二、三年間の違いで、ずいぶん感覚が違うからな。しかし、高等学校に入った年に支那事変が始まって軍事教練など強化されてきたけれども、まだ旧制高校のリベラルな空気があったことはありました。

奥野　志賀直哉さんが好きになったのは、いつごろですか。

阿川　高等学校に入った年に、岩波から「二葉亭四迷全集」が、改造社から「志賀直哉全集」が出ましてね、どちらかを読もうという気になったのです。両方買いたいんだけれども、おやじがどちらか一方にせいというんだな（笑）。友だちの文学青年にすすめられて「志賀直哉全集」をとることにしたわけですが、それから僕はやっぱり、志賀さんの文章と風景描写にひきつけられて繰り返し繰り返し読んだのです。

奥野　庄野さんはいつごろから文学をやるという気になったのですか。

庄野　僕は中学から大阪外語に入ったのですが、外語にいるあいだにイギリスのエッセイを読んで、それが非常に自分の膚に合っているように感じて、はじめて文学に対する興味が起ってきたような気がする。それまで小説を読んでいなかったから、岩波文庫なんか読んでいるのが同じクラスにいると、ああ偉いんだなと思うぐらいでした。

奥野　少年講談などは……。

庄野　こどものときには「少年倶楽部」や佐藤紅緑の「一直線」なんか愛読した。佐々木邦なども好きだったしね。

奥野　そういう本は有吉さんもバタビアで読んだでしょう。

有吉　私は外国でしたからこどもの本は読まずに育っちゃったのです。父が持っていた本と母が読む本と、それから、ルビがあったから「真珠夫人」とか「鳴門秘帖」などは小学校一年生のころに全部読んだわ（笑）。あのころ読んだものはよくおぼえていますね。それと同時に父の「有島武郎全集」とか夏目漱石を読んだの。

奥野　小学校のころそういうものを読んでいるのを見ると気持が悪いね（笑）。

有吉　いま言ってもだれも信用してくれないけれども、私は体が弱くて、特殊な環境のなかで、子供っぽい本を読まずにずっときたのです。

奥野　庄野さんは英国のエッセイから、文学が好きになったわけですか。

庄野　そうですね。それから僕は、内田百閒の「百鬼園随筆」を外語の二年のときに読んで非常に面白くて、百閒の本を見つけるたびに買ってきて読んでいたのです。すると百閒は俳句が非常にうまいわけで、僕も俳句が好きになったな。

阿川　百閒先生の文章は実に立派なものですね。

有吉　私も父が内田百閒先生のものを好きで読んでいましたから、やっぱり早くから読んでおりますよ。

庄野　それから外語の三年の春休みに、高校の先生の伊東静雄のところへ遊びに行くようになったのです。伊東静雄が佐藤春夫を尊敬していて、森鷗外、佐藤春夫というような系譜はすぐれたものだから読みなさいというので、はじめて「田園の憂鬱」などを読んだわけです。

奥野　日本浪曼《ろうまん》派には、そのころあまり接近しなかったの。

庄野　伊東静雄は日本浪曼派の同人になっていたわけですが、僕はあまり考えたことはなかったな。

「こをろ」のころ

奥野　阿川さんや、真鍋呉夫、矢山哲治などが入っていた「こをろ」という雑誌ね、あれは福岡あたりが中心になっていたわけですが、昭和何年ごろでしたか。

阿川　昭和十三年か四年ぐらいの創刊だったな。

奥野　それから少しあとになって、庄野さんが九大の東洋史で島尾敏雄の一年下にいるわけですね。それで戦後「光耀」という同人誌に島尾や三島由紀夫や庄野さんが入ったりするわけでしょう。そうすると、その辺にいわゆる文学史にない戦後みな活躍する人たちの一つのグループがあるような気がします。そのあたりのことをお伺いしたいと思いますが……。

庄野　阿川が「こをろ」に入ったのは、広島の高等学校のときなの……。

阿川　そうそう。僕の友人の文学青年が福岡で高等学校に入り、そこで真鍋呉夫などと知り合って、いわば「九州文学」系統の若い連中が別の同人雑誌を出すというので誘いにきたんだよ、こっちも仲間がないでしょう、それで入れてもらえばいいということと、女の子の取りまきがたくさんいて、行って遊ぶとおもしろいという話を聞きましてね（笑）。それで入って、始終おやじに汽車賃をせびって福岡に行って遊んでいたわけよ。

奥野　「こをろ」というのは仮名で書くんだね。

阿川　「こをろ」は「古事記」の「塩こをろこをろにかきなして……」からとったものだけれど、僕はそのころから旧仮名づかいに少々うるさくて、「こおろ」では絶対にいけない、なぜいけないのかという理由を「こをろ」に論文（?）にして出したことがある（笑）。

庄野　それはそうでないといかんな。

奥野　でもあのころ「古事記」からとったというのはちょっとおもしろいな。

阿川　やはり矢山哲治などは日本浪曼派に近いというか、「古事記」あたりから取るのが、非常にしゃれたような感じがあったと思うな。

庄野　しかし題としてはいい題だと思うな。

阿川　悪くないと思うよ。いま僕の家にも残っているけれども、恥ずかしくて自分の書いたのは読み返してみる気がしないけれどもね。

奥野　そのころから阿川さんは、島尾を知っていたわけね。

阿川　ええ、むろん知っていました。創刊号に、僕はちゃちな小説を書き、島尾は「ルソン紀行」というのを書いた。そのころから島尾はいまの面影があったように思うな。

奥野　庄野さんは島尾敏雄とは知っていたわけだけれども、「こをろ」には入らなかったわけね。

庄野　僕は島尾からも見せてもらっていたけれども、僕は少しちがうような気がして結局入らずに、「こをろ」には関係しなかったんだ。

阿川　僕もだんだん反撥するところがあって、はなれていくような趣きがあったよ。

奥野　それで、みんながどんどん兵隊に行くので自然消滅ですか。

阿川　残った連中でやっていたけれども、だんだんむずかしくなってきたわけです。

外国育ちと有吉文学

奥野　有吉さんは外地で育ったということが、そうとうご自分の感覚と関係があるのではないですか。僕は「文学風土記」を書いたときに、外地生まれ、外地育ちという項目を設けようと思ったぐらいですが……。

有吉　私はインドネシアで主に育っておりますが、家族はニューヨーク、上海、ロンドンと三年から五年ぐらいずつ変わっていたのです。だいたい私の父親は長州の出身で、母の里は和歌山なんです。有吉の家の家系をたどると、時代にいつも乗っているというか、とても新しいのです。母は和歌山の田舎の政治家の娘で、古い家に対する反抗的な姿勢を持っていて今でも政治が好きなんです。大正のリベラリズム、モガのいちばん最後になるのかしら、とにかく新しいですね。

奥野　お父さんというのはどういう方だったのですか。

有吉　父は、一中、一高、東大で、そういう人の典型みたいな人でした。ですから家の中には、かえってそういうものに対する反撥というか、わりあい野党精神みたいなものをもっている感じですね。父と母は、非常にハイカラで、しかも外国ですから、新しいことの好きな親でした。この両親の影響は強いですね。

奥野　日本に帰っていらっしゃったのは昭和十六年ですね。

有吉　はい。外国にいると子供でも日本に憧れるわけですが、東京に帰ってきたときはほんとうに幻滅でした。そのころはまだ水洗式の便所などないし、洋館などもインドネシアのオランダ風の洋館に比べると格段に落ちるわけでね。とても日本が粗末に見えたわ。

阿川　僕もおやじが満州で仕事をしていたので、満州だけは何回も行ったけれども、ロシア人の作った大連なんかに比べて日本はすべてのスケールが小さくて、帰ってくるとこせこせした感じがしたな。

奥野　有島武郎を読めば、少しはわかるはずだけどね（笑）。

有吉　それはもうたいへんなショックでしたよ。私が強烈に歌舞伎と和歌山県にひきつけられたのは、私にとって描いていた日本というのは、そこにしかなかったということです。

奥野　文学をやるようになったのはどういうことからですか。

有吉　私、家が戦前の暮しが続いていて裕福だったら、古典演劇の劇評家になりたいというようなことを何となく考えていたの。学生時代、「演劇界」が毎月、俳優論を募集していて、その懸賞論文の常連だったわけね。そのころ利倉幸一という劇評家から呼ばれて、レギュラーにものを書くことをしないかと言われたんです。それで「演劇界」に三年連載させてもらったけれども、利倉さんが、あなたは劇評には向いていない、というようなことをおっしゃったの。そうかな、と思っていた時期にたまたま「白痴群」というグループから誘われてはじめた書いた小説が、こともあろうに「朝日新聞」の同人雑誌評にとりあげられて激賞されちゃったの。

奥野　そのころは私小説的なものを書こうという気はなかったの。

有吉　私小説というのは、それまでほとんど読んだことがなかったのです。へんな言い方だけれども小説はだいたい読んでいないのです。読むひまもなく戦争が終っちゃいまして、あとは田舎に疎開していた時に読んだ丹羽文雄の「厭がらせの年齢」が戦後はじめてくらいです。あれが私小説といえば、私にとって最初の私小説なんですよ（笑）。

文壇デビュー前後

奥野　この辺で文壇登場までの話をうかがいましょうか。

阿川　僕は中国から復員してきていきなり書いたのが「年年歳歳」と「霊三題」だけれども、それを志賀さんに見てもらったら「君が小説を書くつもりだったら背水の陣を布いて、どこにも勤めずに書いたほうがいいと思う」と言われるんだ。それで「売れるでしょうか」と聞いたら「僕は売れると思うけれどもね」ということで「世界」に紹介してくださって結局「世界」と「新潮」と両方に載ったんだよ。いまから考えれば、ズブの素人がたいへんなことなんでしょうがね。

奥野　いや、はじめて新人が出てきたと僕は思ったものな。

阿川　ところがこちらは復員ボケで、そんなたいへんなことともなんとも思わないんだ。それむろん嬉しかったけれども、そうか、やっぱり金になったのかな、という感じでね。それから一年後に「新潮」編集部から連載の話があったわけだが、これも今から思えば、たいへんな引き立てですよ。ところが僕は葉書一本で「目下スランプで書けません、悪しからず」と返事を出しちゃった。なんと生意気な奴だろうと思われただろうけれども、こちらは全然そういうのがたいへんだという意識がなかったよ。

奥野　そのあと、戦争全否定の小説がいっぱい出てきて、ずっと書かない時が続いたな。

阿川　そうそう。はっきりおれたちはちがうという感じで書けるようになるまで、書けなかったね。

奥野　それで「第三の新人」が出てきたところで書けたわけだな。庄野氏は「雪・ほたる」を佐藤春夫がほめたというあたりからだね。

庄野　そう、あれは海軍に入隊する前に書き、予備学生に入っているときに雑誌が出てね。それで……。

奥野　戦争が終ったら小説家にもちろんなるつもりだったの。

庄野　いや、小説家になるというふうなはっきりした気持はなくてね（笑）。

奥野　その辺が、「第三の新人」あたりのおもしろいところだ。

庄野　島尾とは九大の東洋史で一緒だったから、彼が海軍にいる間にも連絡があって、戦後お互いに生存を確かめ合ってまず第一番に考えたことは、同人雑誌をやろうということでした。伊東静雄先生も大阪の焼跡の中で、印刷所を探してくれたりして始めたのが「光耀」です。その名前は、伊東先生が自分の詩集の題に考えていたのを言ったわけだ。

奥野　昭和二十一年ごろ、庄野潤三、島尾敏雄、三島由紀夫などが同じ雑誌をやっていたということは、文学史的にはおもしろいことですね。

庄野　そのあと「光耀」が三号で解散になってからはみんなめいめいにやっていた。三島由紀夫はすでに「人間」や「群像」に載ったりしてスタートし、島尾は少し経ってから「単独旅行者」などが認められて、戦後派作家のいちばんあとのほうへ出ていったわけだね。

奥野　そして君は、朝日放送などにいてやっていたわけね。

庄野　そう。はじめは新制高校に勤めていて、それから朝日放送に入って……。

有吉　私は「白痴群」のあと「新思潮」に入れていただいたわけで、そこには三浦朱門さん、曽野綾子さん、村上兵衛さんなどがいてグループができたの。そこに書いていた原稿を友人が「文学界」の編集部に送っていたんですよ。それが新人賞になって世の中に出て、あれよあれよといっているうちに、マスコミにのってしまったのです。だから私が小説というものに真剣に取り組む時間が最初なかったんです。二、三年はもう無我夢中で、言われた通りに書き、言われた通りにテレビに出て……。

阿川　君のいちばん忙しかったころだな。

有吉　むやみやたらに言われた通りにしているときに、ある日母が「何を書いたといってそれだけの口をきくんだ」と言ったのね。それで水を浴びせられたような気がして、ほんとうにこんなことをしていてどうなるんだと思ったんです。小説とはいったい何なのか、小説書きになれるかどうかをとにかく考え直してみようと思い、仕事を全部断わって、自分のもっている力を全部出しきれるかどうかを試そうと思って書いたのが「紀ノ川」なんです。書き上げたあと、どの程度の評価を受けるかも考えずに、アメリカに行き、自分の行く先をこの一年で決めようと思って出ていったのです。それからは小説を書く態度が変わりました。ほんとうに小説を書きたい、それ以外に道はないということを決意したんです。

これからのこと

奥野　この三人の中では、阿川君がいちばんはじめにロックフェラーの招きで外国へ行ったんだろう。

有吉　庄野さんは私の前の年ですね。

阿川　庄野の作風は「ガンビア滞在記」のへんからちょっと変わったような気がするな。

奥野　僕もそう思う。

有吉　庄野さんは、その前は外国はご存じないわけですか。

庄野　ええ、あのときがはじめてです。

阿川　僕は行ってよかったと思うのは、インターナショナルなものの考え方、世界的な視野でものを見る習慣がいくらかでも身についたことですね。

奥野　有吉さんも帰国後「非色」を書いたしね。

有吉　「非色」は舞台としてニューヨークを借りただけで、長いあいだ書きたいと思っていたの。でも日本を舞台にしては書けなかったのよ。私は小説書きに職業的になっていたにもかかわらず、小説家になった時期はとてもおそいんです。それで私はまだ自分が、そういう意味で学習期間のような気がする。だからあと五、六年は、まだ作家以前のところがあってもいいのではないかと実は思っているんです。

阿川　僕にも似たような気持があるね。つまり死のうと思っていたのが生きて帰ってきて、自分の人生は終ったという気をそうはっきり意識したわけではないけれども、そのせいかな、何だかたいへん怠け者で、しかし怠けたっていいじゃないかという気がある。このごろになって、少し本気で仕事をしようかという気が起っているけれど。

奥野　阿川さんは小説もうまいけれどももっとちがうものになっていてもいいな。ちょっと忙しい男だろう（笑）。

庄野　君はどんな分野にいっても、そうとうやる男だよ。

奥野　それが小説を書いているというのはおもしろいところだけれどもね。庄野さんはどうだろう。

阿川　庄野もこれは管理職なんかについても、ちゃんとやれる人間だと思うよ。いい意味での非常に常識人だと思う。ただ、あえて言わせてもらえば、そこに閉じこもらないで、もう少し奔放になってほしいような気が作品を読んでいてするときもあるな。

庄野　ただ、奔放ということばの意味だよね……。

阿川　それはむずかしいよ。庄野に浮気しろとか、博打しろというわけではないけれどもね（笑）。

庄野　文学の世界において奔放であるということは、やっぱりいつまでも忘れてはならないことだけれどもね。

奥野　それではこの辺で。どうもありがとうございました。

（昭和四十三年十二月十八日　築地　藍亭にて）

文学における普遍と固有

石原慎太郎
開高 健
大江健三郎

言葉の曖昧さについて

開高　今日は司会役は、強健なるおふた方のどちらかでやってくださいよ。僕がやると沖縄とベトナムになっちゃうな。そうなってくると一昼夜かかりますよ（笑）。

大江　ぼくや開高さんは、石原さんが登場したあとで出発したわけですね。石原さんはジャーナリズムに関する限り、その点では仕事がしやすかったのかもしれませんね。石原さんは出てきた時はどうでしたか。

石原　ぼくはあなた方が出て来たので、非常に仕事がしにくくなったよ（笑）。それは冗談ですけれども、ぼくは保守反動だそうで、あなた方は革新のリーダーだし。

開高　保守反動と革新の境界がいまや朦朧としているからね。

石原　おれは革新のつもりでいるがね。

開高　言葉が一人歩きして、弊害を起して歩いているというのは、中国もロシアもどこもかしこもみな同じだけれども、人間の動物としての宿命みたいなところがあるような気がするな。だから、保守・革新という言い方を今夜はやめようではありませんか。

石原　それはそうだな。

開高　有名な言葉だけれど、ライオンはライオンという言葉が発明されるまでは、得体のしれない恐怖に満ちた四足獣であった。ところがライオンという言葉が発明されてみると、恐怖ではあるけれども、それはただの四足獣にすぎないものとなったというのがあるでしょう。言葉とものとの関係をよく言っていると思うけれども、今度はその逆のことが起るんじゃない。ライオンという言葉があるために、得体のしれない恐怖が跳梁跋扈《ちょうりょうばっこ》するという。アメリカにおける赤をぶっ殺せとか、中国における反動修正主義とかものすごい弊害があるでしょう。二千年間人間はそれを繰り返してきたと思うけれども、現在はいよいよその紛糾混乱の動向があるのじゃないの。その点、大江君は、その専門家みたいに見える感じだがね、大江君の小説を読んでいると。

大江　言葉で名づけることによって、名前をつけられる前のライオンの恐ろしさをもう一度回復しよう、というのが、最近の「言葉」の理論なんですがね。それを、まともな小説家ならヨーロッパでもしています。

開高　政治家はしないね。言葉というものは穴だらけの檻だから、そこからずっこけ落ちているものが助けてくれと、左右両翼を問わず叫ぶのが小説家みたいな気がする。政治家はそんなこと言った日には、何にもできない。だから、がさつ極まる言葉を駆使して、みるまに飛んじゃうわけだ。石原君は、今やがさつだらけの言葉を駆使しなければならない宿命を担って立つと宣言したわけだ。

石原　がさつな言葉かどうかわからない。

開高　いや、がさつな言葉を使わないとできないよ。名言とか名句とか最大公約数を含むような言葉を羅列しない限り、政治家はやっていけないでしょう。

石原　やはりイメージの問題だな。政治に対するイメージがあれば、言葉というものができてくると思う。それがないから、言葉がただのがさつな言葉になってしまうんだ。今の政治家はそうだと思うね。

開高　大江さんも石原さんも僕も外国をよく歩いているほうなんだけれども、外国へ行って一番感ずるのは、短い単純な言葉でしかものが考えられないということがあるでしょう。例えば、イスラエルへ行けば、アラブが悪いのかイスラエルが悪いのかという質問をしてみたり、ベトナムへ行けばホー・チミンが攻めてきているのか、アメリカが攻めていっているのかと聞いてみたり、つまり白か黒かどちらかしかないわけね。パリへ行ってすらそうでしょう。日本にいると言葉をもの凄く細かく砕いて割っていって、白から黒へ行くまでの間に無数の色の段階がある。その色の段階にわれわれは溺れるわけよ。それでリアリティを確保する。外国へ行くとそれが許されない。

石原　日本のインテリというのは、日本にいても外国に行ってるようなものの考え方をしているよ。

開高　今書いているものを問うているんじゃなくて、文章の後にある心の真実を、感性を問うているんだ。こう書かなければそれは社会的に通用しないから、こういう役割をするんだというので書いている気味がずいぶんあると思う。だけれどもその人間が外国に行った場合に、ヤスリにかけられるわけでしょう。ヤスリにかけられたあとに何が残るか。その残ったものから出発しようというので、日本に帰ってくるのじゃないかしら。少なくとも僕の経験ではそうだった。日本へ帰ると言葉がミジンコみたいに細かくなる。細かくしないと、また日本に生きている場合のリアリティを確保できないでしょう。外国にいった場合、日本でやったことのないような思考方法をやらなければならない。そのアンバランスでだいぶ苦しむんじゃない。これは作家の創作の秘密に属する部分であります。

石原　開高健の秘密だ（笑）。

開高　いや、みなさんそうじゃないかな。なにも自分から推して、全部がそうだと言うんじゃない。どうもそんな気がするんだ。石原さんがベトナムへ行って帰って来て、ベトナムの殺すか殺されるかという緊迫した雰囲気は、だれにも伝えられない、だれにもわかってもらえない、書いても無駄だという徒労感があるのじゃない。

ベトナムと沖縄

石原　ぼくはベトナムへ行って、ベトナムのことよりほかのこと考えたからね。

開高　どういうこと考えた。

石原　やはり自分の国のことを考えたね。それから、そんなベトナムに緊迫感がありますか。つまり、歴史のアクティブな面というのは、ああいうものだろうと思うけれども、総じてベトナム戦争の特徴というものは、もちろんぼくの危機感というものはありましたけれども、なんかせっぱ詰まったものとして感じられなかったね。僕は自分のもっている歴史観というものが、思ったとおり目にした現実で立証されたような気がしたけれども。

開高　大江さんは沖縄へ行って、戦争をどう感じた。

大江　僕は沖縄へ行って、非常に憂鬱だった。開高さんの言葉に付け加えて言えば、沖縄ではもちろん日本語を話すわけですから微妙な言葉の襞々《ひだひだ》がわかるわけですね。僕なんかの本土から行った人間が核基地の問題を考えると、いろんな点で沖縄の人たちを、本土の人間は差別しているという感じがします。毎日いろいろな人と現在の問題を話すたびに、明治以来の差別ということを非常に感じるような旅行でした。それと北爆なんかしている飛行機がいて、それに乗ってきた兵隊さんが町を歩いていると、僕は緊迫した感じがします。

石原　それはあなたの、つまり感性におけるリアクションでしょう。

大江　ええ。当然それはそうで、想像力の問題ですが、核戦争というものが起れば、もうお終いなんだから、その緊迫感のリアクションが真実でしょう。緊迫感をどれくらい強く感ずる想像力をみんながもつかということが、核戦争に対する民衆の態度というふうに思っているのです。その点沖縄は、はじめは緊迫感があって、それをだんだん鈍らせていって、なんとなく日常生活に適合するようにするところだと思います。僕らは旅行者だから、ずっと緊迫して東京へ帰ってきたけれども、ベトナムだってそれはそうじゃないですか。やはり緊迫している。それをだんだん慣らしていくんじゃないですか。

開高　東京というのは、なんでもかんでも蒸発させて、拡散させてしまう都市だしね。テレビを見ていれば、戦争映画が出てくる。ちょっとダイヤルをひねるだけで、野球の試合が出てくるし、まろやかな夢路をむすべる。つまり寝床に死体がないわけでしょう。僕なんかはベトナムから帰ってきて、どうしようもない違和感を覚えちゃって、酒場でだいぶ乱闘したことがあったけれども、やったって無駄だということにやがて気がついて、あまり言わなくなっちゃった。けれども、経験を固執するということが、作家の創作態度の核になってくるでしょうね。大江君は沖縄から帰ってきて、君が言ったように、それがどんどん薄れていく恐怖があるんじゃない。

大江　恐怖というより嫌悪です。それは沖縄に限らないけれども、外国から帰ってきて、自分の部屋に積まれている日本のジャーナリズムの刊行物を見ると、端的に嫌悪を感じます。しかも沖縄のマス・コミ状況は特別で、東京のテレビジョンが沖縄でもそのままやっていて、沖縄の人が、例えば今朝銀座のバーのマダムが殺されたというニュースを見ているのを傍で見ると、むしろシュールレアリスティックな気がする。

石原　大事なことは、小説家は他人にくらべて鋭敏な何かをもっている。その小説家が、ベトナムにしろ沖縄にしろ、そういったものにもった反応が、人間全般の歴史的な反応であるというふうに敷衍《ふえん》して考えるということは非常に危険だと思うし、ある意味で僭越だ。それは作家のひとりよがりで、さっき大江さんは、ものに慣れてしまうと言ったけれども、ものに慣れるということは、人間の歴史の一つの大きなエレメントだと思う。そういう点でものに慣れながら、非常に鈍重な、あるいは残酷な歩み方というものを人間総体というものはしているんだな。それを考えずに、自分がただたまたま愕然とし、その感慨をふりかざしても、非常に虚しいという気がするな。だから開高健の「ベトナム戦記」を読んでも、現地へ行って呆然として、えらいこっちゃというだけだ。大江さんが広島に行ってショックを受け、そこで使命感みたいなものをもつ。そして、それが自分が書くものを通して、現実に確実な成果をもってこないという焦燥感をもつ。当り前だね。

開高　同じことを言ってるんじゃないかな。つまり鈍くならなければ暮していけないという東京の真実、それからビリビリしてなければやっていけないというベトナムがある、沖縄もある。それと自分が同時に鈍くなり、片方でまた鋭くなるというアンビバレンツがあるわけでしょう。そのアンビバレンツがどこまで彼を作品に運んでいくかということが、問題になってくるんじゃない。

石原　僕は、小説家というものは、そういう両の極というものを合わせもたなかったら、例えば、社会的、歴史的なものを書く時にものごとをとらえきれないと思う。その点日本の小説は、社会的、政治的な問題を扱う時に人間の歴史総体に対する許容性がないな。ただ性急で独善的だよ、感覚的に。

固有なものと文学

開高　ごく素朴な疑問だけれど、日本の小説家で外国人らしい外国人が書けた奴がいるだろうかということがあるわけだ。例えば一番国際的といわれている堀田善衛さんのを読んでみても、堀田さんの分身が動いているばかりなんだ。僕の理解できない何か固有のものをもっているという衝突感がない。

石原　日本人についてもそうじゃないか。政治的な人間に限らず、社会とか歴史とかいう後背をもった人間を書く時に、そういうディファレンシーがあるか。例えば、大江さんが書いているこのごろの日本人は、日本人じゃないと思うね。

開高　それは、結局外界を観察する目の問題よね。

石原　僕はその目のことを言っているんですよ。

大江　歴史とか社会とか、外国人とか日本人一般とかを見るというふうに考えるにしても、僕は自分の目に映るように書くということをできるだけ努めているわけです。僕の場合は、自分の目に映るよりほかの要素をできるだけ導入することをしないようにして、しかも、できるだけその世界を拡げたいと思っています。僕はいつも翌日誰も僕の作品を読まなくなるだろう、読まなくなる朝が明ける時もあるだろうと思っています。しかし、そのように書くほか、僕の方法と生き方においてはしようがない。小説というものは、そういうものだと僕は思っていますね。

石原　それは大江さんの巧みなエキスキューズで、あなたのなかに現代という時点の、あなたがもっているフランチャイズ社会的使命感みたいなものがあると思うな。潜在的に、そうした衝動というものが、あなたの内にあるよ。

大江　いつも石原君、江藤淳君に個人的に会うと、僕が使命感をもっていると言われてうんざりするんですよ。逆に使命感というものが、最も僕には遠いと思っているんです。自分が生きていく生き方の上で、自他ともにできるだけ不愉快でないように生きようと思って、そういう仕事をしているのであって、使命感をもって不愉快のうちに切り込んで、例えば立候補したりはしません。

開高　小説を読んでいる時の快感というものは、いろいろなものからくるけれども、文章を読んでいて固有なものにぶつかった時にちょっと立ち止まる、そして目が開かれたような気がするじゃない。つまり、謎と発見がある。その抵抗感が非常に快いわけでしょう。なるほどこの種の日本人はこういう考え方をするんだな、この種のアメリカ人はこういう行動をするんだな、というわれわれの想像の埒外にあるところを示されて、そこで発見をする。作家は無意識にやっているかもしれない。その衝突感が、二十世紀の小説、内外のも問わずなさすぎるんじゃない。僕はドイツの小説を読んでも、フランスの小説を読んでいても、こういうことになっていくんじゃなかろうかと思って読みだしたら、はたしてそのとおりになっちゃうんだ。それは何も実感を求めるとかいうことを言っているわけじゃない。素朴に、ものなり人なり固有のものがあるという感動、抵抗感を与えてもらいたいわけよ。作家のなかで争いがないわけでしょう。だから人物や経験や印象が、全部お釈迦さんの手のひらの上で跳ねている孫悟空みたいになっちゃうんですね。それが一番不満なんだけれども。たとえば井伏さんの「黒い雨」を読んでいても、原爆落っこってえらいことになったといって、ずっと書いている。ところが人間はボロンチョンになってヒーヒー言っているけれども、霧島つつじの葉にぶら下った虫は、平然として糸をつむぎ、葉を食べ、日常の営みをやっているという一行がチラッと出てくるわけでしょう。そこで立ち止まるわけだ、こっちは。そういう目を、ここにいらっしゃる三人を含めての二十世紀作家全体がもたなすぎるんじゃないかしら。外界に対する率直な目を。

石原　そうなんだよ。外界に対する率直な目なんだ。僕には、どうしてそういう新しいものがないかというわけがわかる。方々で言ってきたことなんだが、要するにわれわれが作品の中で書いている精神とまでいかなくても感情的心理的なパターンというものが、もうまったく古いんだよ。みんなが知っているわけだ、生活の体験の中で。われわれ専門家だけじゃなくて、どんな読者が読んでも予想がつくよ、実際に。

開高　井伏さんの場合は、郷土性とか方言とか、そのほか井伏個人にとって固有なものに、ひたすら閉じこもっちゃったわけでしょう。固有なものに立てこもる必要があるわけでしょう、われわれは。それと外界と接触して、そこへ火花を散らす必要がある。外界を侮蔑してはいけない。

石原　僕はやっぱり、言い古されたことかもしれないけれど、作家が自分を知らずに縛っているモラルというものをもう一回振りほどく必要があると思う。

大江　石原さんが最初やった仕事は、石原さん自身がその古めかしいモラルの持ち主ではないかと疑われるほど古いモラルに近接して、モラルを壊すということだった。石原さんの仕事は社会問題みたいに扱われたために、文学的な意味づけが正確にされなかったきらいがあると思うけれども、かれのやったように非常に基本的なところからモラルを壊すということをしないと、何もはじまらないと思いますね。それから、僕は小説というものは、こういうふうに終るだろうと思ったら、そう終るものだと思います。あらゆる時代において。例えば、セルバンテスの「ドン・キホーテ」だって「オデュッセイア」「ユリシーズ」だって、こういうふうに終ると思っていて、そのように終って、しかも満足感を与えるものがあるんです。

開高　そういう創作方法も一つあるよね。つまり読者自身が創作したかのような感じを与える結果に終る小説というものがある。

大江　小説というものは、大体そういうものでしょう。

開高　それ以外の小説もあるんじゃない。これは俺にはどうしても書けないけれども、俺は驚いた、喜んだ、楽しかった、意外であって、不安に陥った、そういう小説もあるわけでしょう。小説の世界とは、猥雑極まるほど豊富であるべきなんだから。

大江　小説においては、こういうふうに終るだろうと思うことが運命ということなんですね。人間の運命にどういうふうに反抗しながら、しかもそのように終ってしまうということから出発したわけですね、古典的な小説は。現代小説でも、まともな作家は一生懸命それをやっていると思います。自分自身の内部を書くことがどうしていけないんだろうか。われわれは外界と関係しながら生きているんだから、自分の内部を書くということは、衰弱していても豊饒でもともかくその時代とかかわっていると思いますよ。

石原　ところが、小説はそれでいいけれども、困ることは、誰が要求するのかしらないけれども、えらい普遍性を要求されるわけだろう。例えば、僕でも大江さんでもが自分を書くでしょう。そしてそれが、つまり現代という時点における、ある非常に大きな部分の日本人であるという位置づけを与えられる。かつてはそんなことはなかった。文学は、芥川の言葉ではないが、たかだか三千人の人間のためのものでしかなかったが、現代ではその三千人が十倍の三万人にはなった。しかし、やはり三万人は三万人でしかないよ。作家がそういったものをぜんぜん意識してないでものを書いているかというと、絶対そうじゃないと思う。大江さんにしてもそうだと思う。

大江　使命感と意識しているかどうか、そういう考え方が創作の中心にあるかどうかは、別の問題でしょう。

開高　ジイドの「創作論」を援用するわけじゃないんだけれども、小説を書く時は悪魔の助けがいる。その悪魔というのは、無意識の瞬間に現われてくるんだ。だから小説家は主人公を踊らせ、会話も踊らせ、描写も踊らせているが、お釈迦さんの手のひらから孫悟空が飛び出す瞬間があるわけでしょう、お釈迦さんでも知らないような。その瞬間を確保した時に、芸術はリアリティを確保できるというわけでしょう。だから石原さんの言うのは、普遍性の論理からだけ作品を分析していって、檻の中へ閉じこめてしまおうとする輩がいるというわけだ。そういうのは放っておけばいいじゃないですか。誤読されるのは、いつの時代でも宿命なんじゃないの。

石原　大江さんは、使命感と言わないでも、何か自分ではほんとうに個性的なインサイドを書いているつもりでも、これがやはり現代の普遍でなくてはならないという願望があったり、自負があったりするわけだ。だからそれが結局沖縄なら沖縄、どこへ行っても呆然とし、愕然とし、そういった衝動を日本へもって帰ってきて、書ききれないことで八つ当たりするということになってくるんじゃないかね。

開高　作家がそこで火花を散らすならば、火花が伝えられているなら、それはかまわないじゃないの。

石原　それはいいでしょう。ただ、それはその人間の事件であって、歴史の事件というものは、そういうものを全部のみこんで、非常に鈍い、しかし大きなストライドで歩いているわけだ。僕の言うのは、そういったものも同時に両極として小説家がもてば、本当に強い、歴史的な、社会的な発言ができると思う。何か大きな極の認識というものが小説家にはないと思うな。

（昭和四十二年十一月二十七日　赤坂　シドにて）

佐々木基一	1914〜1993	文芸評論家
佐多稲子	1904〜1998	作家
椎名麟三	1911〜1973	作家
篠田一士	1927〜1989	文芸評論家
島尾敏雄	1917〜1986	作家
庄野潤三	1921〜2009	作家
曽野綾子	1931〜	作家
高見順	1907〜1965	作家・詩人
武田泰淳	1912〜1976	作家
谷崎潤一郎	1886〜1965	作家
寺田透	1915〜1995	文芸評論家
中川孝	1905〜1986	武者小路実篤研究者・歯科医
中野重治	1902〜1979	作家・詩人
中村真一郎	1918〜1997	作家・文芸評論家
中山義秀	1900〜1969	作家
丹羽文雄	1904〜2005	作家
野間宏	1915〜1991	作家・評論家
林房雄	1903〜1975	作家・文芸評論家
平野謙	1907〜1978	文芸評論家
福田恆存	1912〜1994	評論家
福永武彦	1918〜1979	作家・仏文学者
舟橋聖一	1904〜1976	作家
堀田善衛	1918〜1998	作家・評論家
本多秋五	1908〜2001	文芸評論家
丸谷才一	1925〜2012	作家・文芸評論家
三島由紀夫	1925〜1970	作家・文芸評論家
武者小路実篤	1885〜1976	作家
安岡章太郎	1920〜2013	作家
山本健吉	1907〜1988	文芸評論家
吉行淳之介	1924〜1994	作家

対談者略歴

阿川弘之	1920〜2015	作家・評論家
浅見淵	1899〜1973	作家・文芸評論家
安部公房	1924〜1993	作家
荒正人	1913〜1979	文芸評論家
有吉佐和子	1931〜1984	作家
石川淳	1899〜1987	作家・評論家
石川達三	1905〜1985	作家
石坂洋次郎	1900〜1986	作家
石原慎太郎	1932〜2022	作家・政治家
伊藤整	1905〜1969	詩人・文芸評論家
井上靖	1907〜1991	作家・詩人
井伏鱒二	1898〜1993	作家
宇野千代	1897〜1996	作家
円地文子	1905〜1986	作家
遠藤周作	1923〜1996	作家
大江健三郎	1935〜2023	作家
大岡昇平	1909〜1988	作家・評論家
奥野健男	1926〜1997	文芸評論家
尾崎一雄	1899〜1983	作家
小田切秀雄	1916〜2000	文芸評論家
開高健	1930〜1989	作家
河上徹太郎	1902〜1980	評論家
川端康成	1899〜1972	作家・文芸評論家
河盛好蔵	1902〜2000	仏文学者
ドナルド・キーン	1922〜2019	日本文学研究者
小林秀雄	1902〜1983	文芸評論家

編集付記

一、『対談 日本の文学』（一九七一年九月中央公論社刊）は中央公論社創業八十周年記念出版『日本の文学』全八十巻（一九六四年二月〜七〇年十月）の付録月報において、行われた対談・鼎談・座談会を一冊にまとめたものである。同書を『素顔の文豪たち』『わが文学の道程』『作家の肖像』の三分冊に再編集、文庫化した。

一、『わが文学の道程』は、全集収録作家本人へのインタビューや対談、座談会を収めた。

一、明らかに誤植と思われる箇所は訂正した。難読と思われる語にはルビを付した。

一、本文中に今日では不適切と思われる表現も見受けられるが、発表当時の時代背景と作品の文化的価値に鑑みて、底本のままとした。

中公文庫

対談《たいだん》 日本《にほん》の文学《ぶんがく》
――わが文学《ぶんがく》の道程《どうてい》

2023年5月25日　初版発行

編　者　中央公論新社《ちゅうおうこうろんしんしゃ》

発行者　安 部 順 一

発行所　中央公論新社
〒100-8152　東京都千代田区大手町1-7-1
電話　販売 03-5299-1730　編集 03-5299-1890
URL https://www.chuko.co.jp/

DTP　ハンズ・ミケ
印　刷　三晃印刷
製　本　小泉製本

Published by CHUOKORON-SHINSHA, INC.
Printed in Japan　ISBN978-4-12-207365-4 C1195

定価はカバーに表示してあります。落丁本・乱丁本はお手数ですが小社販売部宛お送り下さい。送料小社負担にてお取り替えいたします。

各書目の下段の数字はISBNコードです。978－4－12が省略してあります。

中公文庫既刊より

ち-8-1
教科書名短篇 人間の情景
中央公論新社 編
司馬遼太郎、山本周五郎から遠藤周作、吉村昭まで。人間の生き様を描いた歴史・時代小説を中心に中学教科書から厳選。感涙の12篇。文庫オリジナル。
206246-7

ち-8-2
教科書名短篇 少年時代
中央公論新社 編
ヘッセ、永井龍男から山川方夫、三浦哲郎まで。少年期の苦く切ない記憶、淡い恋情を描いた佳篇を中学教科書から精選。珠玉の12篇。文庫オリジナル。
206247-4

ち-8-9
教科書名短篇 家族の時間
中央公論新社 編
幸田文、向田邦子から庄野潤三、井上ひさしまで。かけがえのない人と時を描いた感動の16篇。中学教科書から精選する好評シリーズ第三弾。文庫オリジナル。
207060-8

ち-8-10
教科書名短篇 科学随筆集
中央公論新社 編
寺田寅彦、中谷宇吉郎、湯川秀樹をはじめ、岡潔、矢野健太郎、福井謙一、日髙敏隆七名の名随筆を精選。国語教科書の名文で知る科学の基本。文庫オリジナル。
207112-4

ち-8-8
事件の予兆 文芸ミステリ短篇集
中央公論新社 編
大岡昇平、小沼丹から野坂昭如、田中小実昌まで。非ミステリ作家による知られざる上質なミステリ十編を一冊にした異色のアンソロジー。〈解説〉堀江敏幸
206923-7

ち-8-6
富士日記を読む
中央公論新社 編
小川洋子、苅部直、平松洋子、村松友視各氏による書き下ろしエッセイと、各紙誌に掲載された書評を収録。写真多数、文庫新版に対応する人物索引を付す。
206789-9

か-18-16
金子光晴を旅する
金子光晴
森三千代 他
上海からパリへ。『どくろ杯』三部作で知られる四年に及ぶ詩人の放浪を、本人の回想と魅せられた21人のエッセイで辿る。初収録作品多数。文庫オリジナル。
207076-9

く-20-1
猫
クラフト・エヴィング商會
井伏鱒二／谷崎潤一郎 他

猫と暮らし、猫を愛した作家たちが思い思いに綴った珠玉の短篇集が、半世紀ぶりに生まれかわる。ゆったり流れる時間のなかで、人と動物のふれあいが浮かび上がる、贅沢な一冊。

205228-4

く-20-2
犬
クラフト・エヴィング商會
川端康成／幸田文 他

ときに人に寄り添い、あるときは深い印象を残して通り過ぎていった名犬、番犬、野良犬たち。彼らと出会い、心動かされた作家たちの幻の随筆集。

205244-4

た-13-12
貴族の階段
武田泰淳

陸軍大臣と父・公爵の密談から、青年将校の蹶起計画を知った氷見子は。二・二六事件前夜の貴族と軍人の暗闘を、氷見子の目を通して描く。〈解説〉奥泉光

207273-2

た-13-5
十三妹《シイサンメイ》
武田泰淳

強くて美貌でしっかり者。女賊として名を轟かせた十三妹は、良家の奥方に落ち着いたはずだったが…… 中国古典に取材した痛快新聞小説。〈解説〉田中芳樹

204020-5

た-13-6
ニセ札つかいの手記 武田泰淳異色短篇集
武田泰淳

表題作のほか「白昼の通り魔」「空間の犯罪」など、独特のユーモアと視覚に支えられた七作を収録。戦後文学の旗手、再発見につながる短篇集。

205683-1

た-13-7
淫女と豪傑 武田泰淳中国小説集
武田泰淳

中国古典への耽溺、大陸風景への深い愛着から生まれた、血と官能に満ちた淫女・豪傑の物語。評論一篇を含む九作を収録。〈解説〉高崎俊夫

205744-9

み-9-10
荒野より 新装版
三島由紀夫

不気味な青年の訪れを綴った短編「荒野より」、東京五輪観戦記「オリンピック」など、〈楯の会〉結成前の心境を綴った作品集。〈解説〉猪瀬直樹

206265-8

み-9-12
古典文学読本
三島由紀夫

「日本文学小史」をはじめ、独自の美意識によって古今集や能、葉隠まで古典の魅力を綴った秀抜なエッセイを初集成。文庫オリジナル。〈解説〉富岡幸一郎

206323-5

各書目の下段の数字はISBNコードです。978－4－12が省略してあります。

み-9-11
小説読本 三島由紀夫
作家を志す人々のために「小説とは何か」を解き明かし、自ら実践する小説作法を披瀝する、三島由紀夫による小説指南の書。〈解説〉平野啓一郎
206302-0

み-9-14
太陽と鉄・私の遍歴時代 三島由紀夫
三島文学の本質を明かす自伝的作品二編に、自死直前のロングインタビュー「三島由紀夫最後の言葉」（聞き手・古林尚）を併録した決定版。〈解説〉佐伯彰一
206823-0

み-9-15
文章読本 新装版 三島由紀夫
あらゆる様式の文章・技巧の面白さ美しさを、該博な知識と豊富な実例と実作の経験から詳細に解明した万人必読の書。人名・作品名索引付。〈解説〉野口武彦
206860-5

み-9-16
谷崎潤一郎・川端康成 三島由紀夫
世界的な二大文豪を三島由紀夫はどう読んだのか。両者をめぐる批評・随筆を初集成した谷崎・川端文学への最良の入門書。文庫オリジナル。〈解説〉梶尾文武
206885-8

み-9-9
作家論 新装版 三島由紀夫
森鷗外、谷崎潤一郎、川端康成ら作家15人の詩精神と美意識を解明。『太陽と鉄』と共に「批評の仕事の二本の柱」と自認する書。〈解説〉関川夏央
206259-7

な-6-3
歌のわかれ・五勺の酒 中野重治
旧制四高生の青春を描く「歌のわかれ」、天皇感情を問うた「五勺の酒」に「村の家」などを収めた代表作選集。〈巻末エッセイ〉石井桃子・安岡章太郎ほか
207157-5

う-3-17
青山二郎の話・小林秀雄の話 宇野千代
稀代の目利きと不世出の批評家を無垢の眼で捉えた全文集。両者と大岡昇平による著者をめぐるエッセイを併録。文庫オリジナル。〈解説〉林秀雄・宇月原晴明
206811-7

か-30-1
美しさと哀しみと 川端康成
京都を舞台に、日本画家上野音子、その若い弟子けい子、作家大木年雄の綾なす愛の色模様。哀しさの極みに開く官能美の長篇名作。〈解説〉山本健吉
200020-9

か-30-6
伊豆の旅
川端 康成
著者の第二の故郷であった伊豆を舞台とする小説と随筆から、代表的な短篇「伊豆の踊子」、随筆「伊豆序説」など、全二十五篇を収録。〈解説〉川端香男里
206197-2

か-30-7
川端康成異相短篇集
川端 康成
高原 英理 編
現世界への通常の認識からはいくらかずれた「異相」。初期の掌篇『心中』をはじめ、小説十六篇、随筆三篇により、川端文学の特異な魅力を一望できる作品選。
207216-9

お-2-17
小林秀雄
大岡 昇平
親交五十五年、評論から追悼文まで「人生の教師」であった批評家の詩と真実を綴った全文集。巻末に小林との対談収録。文庫オリジナル。〈解説〉山城むつみ
206656-4

こ-14-2
小林秀雄 江藤淳 全対話
小林 秀雄
江藤 淳
一九六一年の「美について」から七七年の大作『本居宣長』をめぐる対論まで全五回の対話と関連作品を網羅する。文庫オリジナル。〈解説〉平山周吉
206753-0

い-37-6
晩 夏 少年短篇集
井上 靖
二度と戻らぬ、あの日々——。教科書名短篇「帽子」「赤い実」ほか、少年を主人公とする珠玉の十五篇。文庫オリジナル。〈巻末エッセイ〉辻 邦生・椎名 誠
206998-5

い-37-7
利休の死 戦国時代小説集
井上 靖
桶狭間の戦い（一五六〇）から本能寺の変（八二）、利休の死（九一）まで戦国乱世の三十年を十一篇の短篇で描く、文庫オリジナル小説集。〈解説〉末國善己
207012-7

い-37-8
殺 意 サスペンス小説集
井上 靖
戦中戦後の混乱期を背景とした昭和サスペンスの至宝。表題作ほか、「傍観者」「雷雨」「ある偽作家の生涯」など全九篇。文庫オリジナル。〈解説〉米澤穂信
207242-8

つ-34-1
漱石の白百合、三島の松 近代文学植物誌
塚谷 裕一
虞美人草、スイートピーから紅茸まで、文豪は植物をいかに描写してきたか。広大な文学作品の森に息づく草花を植物学者の視点で読み解く。〈解説〉大岡 玲
207218-3